比较文学与世界文学 研究丛书

主编　曹顺庆

二编　第 **20** 册

亚裔美国文学中的负情感和情感共同体想象

程　仲　著

花木兰文化事业有限公司

国家图书馆出版品预行编目资料

亚裔美国文学中的负情感和情感共同体想象／程仲 著 -- 初
版 -- 新北市：花木兰文化事业有限公司，2023〔民 112 〕
序 6+ 目 2+148 面；19×26 公分
（比较文学与世界文学研究丛书 二编 第 20 册）
ISBN 978-626-344-331-0（精装）
1.CST：美国文学 2.CST：文学评论 3.CST：移民文化
810.8 111022125

ISBN-978-626-344-331-0

比较文学与世界文学研究丛书
二编 第二十册 ISBN：978-626-344-331-0

亚裔美国文学中的负情感和情感共同体想象

作 者 程 仲
主 编 曹顺庆
企 划 四川大学双一流学科暨比较文学研究基地
总 编 辑 杜洁祥
副总编辑 杨嘉乐
编辑主任 许郁翎
编 辑 张雅淋、潘玟静 美术编辑 陈逸婷
出 版 花木兰文化事业有限公司
发 行 人 高小娟
联络地址 台湾 235 新北市中和区中安街七二号十三楼
电话：02-2923-1455 ／ 传真：02-2923-1452
网 址 http://www.huamulan.tw 信箱 service@huamulans.com
印 刷 普罗文化出版广告事业
初 版 2023 年 3 月
定 价 二编 28 册（精装）新台币 76,000 元 版权所有 请勿翻印

亚裔美国文学中的负情感和情感共同体想象

程仲 著

作者简介

程仲，女，1986 年生，安徽滁州人，上海外国语大学文学博士，安徽理工大学外国语学院教师。主要研究领域：当代美国文学与文化、比较文学与世界文学、区域国别研究等。学术工作：主持省部级科研项目两项，参与国家社科基金项目一项，在英国出版学术译著一部（英文，20 万字），发表学术论文十余篇。

提　　要

　　本部专著以当代亚裔美国文学的获奖作品为研究对象，主要涉及但不限于美国亚裔文学中日裔、韩裔、华裔、越南裔、菲律宾裔、印度裔等六个主要亚洲族裔分支中的负情感文学案例，聚焦美国社会中的种族固疾，主要采用美国负情感专家赛宁．盖（Sianne Ngai）的负情感理论为理论工具，根据写作实际需求结合文化－心理学－政治学－历史学－社会学等多元学科研究路径，采取跨学科研究方法，厘清负情感的发展脉络，前景化负情感的政治、经济和文化叙事，彰显负情感的情动力，构建文学、文化、历史、政治和社会的多声部论述格局，从多个切面立体观察文学中的"事件"。本专着重点关注亚裔人群的负情感美学和其在美政治、经济、文化方面的生存境况，创造性地论证了负情感的反向作用力和情动力。本专着试图通过展示亚裔主流分支在美国的情感运思、表达以及嬗变，旨在期待负面情感到正面情感的转化趋势，以及对情感共同体构建的美好愿景和畅想。

　　据此，专著的具体框架设计如下：首先，本专著划分为绪论、四个章节和结论，共六部分。绪论部分包含研究背景、文献综述和研究问题、理论框架以及重要概念的界定。基于对现当代亚美文学的文本分析，第一章呈现种族的耻感文化，第二章讨论地域的忧郁情结，第三章讨论移民的孤独情感，第四章着重讨论情动和情感共同体想象。以地域性的代表性情感为划分标准，前三章分别对应三类负情感：羞耻（Shame）－忧郁（melancholia）、和孤独（loneliness）情感。以亚美作品中的文本剖析，文本和文外互证的方式深挖负情感的定义、表征和运行机制。最后，专著的旨归在于论证儒家思想的包容性为畅想情感共同体的构建提供了思想上和实践中的可能性。

本研究得到 2021 年安徽省哲学社会科学规划青年项目"东方感性：亚裔美国文学中的负情感和情感共同体想象"（AHSKQ2021D108）的支持。

比较文学的中国路径

曹顺庆

自德国作家歌德提出"世界文学"观念以来，比较文学已经走过近二百年。比较文学研究也历经欧洲阶段、美洲阶段而至亚洲阶段，并在每一阶段都形成了独具特色学科理论体系、研究方法、研究范围及研究对象。中国比较文学研究面对东西文明之间不断加深的交流和碰撞现况，立足中国之本，辩证吸纳四方之学，而有了如今欣欣向荣之景象，这套丛书可以说是应运而生。本丛书尝试以开放性、包容性分批出版中国比较文学学者研究成果，以观中国比较文学学术脉络、学术理念、学术话语、学术目标之概貌。

一、百年比较文学争讼之端——比较文学的定义

什么是比较文学？常识告诉我们：比较文学就是文学比较。然而当今中国比较文学教学实际情况却并非完全如此。长期以来，中国学术界对"什么是比较文学？"却一直说不清，道不明。这一最基本的问题，几乎成为学术界纠缠不清、莫衷一是的陷阱，存在着各种不同的看法。其中一些看法严重误导了广大学生！如果不辨析这些严重误导了广大学生的观点，是不负责任、问心有愧的。恰如《文心雕龙·序志》说"岂好辩哉，不得已也"，因此我不得不辩。

其中一个极为容易误导学生的说法，就是"比较文学不是文学比较"。目前，一些教科书郑重其事地指出：比较文学不是文学比较。认为把"比较"与"文学"联系在一起，很容易被人们理解为用比较的方法进行文学研究的意思。并进一步强调，比较文学并不等于文学比较，并非任何运用比较方法来进行的比较研究都是比较文学。这种误导学生的说法几乎成为一个定论，

一个基本常识，其实，这个看法是不完全准确的。

让我们来看看一些具体例证，请注意，我列举的例证，对事不对人，因而不提及具体的人名与书名，请大家理解。在 Y 教授主编的教材中，专门设有一节以"比较文学不是文学比较"为题的内容，其中指出"比较文学界面临的最大的困惑就是把'比较文学'误读为'文学比较'"，在高等院校进行比较文学课程教学时需要重点强调"比较文学不是文学比较"。W 教授主编的教材也称"比较文学不是文学的比较"，因为"不是所有用比较的方法来研究文学现象的都是比较文学"。L 教授在其所著教材专门谈到"比较文学不等于文学比较"，因为，"比较"已经远远超出了一般方法论的意义，而具有了跨国家与民族、跨学科的学科性质，认为将比较文学等同于文学比较是以偏概全的。"J 教授在其主编的教材中指出，"比较文学并不等于文学比较"，并以美国学派雷马克的比较文学定义为根据，论证比较文学的"比较"是有前提的，只有在地域观念上跨越打通国家的界限，在学科领域上跨越打通文学与其他学科的界限，进行的比较研究才是比较文学。在 W 教授主编的教材中，作者认为，"若把比较文学精神看作比较精神的话，就是犯了望文生义的错误，一百余年来，比较文学这个名称是名不副实的。"

从列举的以上教材我们可以看出，首先，它们在当下都仍然坚持"比较文学不是文学比较"这一并不完全符合整个比较文学学科发展事实的观点。如果认为一百余年来，比较文学这个名称是名不副实的，所有的比较文学都不是文学比较，那是大错特错！其次，值得注意的是，这些教材在相关叙述中各自的侧重点还并不相同，存在着不同程度、不同方面的分歧。这样一来，错误的观点下多样的谬误解释，加剧了学习者对比较文学学科性质的错误把握，使得学习者对比较文学的理解愈发困惑，十分不利于比较文学方法论的学习、也不利于比较文学学科的传承和发展。当今中国比较文学教材之所以普遍出现以上强作解释，不完全准确的教科书观点，根本原因还是没有仔细研究比较文学学科不同阶段之史实，甚至是根本不清楚比较文学不同阶段的学科史实的体现。

实际上，早期的比较文学"名"与"实"的确不相符合，这主要是指法国学派的学科理论，但是并不包括以后的美国学派及中国学派的学科理论，如果把所有阶段的学科理论一锅煮，是不妥当的。下面，我们就从比较文学学科发展的史实来论证这个问题。"比较文学不是文学比较""comparative literature is not literary comparison"，只是法国学派提出的比较文学口号，只是法国学派一派的主张，而不是整个比较文学学科的基本特征。我们不能够把这个阶段性的比较文学口号扩大化，甚至让其突破时空，用于描述比较文学所有的阶段和学派，更不能够使其"放之四海而皆准"。

法国学派提出"比较文学不是文学比较"，这个"比较"（comparison）是他们坚决反对的！为什么呢，因为他们要的不是文学"比较"（literary comparison），而是文学"关系"（literary relationship），具体而言，他们主张比较文学是实证的国际文学关系，是不同国家文学的影响关系，influences of different literatures，而不是文学比较。

法国学派为什么要反对"比较"（comparison），这与比较文学第一次危机密切相关。比较文学刚刚在欧洲兴起时，难免泥沙俱下，乱比的情形不断出现，暴露了多种隐患和弊端，于是，其合法性遭到了学者们的质疑：究竟比较文学的科学性何在？意大利著名美学大师克罗齐认为，"比较"（comparison）是各个学科都可以应用的方法，所以，"比较"不能成为独立学科的基石。学术界对于比较文学公然的质疑与挑战，引起了欧洲比较文学学者的震撼，到底比较文学如何"比较"才能够避免"乱比"？如何才是科学的比较？

难能可贵的是，法国学者对于比较文学学科的科学性进行了深刻的的反思和探索，并提出了具体的应对的方法：法国学派采取壮士断臂的方式，砍掉"比较"（comparison），提出比较文学不是文学比较（comparative literature is not literary comparison），或者说砍掉了没有影响关系的平行比较，总结出了只注重文学关系（literary relationship）的影响（influences）研究方法论。法国学派的创建者之一基亚指出，比较文学并不是比较。比较不过是一门名字没取好的学科所运用的一种方法……企图对它的性质下一个严格的定义可能是徒劳的。基亚认为：比较文学不是平行比较，而仅仅是文学关系史。以"文学关系"为比较文学研究的正宗。为什么法国学派要反对比较？或者说为什么法国学派要提出"比较文学不是文学比较"，因为法国学派认为"比较"（comparison）实际上是乱比的根源，或者说"比较"是没有可比性的。正如巴登斯佩哲指出："仅仅对两个不同的对象同时看上一眼就作比较，仅仅靠记忆和印象的拼凑，靠一些主观臆想把可能游移不定的东西扯在一起来找点类似点，这样的比较决不可能产生论证的明晰性"。所以必须抛弃"比较"。只承认基于科学的历史实证主义之上的文学影响关系研究（based on scientificity and positivism and literary influences.）。法国学派的代表学者卡雷指出：比较文学是实证性的关系研究："比较文学是文学史的一个分支：它研究拜伦与普希金、歌德与卡莱尔、瓦尔特·司各特与维尼之间，在属于一种以上文学背景的不同作品、不同构思以及不同作家的生平之间所曾存在过的跨国度的精神交往与实际联系。"正因为法国学者善于独辟蹊径，敢于提出"比较文学不是文学比较"，甚至完全抛弃比较（comparison），以防止"乱比"，才形成了一套建立在"科学"实证性为基础的、以影响关系为特征的"不比较"的比较文学学科理论体系，这终于挡住了克罗齐等人对比较文学"乱比"的批判，形成了以"科学"实证为特征的文学影响关系研究，确立了法国学派的学科理论和一整套方法论体系。当然，法国学派悍然砍掉比较研究，又不放弃"比较文学"这个名称，于是不可避免地出现了比较文学名不副实的尴尬现象，出现了打着比较文学名号，而又不比较的法国学派学科理论，这才是问题的关键。

当然，法国学派提出"比较文学不是文学比较"，只注重实证关系而不注重文学比较和文学审美，必然会引起比较文学的危机。这一危机终于由美国著名比较文学家韦勒克（René Wellek）在 1958 年国际比较文学协会第二次大会上明确揭示出来了。在这届年会上，韦勒克作了题为《比较文学的危机》的挑战性发言，对"不比较"的法国学派进行了猛烈批判，宣告了倡导平行比较和注重文学审美的比较文学美国学派的诞生。韦勒克作了题为《比较文学的危机》的挑战性发言，对当时一统天下的法国学派进行了猛烈批判，宣告了比较文学美国学派的诞生。韦勒克说："我认为，内容和方法之间的人为界线，渊源和影响的机械主义概念，以及尽管是十分慷慨的但仍属文化民族主义的动机，是比较文学研究中持久危机的症状。"韦勒克指出："比较也不能仅仅局限在历史上的事实联系中，正如最近语言学家的经验向文学研究者表明的那样，比较的价值既存在于事实联系的影响研究中，也存在于毫无历史关系的语言现象或类型的平等对比中。"很明显，韦勒克提出了比较文学就是要比较（comparison），就是要恢复巴登斯佩哲所讽刺和抛弃的"找点类似点"的平行比较研究。美国著名比较文学家雷马克（Henry Remak）在他的著名论文《比较文学的定义与功用》中深刻地分析了法国学派为什么放弃"比较"（comparison）的原因和本质。他分析说："法国比较文学否定'纯粹'的比较（comparison），它忠实于十九世纪实证主义学术研究的传统，即实证主义所坚持并热切期望的文学研究的'科学性'。按照这种观点，纯粹的类比不会得出任何结论，尤其是不能得出有更大意义的、系统的、概括性的结论。……既然值得尊重的科学必须致力于因果关系的探索，而比较文学必须具有科学性，因此，比较文学应该研究因果关系，即影响、交流、变更等。"雷马克进一步尖锐地指出，"比较文学"不是"影响文学"。只讲影响不要比较的"比较文学"，当然是名不副实的。显然，法国学派抛弃了"比较"（comparison），但是仍然带着一顶"比较文学"的帽子，才造成了比较文学"名"与"实"不相符合，造成比较文学不比较的尴尬，这才是问题的关键。

美国学派最大的贡献，是恢复了被法国学派所抛弃的比较文学应有的本义——"比较"（The American school went back to the original sense of comparative literature ——"comparison"），美国学派提出了标志其学派学科理论体系的平行比较和跨学科比较："比较文学是一国文学与另一国或多国文学的比较，是文学与人类其他表现领域的比较。"显然，自从美国学派倡导比较文学应当比较（comparison）以后，比较文学就不再有名与实不相符合的问题了，我们就不应当再继续笼统地说"比较文学不是文学比较"了，不应当再以"比较文学不是文学比较"来误导学生！更不可以说"一百余年来，比较文学这个名称是名不副实的。"不能够将雷马克的观点也强行解释为"比较文学不是比较"。因为在美国学派看来，比较文学就是要比较（comparison）。比较文学就是要恢复被巴登斯佩哲所讽刺和抛弃的"找点类似点"的平行比较研究。因为平行研究的可比性，正是类同性。正如韦勒克所说，"比较的价值既存在于事实联系的影响研究中，也存在于毫无历史关系的语言现象或类型的平等对比中。"恢复平行比较研究、跨学科研究，形成了以"找点类似点"的平行研究和跨学科研究为特征的比较文学美国学派学科理论和方法论体系。美国学派的学科理论以"类型学"、"比较诗学"、"跨学科比较"为主，并拓展原属于影响研究的"主题学"、"文类学"等领域，大大扩展比较文学研究领域。

二、比较文学的三个阶段

下面，我们从比较文学的三个学科理论阶段，进一步剖析比较文学不同阶段的学科理论特征。现代意义上的比较文学学科发展以"跨越"与"沟通"为目标，形成了类似"层叠"式、"涟漪"式的发展模式，经历了三个重要的学科理论阶段，即：

一、欧洲阶段，比较文学的成形期；二、美洲阶段，比较文学的转型期；三、亚洲阶段，比较文学的拓展期。我们将比较文学三个阶段的发展称之为"涟漪式"结构，实际上是揭示了比较文学学科理论的继承与创新的辩证关系：比较文学学科理论的发展，不是以新的理论否定和取代先前的理论，而是层叠式、累进式地形成"涟漪"式的包容性发展模式，逐步积累推进。比较文学学科理论发展呈现为层叠式、"涟漪"式、包容式的发展模式。我们把这个模式描绘如下：

法国学派主张比较文学是国际文学关系，是不同国家文学的影响关系。形成学科理论第一圈层：比较文学——影响研究；美国学派主张恢复平行比较，形成学科理论第二圈层：比较文学——影响研究＋平行研究＋跨学科研究；中国学派提出跨文明研究和变异研究，形成学科理论第三圈层：比较文学——影响研究＋平行研究＋跨学科研究＋跨文明研究＋变异研究。这三个圈层并不互相排斥和否定，而是继承和包容。我们将比较文学三个阶段的发展称之为层叠式、"涟漪"式、包容式结构，实际上是揭示了比较文学学科理论的继承与创新的辩证关系。

法国学派提出，可比性的第一个立足点是同源性，由关系构成的同源性。同源性主要是针对影响关系研究而言的。法国学派将同源性视作可比性的核心，认为影响研究的可比性是同源性。所谓同源性，指的是通过对不同国家、不同民族和不同语言的文学的文学关系研究，寻求一种有事实联系的同源关系，这种影响的同源关系可以通过直接、具体的材料得以证实。同源性往往建立在一条可追溯关系的三点一线的"影响路线"之上，这条路线由发送者、接受者和传递者三部分构成。如果没有相同的源流，也就不可能有影响关系，也就谈不上可比性，这就是"同源性"。以渊源学、流传学和媒介学作为研究的中心，依靠具体的事实材料在国别文学之间寻求主题、题材、文体、原型、思想渊源等方面的同源影响关系。注重事实性的关联和渊源性的影响，并采用严谨的实证方法，重视对史料的搜集和求证，具有重要的学术价值与学术意义，仍然具有广阔的研究前景。渊源学的例子：杨宪益，《西方十四行诗的渊源》。

比较文学学科理论的第二阶段在美洲，第二阶段是比较文学学科理论的转型期。从 20 世纪 60 年代以来，比较文学研究的主要阵地逐渐从法国转向美国，平行研究的可比性是什么？是类同性。类同性是指是没有文学影响关系的不同国家文学所表现出的相似和契合之处。以类同性为基本立足点的平行研究与影响研究一样都是超出国界的文学研究，但它不涉及影响关系研究的放送、流传、媒介等问题。平行研究强调不同国家的作家、作品、文学现象的类同比较，比较结果是总结出于文学作品的美学价值及文学发展具有规律性的东西。其比较必须具有可比性，这个可比性就是类同性。研究文学中类同的：风格、结构、内容、形式、流派、情节、技巧、手法、情调、形象、主题、文类、文学思潮、文学理论、文学规律。例如钱钟书《通感》认为，中国诗文有一种描写手法，古代批评家和修辞学家似乎都没有拈出。宋祁《玉楼春》词有句名句："红杏枝头春意闹。"这与西方的通感描写手法可以比较。

比较文学的又一次危机：比较文学的死亡

九十年代，欧美学者提出，比较文学作为一门学科已经死亡！最早是英国学者苏珊·巴斯奈特 1993 年她在《比较文学》一书中提出了比较文学的死亡论，认为比较文学作为一门学科，在某种意义上已经死亡。尔后，美国学者斯皮瓦克写了一部比较文学专著，书名就叫《一个学科的死亡》。为什么比较文学会死亡，斯皮瓦克的书中并没有明确回答！为什么西方学者会提出比较文学死亡论？全世界比较文学界都十分困惑。我们认为，20 世纪 90 年代以来，欧美比较文学继"理论热"之后，又出现了大规模的"文化转向"。脱离了比较文学的基本立场。首先是不比较，即不讲比较文学的可比性问题。西方比较文学研究充斥大量的 Culture Studies（文化研究），已经不考虑比较的合理性，不考虑比较文学的可比性问题。第二是不文学，即不关心文学问题。西方学者热衷于文化研究，关注的已经不是文学性，而是精神分析、政治、性别、阶级、结构等等。最根本的原因，是比较文学学科长期囿于西方中心论，有意无意地回避东西方不同文明文学的比较问题，基本上忽略了学科理论的新生长点，比较文学学科理论缺乏创新，严重忽略了比较文学的差异性和变异性。

要克服比较文学的又一次危机，就必须打破西方中心论，克服比较文学学科理论一味求同的比较文学学科理论模式，提出适应当今全球化比较文学研究的新话语。中国学派，正是在此次危机中，提出了比较文学变异学研究，总结出了新的学科理论话语和一套新的方法论。

中国大陆第一部比较文学概论性著作是卢康华、孙景尧所著《比较文学导论》，该书指出："什么是比较文学？现在我们可以借用我国学者季羡林先生的解释来回答了：'顾名思义，比较文学就是把不同国家的文学拿出来比较，这可以说是狭义的比较文学。广义的比较文学是把文学同其他学科来比较，包括人文科学和社会科学'。"[1]这个定义可以说是美国雷马克定义的翻版。不过，该书又接着指出："我们认为最精炼易记的还是我国学者钱钟书先生的说法：'比较文学作为一门专门学科，则专指跨越国界和语言界限的文学比较'。更具体地说，就是把不同国家不同语言的文学现象放在一起进行比较，研究他们在文艺理论、文学思潮，具体作家、作品之间的互相影响。"[2]这个定义似乎更接近法国学派的定义，没有强调平行比较与跨学科比较。紧接该书之后的教材是陈挺的《比较文学简编》，该书仍旧以"广义"与"狭义"来解释比较文学的定义，指出："我们认为，通常说的比较文学是狭义的，即指超越国家、民族和语言界限的文学研究……广义的比较文学还可以包括文学与其他艺术（音乐、绘画等）与其他意识形态（历史、哲学、政治、宗教等）之间的相互关系的研究。"[3]中国比较文学早期对于比较文学的定义中凸显了很强的不确定性。

由乐黛云主编，高等教育出版社 1988 年的《中西比较文学教程》，则对比较文学定义有了较为深入的认识，该书在详细考查了中外不同的定义之后，该书指出："比较文学不应受到语言、民族、国家、学科等限制，而要走向一种开放性，力图寻求世界文学发展的共同规律。"[4]"世界文学"概念的纳入极大拓宽了比较文学的内涵，为"跨文化"定义特征的提出做好了铺垫。

随着时间的推移，学界的认识逐步深化。1997 年，陈惇、孙景尧、谢天振主编的《比较文学》提出了自己的定义："把比较文学看作跨民族、跨语言、跨文化、跨学科的文学研究，更符合比较文学的实质，更能反映现阶段人们对于比较文学的认识。"[5]2000 年北京师范大学出版社出版了《比较文学概论》修订本，提出："什么是比较文学呢？比较文学是一种开放式的文学研究，它具有宏观的视野和国际的角度，以跨民族、跨语言、跨文化、跨学科界限的各种文学关系为研究对象，在理论和方法上，具有比较的自觉意识和兼容并包的特色。"[6]这是我们目前所看到的国内较有特色的一个定义。

---

1 卢康华、孙景尧著《比较文学导论》，黑龙江人民出版社 1984，第 15 页。
2 卢康华、孙景尧著《比较文学导论》，黑龙江人民出版社 1984 年版。
3 陈挺《比较文学简编》，华东师范大学出版社 1986 年版。
4 乐黛云主编《中西比较文学教程》，高等教育出版社 1988 年版。
5 陈惇、孙景尧、谢天振主编《比较文学》，高等教育出版社 1997 年版。
6 陈惇、刘象愚《比较文学概论》，北京师范大学出版社 2000 年版。

具有代表性的比较文学定义是 2002 年出版的杨乃乔主编的《比较文学概论》一书，该书的定义如下："比较文学是以跨民族、跨语言、跨文化与跨学科为比较视域而展开的研究，在学科的成立上以研究主体的比较视域为安身立命的本体，因此强调研究主体的定位，同时比较文学把学科的研究客体定位于民族文学之间与文学及其他学科之间的三种关系：材料事实关系、美学价值关系与学科交叉关系，并在开放与多元的文学研究中追寻体系化的汇通。"[7]方汉文则认为："比较文学作为文学研究的一个分支学科，它以理解不同文化体系和不同学科间的同一性和差异性的辩证思维为主导，对那些跨越了民族、语言、文化体系和学科界限的文学现象进行比较研究，以寻求人类文学发生和发展的相似性和规律性。"[8]由此而引申出的"跨文化"成为中国比较文学学者对于比较文学定义所做出的历史性贡献。

我在《比较文学教程》中对比较文学定义表述如下："比较文学是以世界性眼光和胸怀来从事不同国家、不同文明和不同学科之间的跨越式文学比较研究。它主要研究各种跨越中文学的同源性、变异性、类同性、异质性和互补性，以影响研究、变异研究、平行研究、跨学科研究、总体文学研究为基本方法论，其目的在于以世界性眼光来总结文学规律和文学特性，加强世界文学的相互了解与整合，推动世界文学的发展。"[9]在这一定义中，我再次重申"跨国""跨学科""跨文明"三大特征，以"变异性""异质性"突破东西文明之间的"第三堵墙"。

"首在审己，亦必知人"。中国比较文学学者在前人定义的不断论争中反观自身，立足中国经验、学术传统，以中国学者之言为比较文学的危机处境贡献学科转机之道。

三、两岸共建比较文学话语——比较文学中国学派

中国学者对于比较文学定义的不断明确也促成了"比较文学中国学派"的生发。得益于两岸几代学者的垦拓耕耘，这一议题成为近五十年来中国比较文学发展中竖起的最鲜明、最具争议性的一杆大旗，同时也是中国比较文学学科理论研究最有创新性，最亮丽的一道风景线。

---

7 杨乃乔主编《比较文学概论》，北京大学出版社 2002 年版。
8 方汉文《比较文学基本原理》，苏州大学出版社 2002 年版。
9 曹顺庆《比较文学教程》，高等教育出版社 2006 年版。

比较文学"中国学派"这一概念所蕴含的理论的自觉意识最早出现的时间大约是 20 世纪 70 年代。当时的台湾由于派出学生留洋学习，接触到大量的比较文学学术动态，率先掀起了中外文学比较的热潮。1971 年 7 月在台湾淡江大学召开的第一届"国际比较文学会议"上，朱立元、颜元叔、叶维廉、胡辉恒等学者在会议期间提出了比较文学的"中国学派"这一学术构想。同时，李达三、陈鹏翔（陈慧桦）、古添洪等致力于比较文学中国学派早期的理论催生。如 1976 年，古添洪、陈慧桦出版了台湾比较文学论文集《比较文学的垦拓在台湾》。编者在该书的序言中明确提出："我们不妨大胆宣言说，这援用西方文学理论与方法并加以考验、调整以用之于中国文学的研究，是比较文学中的中国派"[10]。这是关于比较文学中国学派较早的说明性文字，尽管其中提到的研究方法过于强调西方理论的普世性，而遭到美国和中国大陆比较文学学者的批评和否定；但这毕竟是第一次从定义和研究方法上对中国学派的本质进行了系统论述，具有开拓和启明的作用。后来，陈鹏翔又在台湾《中外文学》杂志上连续发表相关文章，对自己提出的观点作了进一步的阐释和补充。

在"中国学派"刚刚起步之际，美国学者李达三起到了启蒙、催生的作用。李达三于 60 年代来华在台湾任教，为中国比较文学培养了一批朝气蓬勃的生力军。1977 年 10 月，李达三在《中外文学》6 卷 5 期上发表了一篇宣言式的文章《比较文学中国学派》，宣告了比较文学的中国学派的建立，并认为比较文学中国学派旨在"与比较文学中早已定于一尊的西方思想模式分庭抗礼。由于这些观念是源自对中国文学及比较文学有兴趣的学者，我们就将含有这些观念的学者统称为比较文学的'中国'学派。"并指出中国学派的三个目标：1、在自己本国的文学中，无论是理论方面或实践方面，找出特具"民族性"的东西，加以发扬光大，以充实世界文学；2、推展非西方国家"地区性"的文学运动，同时认为西方文学仅是众多文学表达方式之一而已；3、做一个非西方国家的发言人，同时并不自诩能代表所有其他非西方的国家。李达三后来又撰文对比较文学研究状况进行了分析研究，积极推动中国学派的理论建设。[11]

继中国台湾学者垦拓之功，在 20 世纪 70 年代末复苏的大陆比较文学研

---

10 古添洪、陈慧桦《比较文学的垦拓在台湾》，台湾东大图书公司 1976 年版。

11 李达三《比较文学研究之新方向》，台湾联经事业出版公司 1978 年版。

究亦积极参与了"比较文学中国学派"的理论建设和学科建设。

季羡林先生 1982 年在《比较文学译文集》的序言中指出:"以我们东方文学基础之雄厚,历史之悠久,我们中国文学在其中更占有独特的地位,只要我们肯努力学习,认真钻研,比较文学中国学派必然能建立起来,而且日益发扬光大"[12]。1983 年 6 月,在天津召开的新中国第一次比较文学学术会议上,朱维之先生作了题为《比较文学中国学派的回顾与展望》的报告,在报告中他旗帜鲜明地说:"比较文学中国学派的形成(不是建立)已经有了长远的源流,前人已经做出了很多成绩,颇具特色,而且兼有法、美、苏学派的特点。因此,中国学派绝不是欧美学派的尾巴或补充"[13]。1984 年,卢康华、孙景尧在《比较文学导论》中对如何建立比较文学中国学派提出了自己的看法,认为应当以马克思主义作为自己的理论基础,以我国的优秀传统与民族特色为立足点与出发点,汲取古今中外一切有用的营养,去努力发展中国的比较文学研究。同年在《中国比较文学》创刊号上,朱维之、方重、唐弢、杨周翰等人认为中国的比较文学研究应该保持不同于西方的民族特点和独立风貌。1985 年,黄宝生发表《建立比较文学的中国学派:读〈中国比较文学〉创刊号》,认为《中国比较文学》创刊号上多篇讨论比较文学中国学派的论文标志着大陆对比较文学中国学派的探讨进入了实际操作阶段。[14]1988 年,远浩一提出"比较文学是跨文化的文学研究"(载《中国比较文学》1988 年第 3 期)。这是对比较文学中国学派在理论特征和方法论体系上的一次前瞻。同年,杨周翰先生发表题为"比较文学:界定'中国学派',危机与前提"(载《中国比较文学通讯》1988 年第 2 期),认为东方文学之间的比较研究应当成为"中国学派"的特色。这不仅打破比较文学中的欧洲中心论,而且也是东方比较学者责无旁贷的任务。此外,国内少数民族文学的比较研究,也应该成为"中国学派"的一个组成部分。所以,杨先生认为比较文学中的大量问题和学派问题并不矛盾,相反有助于理论的讨论。1990 年,远浩一发表"关于'中国学派'"(载《中国比较文学》1990 年第 1 期),进一步推进了"中国学派"的研究。此后直到 20 世纪 90 年代末,中国学者就比较文学中国学派的建立、理论与方法以及相应的学科理论等诸多问题进行了积极而富有成效的探讨。

---

12 张隆溪《比较文学译文集》,北京大学出版社 1984 年版。

13 朱维之《比较文学论文集》,南开大学出版社 1984 年版。

14 参见《世界文学》1985 年第 5 期。

刘介民、远浩一、孙景尧、谢天振、陈淳、刘象愚、杜卫等人都对这些问题付出过不少努力。《暨南学报》1991 年第 3 期发表了一组笔谈，大家就这个问题提出了意见，认为必须打破比较文学研究中长期存在的法美研究模式，建立比较文学中国学派的任务已经迫在眉睫。王富仁在《学术月刊》1991 年第 4期上发表"论比较文学的中国学派问题"，论述中国学派兴起的必然性。而后，以谢天振等学者为代表的比较文学研究界展开了对"X+Y"模式的批判。比较文学在大陆复兴之后，一些研究者采取了"X+Y"式的比附研究的模式，在发现了"惊人的相似"之后便万事大吉，而不注意中西巨大的文化差异性，成为了浅度的比附性研究。这种情况的出现，不仅是中国学者对比较文学的理解上出了问题，也是由于法美学派研究理论中长期存在的研究模式的影响，一些学者并没有深思中国与西方文学背后巨大的文明差异性，因而形成"X+Y"的研究模式，这更促使一些学者思考比较文学中国学派的问题。

经过学者们的共同努力，比较文学中国学派一些初步的特征和方法论体系逐渐凸显出来。1995 年，我在《中国比较文学》第 1 期上发表《比较文学中国学派基本理论特征及其方法论体系初探》一文，对比较文学在中国复兴十余年来的发展成果作了总结，并在此基础上总结出中国学派的理论特征和方法论体系，对比较文学中国学派作了全方位的阐述。继该文之后，我又发表了《跨越第三堵'墙'创建比较文学中国学派理论体系》等系列论文，论述了以跨文化研究为核心的"中国学派"的基本理论特征及其方法论体系。这些学术论文发表之后在国内外比较文学界引起了较大的反响。台湾著名比较文学学者古添洪认为该文"体大思精，可谓已综合了台湾与大陆两地比较文学中国学派的策略与指归，实可作为'中国学派'在大陆再出发与实践的蓝图"[15]。

在我撰文提出比较文学中国学派的基本特征及方法论体系之后，关于中国学派的论争热潮日益高涨。反对者如前国际比较文学学会会长佛克马（Douwe Fokkema）1987 年在中国比较文学学会第二届学术讨论会上就从所谓的国际观点出发对比较文学中国学派的合法性提出了质疑，并坚定地反对建立比较文学中国学派。来自国际的观点并没有让中国学者失去建立比较文学中国学派的热忱。很快中国学者智量先生就在《文艺理论研究》1988 年第

---

[15] 古添洪《中国学派与台湾比较文学界的当前走向》，参见黄维梁编《中国比较文学理论的垦拓》167 页，北京大学出版社 1998 年版。

1 期上发表题为《比较文学在中国》一文，文中援引中国比较文学研究取得的成就，为中国学派辩护，认为中国比较文学研究成绩和特色显著，尤其在研究方法上足以与比较文学研究历史上的其他学派相提并论，建立中国学派只会是一个有益的举动。1991 年，孙景尧先生在《文学评论》第 2 期上发表《为"中国学派"一辩》，孙先生认为佛克马所谓的国际主义观点实质上是"欧洲中心主义"的观点，而"中国学派"的提出，正是为了清除东西方文学与比较文学学科史中形成的"欧洲中心主义"。在 1993 年美国印第安纳大学举行的全美比较文学会议上，李达三仍然坚定地认为建立中国学派是有益的。二十年之后，佛克马教授修正了自己的看法，在 2007 年 4 月的"跨文明对话——国际学术研讨会（成都）"上，佛克马教授公开表示欣赏建立比较文学中国学派的想法[16]。即使学派争议一派繁荣景象，但最终仍旧需要落点于学术创见与成果之上。

比较文学变异学便是中国学派的一个重要理论创获。2005 年，我正式在《比较文学学》[17]中提出比较文学变异学，提出比较文学研究应该从"求同"思维中走出来，从"变异"的角度出发，拓宽比较文学的研究。通过前述的法、美学派学科理论的梳理，我们也可以发现前期比较文学学科是缺乏"变异性"研究的。我便从建构中国比较文学学科理论话语体系入手，立足《周易》的"变异"思想，建构起"比较文学变异学"新话语，力图以中国学者的视角为全世界比较文学学科理论提供一个新视角、新方法和新理论。

比较文学变异学的提出根植于中国哲学的深层内涵，如《周易》之"易之三名"所构建的"变易、简易、不易"三位一体的思辨意蕴与意义生成系统。具体而言，"变易"乃四时更替、五行运转、气象畅通、生生不息；"不易"乃天上地下、君南臣北、纲举目张、尊卑有位；"简易"则是乾以易知、坤以简能、易则易知、简则易从。显然，在这个意义结构系统中，变易强调"变"，不易强调"不变"，简易强调变与不变之间的基本关联。万物有所变，有所不变，且变与不变之间存在简单易从之规律，这是一种思辨式的变异模式，这种变异思维的理论特征就是：天人合一、物我不分、对立转化、整体关联。这是中国古代哲学最重要的认识论，也是与西方哲学所不同的"变异"思想。

16 见《比较文学报》2007 年 5 月 30 日，总第 43 期。
17 曹顺庆《比较文学学》，四川大学出版社 2005 年版。

由哲学思想衍生于学科理论，比较文学变异学是"指对不同国家、不同文明的文学现象在影响交流中呈现出的变异状态的研究，以及对不同国家、不同文明的文学相互阐发中出现的变异状态的研究。通过研究文学现象在影响交流以及相互阐发中呈现的变异，探究比较文学变异的规律。"[18]变异学理论的重点在求"异"的可比性，研究范围包含跨国变异研究、跨语际变异研究、跨文化变异研究、跨文明变异研究、文学的他国化研究等方面。比较文学变异学所发现的文化创新规律、文学创新路径是基于中国所特有的术语、概念和言说体系之上探索出的"中国话语"，作为比较文学第三阶段中国学派的代表性理论已经受到了国际学界的广泛关注与高度评价，中国学术话语产生了世界性影响。

四、国际视野中的中国比较文学

文明之墙让中国比较文学学者所提出的标识性概念获得国际视野的接纳、理解、认同以及运用，经历了跨语言、跨文化、跨文明的多重关卡，国际视野下的中国比较文学书写亦经历了一个从"遍寻无迹""只言片语"而"专篇专论"，从最初的"话语乌托邦"至"阶段性贡献"的过程。

二十世纪六十年代以来港台学者致力于从课程教学、学术平台、人才培养，国内外学术合作等方面巩固比较文学这一新兴学科的建立基石，如淡江文理学院英文系开设的"比较文学"（1966），香港大学开设的"中西文学关系"（1966）等课程；台湾大学外文系主编出版之《中外文学》月刊、淡江大学出版之《淡江评论》季刊等比较文学研究专刊；后又有台湾比较文学学会（1973 年）、香港比较文学学会（1978）的成立。在这一系列的学术环境构建下，学者前贤以"中国学派"为中国比较文学话语核心在国际比较文学学科理论、方法论中持续探讨，率先启声。例如李达三在 1980 年香港举办的东西方比较文学学术研讨会成果中选取了七篇代表性文章，以 *Chinese-Western Comparative Literature: Theory and Strategy* 为题集结出版，[19]并在其结语中附上那篇"中国学派"宣言文章以申明中国比较文学建立之必要。

学科开山之际，艰难险阻之巨难以想象，但从国际学者相关言论中可见西方对于中国比较文学学科的发展抱有的希望渺小。厄尔·迈纳（Earl Miner）

---

18 曹顺庆主编《比较文学概论》，高等教育出版社 2015 年版。

19 *Chinese-Western Comparative Literature：Theory & Strategy*，Chinese Univ Pr.1980- 6

在 1987 年发表的 *Some Theoretical and Methodological Topics for Comparative Literature* 一文中谈到当时西方的比较文学鲜有学者试图将非西方材料纳入西方的比较文学研究中。(until recently there has been little effort to incorporate non-Western evidence into Western com- parative study.) 1992 年，斯坦福大学教授 David Palumbo-Liu 直接以《话语的乌托邦：论中国比较文学的不可能性》为题（*The Utopias of Discourse: On the Impossibility of Chinese Comparative Literature*）直言中国比较文学本质上是一项"乌托邦"工程。(My main goal will be to show how and why the task of Chinese comparative literature, particularly of pre-modern literature, is essentially a *utopian* project.) 这些对于中国比较文学的诘难与质疑，今美国加州大学圣地亚哥分校文学系主任张英进教授在其 1998 编著的 *China in a polycentric world: essays in Chinese comparative literature* 前言中也不得不承认中国比较文学研究在国际学术界中仍然处于边缘地位（The fact is, however, that Chinese comparative literature remained marginal in academia, even though it has developed closely with the rest of literary studies in the United Stated and even though China has gained increasing importance in the geopolitical world order over the past decades.)。[20] 但张英进教授也展望了下一个千年中国比较文学研究的蓝景。

新的千年新的气象，"世界文学""全球化"等概念的冲击下，让西方学者开始注意到东方，注意到中国。如普渡大学教授斯蒂文·托托西（Tötösy de Zepetnek, Steven）1999 年发长文 *From Comparative Literature Today Toward Comparative Cultural Studies* 阐明比较文学研究更应该注重文化的全球性、多元性、平等性而杜绝等级划分的参与。托托西教授注意到了在法德美所谓传统的比较文学研究重镇之外，例如中国、日本、巴西、阿根廷、墨西哥、西班牙、葡萄牙、意大利、希腊等地区，比较文学学科得到了出乎意料的发展（emerging and developing strongly）。在这篇文章中，托托西教授列举了世界各地比较文学研究成果的著作，其中中国地区便是北京大学乐黛云先生出版的代表作品。托托西教授精通多国语言，研究视野也常具跨越性，新世纪以来也致力于以跨越性的视野关注世界各地比较文学研究的动向。[21]

---

20 Moran T . Yingjin Zhang, Ed. China in a Polycentric World: Essays in Chinese Comparative Literature[J].现代中文文学学报,2000,4(1):161-165.

21 Tötösy de Zepetnek, Steven. "From Comparative Literature Today Toward Comparative Cultural Studies." CLCWeb: Comparative Literature and Culture 1.3 (1999):

以上这些国际上不同学者的声音一则质疑中国比较文学建设的可能性，一则观望着这一学科在非西方国家的复兴样态。争议的声音不仅在国际学界，国内学界对于这一新兴学科的全局框架中涉及的理论、方法以及学科本身的立足点，例如前文所说的比较文学的定义，中国学派等等都处于持久论辩的漩涡。我们也通晓如果一直处于争议的漩涡中，便会被漩涡所吞噬，只有将论辩化为成果，才能转漩涡为涟漪，一圈一圈向外辐射，国际学人也在等待中国学者自己的声音。

上海交通大学王宁教授作为中国比较文学学者的国际发声者自 20 世纪末至今已撰文百余篇，他直言，全球化给西方学者带来了学科死亡论，但是中国比较文学必将在这全球化语境中更为兴盛，中国的比较文学学者一定会对国际文学研究做出更大的贡献。新世纪以来中国学者也不断地将自身的学科思考成果呈现在世界之前。2000 年，北京大学周小仪教授发文（*Comparative Literature in China*）[22]率先从学科史角度构建了中国比较文学在两个时期（20 世纪 20 年代至 50 年代，70 年代至 90 年代）的发展概貌，此文关于中国比较文学的复兴崛起是源自中国文学现代性的产生这一观点对美国芝加哥大学教授苏源熙（Haun Saussy）影响较深。苏源熙在 2006 年的专著 *Comparative Literature in an Age of Globalization* 中对于中国比较文学的讨论篇幅极少，其中心便是重申比较文学与中国文学现代性的联系。这篇文章也被哈佛大学教授大卫·达姆罗什（David Damrosch）收录于《普林斯顿比较文学资料手册》（*The Princeton Sourcebook in Comparative Literature*，2009[23]）。类似的学科史介绍在英语世界与法语世界都接续出现，以上大致反映了中国学者对于中国比较文学研究的大概描述在西学界的接受情况。学科史的构架对于国际学术对中国比较文学发展脉络的把握很有必要，但是在此基础上的学科理论实践才是关系于中国比较文学学科国际性发展的根本方向。

我在 20 世纪 80 年代以来 40 余年间便一直思考比较文学研究的理论构建问题，从以西方理论阐释中国文学而造成的中国文艺理论"失语症"思考

22　Zhou, Xiaoyi and Q.S. Tong, "Comparative Literature in China", Comparative Literature and Comparative Cultural Studies, ed., Totosy de Zepetnek, West Lafayette, Indiana: Purdue University Press, 2003, 268-283.

23　Damrosch, David (EDT)*The Princeton Sourcebook in Comparative Literature*: Princeton University Press

属于中国比较文学自身的学科方法论，从跨异质文化中产生的"文学误读""文化过滤""文学他国化"提出"比较文学变异学"理论。历经 10 年的不断思考，2013 年，我的英文著作：*The Variation Theory of Comparative Literature*（《比较文学变异学》），由全球著名的出版社之一斯普林格（Springer）出版社出版，并在美国纽约、英国伦敦、德国海德堡出版同时发行。*The Variation Theory of Comparative Literature*（《比较文学变异学》）系统地梳理了比较文学法国学派与美国学派研究范式的特点及局限，首次以全球通用的英语语言提出了中国比较文学学科理论新话语："比较文学变异学"。这一新概念、新范畴和新表述，引导国际学术界展开了对变异学的专刊研究（如普渡大学创办刊物《比较文学与文化》2017 年 19 期）和讨论。

欧洲科学院院士、西班牙圣地亚哥联合大学让·莫内讲席教授、比较文学系教授塞萨尔·多明戈斯教授（Cesar Dominguez），及美国科学院院士、芝加哥大学比较文学教授苏源熙（Haun Saussy）等学者合著的比较文学专著（Introducing Comparative literature: New Trends and Applications[24]）高度评价了比较文学变异学。苏源熙引用了《比较文学变异学》（英文版）中的部分内容，阐明比较文学变异学是十分重要的成果。与比较文学法国学派和美国学派形成对比，曹顺庆教授倡导第三阶段理论，即，新奇的、科学的中国学派的模式，以及具有中国学派本身的研究方法的理论创新与中国学派"（《比较文学变异学》（英文版）第 43 页）。通过对"中西文化异质性的"跨文明研究"，曹顺庆教授的看法会更进一步的发展与进步（《比较文学变异学》（英文版）第 43 页），这对于中国文学理论的转化和西方文学理论的意义具有十分重要的价值。（"Another important contribution in the direction of an imparative comparative literature-at least as procedure-is Cao Shunqing's 2013 *The Variation Theory of Comparative Literature*. In contrast to the "French School" and "American School" of comparative Literature, Cao advocates a "third-phrase theory", namely, "a novel and scientific mode of the Chinese school," a "theoretical innovation and systematization of the Chinese school by relying on our *own* methods" (*Variation Theory* 43; emphasis added). From this etic beginning, his proposal moves forward emically by developing a "cross-civilizaional study on the heterogeneity between

---

24 Cesar Dominguez, Haun Saussy, Dario Villanueva Introducing Comparative literature: New Trends and Applications，Routledge,2015

Chinese and Western culture" (43), which results in both the foreignization of Chinese literary theories and the Signification of Western literary theories.）

　　法国索邦大学（Sorbonne University）比较文学系主任伯纳德·弗朗科（Bernard Franco）教授在他出版的专著（《比较文学：历史、范畴与方法》）*La littératurecomparée: Histoire, domaines, méthodes* 中以专节引述变异学理论，他认为曹顺庆教授提出了区别于影响研究与平行研究的"第三条路"，即"变异理论"，这对应于观点的转变，从"跨文化研究"到"跨文明研究"。变异理论基于不同文明的文学体系相互碰撞为形式的交流过程中以产生新的文学元素，曹顺庆将其定义为"研究不同国家的文学现象所经历的变化"。因此曹顺庆教授提出的变异学理论概述了一个新的方向，并展示了比较文学在不同语言和文化领域之间建立多种可能的桥梁。（Il évoque l'hypothèse d'une troisième voie, la « théorie de la variation », qui correspond à un déplacement du point de vue, de celui des « études interculturelles » vers celui des « études transcivilisationnelles . » Cao Shunqing la définit comme « l'étude des variations subies par des phénomènes littéraires issus de différents pays, avec ou sans contact factuel, en même temps que l'étude comparative de l'hétérogénéité et de la variabilité de différentes expressions littéraires dans le même domaine ».Cette hypothèse esquisse une nouvelle orientation et montre la multiplicité des passerelles possibles que la littérature comparée établit entre domaines linguistiques et culturels différents.）[25]。

　　美国哈佛大学（Harvard University）厄内斯特·伯恩鲍姆讲席教授、比较文学教授大卫·达姆罗什（David Damrosch）对该专著尤为关注。他认为《比较文学变异学》（英文版）以中国视角呈现了比较文学学科话语的全球传播的有益尝试。曹顺庆教授对变异的关注提供了较为适用的视角，一方面超越了亨廷顿式简单的文化冲突模式，另一方面也跨越了同质性的普遍化。[26]国际学界对于变异学理论的关注已经逐渐从其创新性价值探讨延伸至文学研究，例如斯蒂文·托托西近日在 *Cultura* 发表的（Peripheralities: "Minor" Literatures, Women's Literature, and Adrienne Orosz de Csicser's Novels）一文中便成功地将变异学理论运用于阿德里安·奥罗兹的小说研究中。

---

25 Bernard Franco La litt é raturecompar é e: Histoire, domaines, m é thodes，Armand Colin 2016.

26 David Damrosch Comparing the Literatures,Literary Studies in a Global Age,Princeton University Press,2020.

　　国际学界对于比较文学变异学的认可也证实了变异学作为一种普遍性理论提出的初衷，其合法性与适用性将在不同文化的学者实践中巩固、拓展与深化。它不仅仅是跨文明研究的方法，而是一种具有超越影响研究和平行研究，超越西方视角或东方视角的宏大视野、一种建立在文化异质性和变异性基础之上的融汇创生、一种追求世界文学和总体问题最终理想的哲学关怀。

　　以如此篇幅展现中国比较文学之况，是因为中国比较文学研究本就是在各种危机论、唱衰论的压力下，各种质疑论、概念论中艰难前行，不探源溯流难以体察今日中国比较文学研究成果之不易。文明的多样性发展离不开文明之间的交流互鉴。最具"跨文明"特征的比较文学学科更需要文明之间成果的共享、共识、共析与共赏，这是我们致力于比较文学研究领域的学术理想。

　　千里之行，不积跬步无以至，江海之阔，不积细流无以成！如此宏大的一套比较文学研究丛书得承花木兰总编辑杜洁祥先生之宏志，以及该公司同仁之辛劳，中国比较文学学者之鼎力相助，才可顺利集结出版，在此我要衷心向诸君表达感谢！中国比较文学研究仍有一条长远之途需跋涉，期以系列丛书一展全貌，愿读者诸君敬赐高见！

曹顺庆

二零二一年十月二十三日于成都锦丽园

序　言

最早来到美洲大陆的亚洲人始于 18 世纪早期，"根据一些记载，1769
年……菲律宾人……大多为水手、仆人、奴隶……也有相当数量的华人、日本
人和南亚人"，19 世纪的华裔移民以参与美国铁路修筑的工人为主，到了 19
世纪中期除了劳务输出等身份以外，美国还出现了来自亚洲的难民移民。这一
时期囿于美国 19 世纪严苛的移民政策，亚裔人口呈现出人数少、男性比例高
的特征。1882 年，美国历史上出台了史无前例的首部种族主义移民法案《排
华法案》，某些社区成为名副其实的"光棍社区"。亚裔为了延续种族繁衍，出
现了战争新娘、照片新娘等特有的历史操作。此外，早期亚洲人在美国生活状
况堪忧，发展也严重受到限制，地理上居住分散，情感上疏离不亲密，几乎没
有可见的团体和联盟。

以亚洲典型的代表日裔为例，19 世纪后半叶开始日本人开始大规模进入
美国以填补排华法案之后国内劳动力不足的缺口。辛勤的劳作并未抵消传统
美国白人心中对亚洲面孔的东方式想象；而明治维新之后日本昌盛的国力对
欧美的潜在威胁再次唤醒白人对亚洲人的"黄祸"（yellow peril）焦虑；美国
国内经济危机后，亚洲劳工被选作替罪羊以排遣白人劳工的不满；排日浪潮反
复迭起，并在 20 世纪 20、30 年代抵达一个小高潮。系统性的种族歧视将日本
移民及其后代被孤立在小东京等日裔贫民窟中。珍珠港事件爆发之后，对日种
族歧视在沸腾的美国民族主义浪潮中将日裔贴上境内敌人之污名，日裔公民
权被美国国家官方系统剥夺，西海岸拥有日本血统的人被迫集体迁入内陆长
期遭受拘留，羞耻、恐惧、愤怒、无助、绝望等负情感将日本移民及后代吞噬，

并塑造了企图将那耻辱创伤彻底遗忘埋藏的"沉默一代"。20 世纪 50 年代之后，从拘留营释放出的受到创伤的日裔渴望融入美国，成为百分之百的白人，以洗刷污名和抚慰创伤，凭借着向上阶级流动成为首批"模范少数族裔"。可以说，日裔在白人心中形象从黄祸、仇敌再到"模范少数族裔"的身份转变代表着亚裔的身份标签的扭转。但如此的身份攀升过程也反射着传统日裔在美国白人文化霸权之下强烈的身份焦虑。变白的渴望折射着非白人的耻辱、被歧视的伤痛和被圈禁的恐惧。

日裔的负情感表达开始由指向自我转向抛向外界，也更倾向将负情感从一种身份困境转化为与弱势他者建立共同体的情感资源。当新自由主义推动着美国和日本经济、政治和文化的跨国流动，日本作为日裔祖先的原乡，日本文化作为日裔的文化遗产，成为他们参与跨国流动的资本之一。美国跨国公司企图召唤起美国在日本新殖民主义时期残留的由白人中产代表的美国国家光辉富足形象以获取利润之时，日裔跨国流动主体便反向心生厌恶感，联合那些被跨国公司排斥的"他者"，反向曝光跨国公司的一系列厌恶操作，让人回归本体本身的脆弱性肉身，召唤起权势者流变弱势，瓦解将人等而化之的各种阶序，呼吁族群共居和与弱势他者的伦理连结。新时期的日裔作品聚焦自由的多元文化时代，资产阶级和跨国资本如何设计陷害亚裔等少数族群，而亚裔又如何借用"厌恶"的情感动能不断扰乱权力秩序，开启逃逸路线，创造生命互依的族裔内部情感共同体。

从华裔和日裔的交叉和交往观察，珍珠港事件以后，"很少有华人参与到 1941 年后的美国反日运动中去，许多华人对二次世界大战后返回西海岸的日裔还尽力施予帮助。早在 20 世纪 20 年代，威廉·史密斯就注意到，第二代亚裔华、日两个群体彼此非常认同。到 20 世纪 60 年代末'美国亚裔'一词出现之前，美国的亚裔移民就彼此认同了"[1]。民权运动及美国多元文化主张的推动让包括日裔在内的亚裔确立了自身亚裔美国人的身份。在当时纷繁复杂的美国国内环境中，任何族裔都不能独善其身。"美国华裔非常清楚，反日情绪不会为他们带来任何利益，因为一旦国际政治局势或中美关系发生变化，这种敌对情绪便会转移到华人身上"[2]。

1　尹晓煌：《美国华裔文学史》，徐颖果译，天津:南开大学出版社，2006 年: 转引自 147 页。
2　尹晓煌：《美国华裔文学史》，徐颖果译，天津:南开大学出版社，2006 年: 第 147 页。

再看看亚洲其他族裔的情况。1975 年越南战争结束，大量越南裔移民涌入美国境内，他们有志于建立类似于"小西贡"的聚居地。越南裔新锐作家阮清越（Viet Thanh Nguyen，1971-）以小说《同情者》（*The Sympathizer*，2016）、《难民》（*The Refugees*，2017）叙述了作为战争和政治难民的生存困境。菲律宾裔文学《老爸的笑声》（*The Laughter of My Father*，1944）、《美国在心中》（*America is In the Heart*，1946），印度裔作品《疾病解说者》（*Interpreter of Maladies*，1999）等等也属于此类作品，它们聚焦情感主体在种族、阶级和性别的高压环境下，认同白人社会，又因自身的民族自觉和文化传统，修复自我族裔主体性。

20 世纪 60 年代，美国移民政策改善，大批合法移民进入。根据普利策奖获得者亚裔新闻记者阿列克斯·提臧（Alex Tizon，1959-2017）的观察，在各族裔内部，"父母辈和祖父母辈只与同胞亲近：越南人和越南人在一起，朝鲜人和朝鲜人在一起，柬埔寨人和柬埔寨人在一起。[3]"此时的亚裔情感共同体基本上是以同乡—同胞—同族的方式连接，但是到了 80 年代以后，情况发生了改观。从居住分布上看，"不同民族来源的亚裔族群搬离了加州伯克利和圣马特奥城内的主要居住地而重新定居郊外，形成了多亚裔族群相对集中的居住模式，甚至在一些地方亚裔还构成人口的多数"[4]。亚裔各族裔之间出现连接的转折是发生于 1982 年的华裔男青年陈果仁被打致死事件[5]。他们共同的身份变成了"黄祸"，"在美国人眼里都是一样的，也许才是最大的凝聚力。是'种族制服（racial uniform）'让他们成了同一种人"[6]。中国人、日本人、韩国人、越南人、菲律宾人、印度人等遭受到共同的威胁，亚裔身份和面孔的一致性逐渐激发了他们的泛亚意识，形成一些非正式关系，包括简要的协议和社会实体。白人主流社会对模范少数族裔恐惧，从而在职场和社会的方方面面设置了玻璃天花板（glass ceiling）。从日本城或者小东京、韩国城、唐人街和小西贡

3　阿列克斯·提臧：《何以为我》，余莉译，北京：北京联合出版公司，2020 年：第 60 页。

4　董娣，《亚裔美国人运动的缘起与影响》，《南京大学学报》2002 年第 2 期，第 78 页。

5　1982 年夏天中国洗衣店老板的养子，准新郎陈果仁在底特律派对上被一对白人汽车工人继父子误认为是日本人（受日本进口汽车的冲击，底特律大量汽车行业裁员）而殴打致死。

6　阿列克斯·提臧：《何以为我》，余莉译，北京：北京联合出版公司，2020 年：第 60 页。

到 90 年代的泛亚联盟，依托 60 年的美国民权运动、妇女运动、反对越战运动和新左派运动，亚裔初步形成自己的情感共同体。

长久以来，情感问题已经深入人类的文化基因里，影响着人类的行为组织和决策方式。在"大分裂"大行其道的当代美国社会，情感作为一种诊断方式，在救治美国社会的顽疾中发挥着重要作用。2005 年，著名负情感专家赛宁·盖（Sianne Ngai）发表该领域的抗鼎之作《负感情》（又译《丑陋的感情》）（*Ugly Feelings*），并首次提出与传统的宏大的负情感相比，相对微弱、持续并引发不适的七种负情感类型，包括"傀化（animatedness）"、"焦躁（irritation）"、"嫉妒（envy）"、"焦虑（anxiety）"、"惊乏（stuplimity）"、"偏执（paranoia）"、"厌恶（disgust）"，以负情感理论和实证阐述了美国少数族裔人群生存的困境和情感美学，创造性地论证了负情感的正能量和情动力。本部专著的写作灵感来源于盖，但绝不止步于盖。本部专著旨在从政治、经济和文化的维度讨论亚裔美国文学中的三种代表性负情感，揭示其产生的深层次的社会成因和根源，阐发负情感政治的强大情动力量，并尝试从中国传统儒家思想的包容性出发提出建设亚裔共同体想象的可能性。

负情感研究目前在国内还属于起步阶段，借用"负情感"视角打开美国少数族裔生活的方方面面具有一定的创新性。而亚裔，是与国人相关性最高的种族。因此，笔者选择了亚裔的各支书写，试图以此拼凑出整个亚裔的情感本地图全貌。而笔者更大的野心是基于情感的情动力和族裔渴望实现最大程度上的情感连接，描摹出属于亚裔的文学情感共同体想象。碍于篇幅有限，书选取的文本数量也有限，本书的讨论基于选中文本但不限于此。具体来说，本书拟从负情感和情感共同体构建的角度对美国亚裔文学中日裔、韩裔、华裔、越南裔、菲律宾裔、印度裔等六个主要亚洲族裔分支文学中的负情感案例进行展示，分别以日裔作家约翰·冈田（John Okada，1923-1971）的《不-不仔》、韩裔作家诺拉玉子（Nora Keller，1965-）的《狐女》、华裔台湾作家游朝凯（Charles Yu，1976-）的《唐人街内部》、菲律宾裔作家卡洛斯·布洛桑（Carlos Bulosan，1911-1956）的小说《老爸的笑声》和《美国在心中》、越南裔作家阮清越（Viet Thanh Nguyen，1971-）的作品《同情者》和《难民》、华裔作家汤亭亭（Maxine Hong Kingston，1940-）的《女勇士》、伍慧明（Fae Myenne Ng，1956-）的《骨》和印度裔作家裘帕·拉希莉（Jhumpha Lahiri，1967-)的作品《疾病解说者》为例，探讨负情感在诊断美国社会痼疾和反对种族不平等方面的积极构建力量和情感共同体的建构情况。

非常荣幸本书被四川大学曹顺庆教授团队比较文学与世界文学研究丛书收录，并由台湾花木兰出版社出版发行。衷心感谢出版方和组织者，借此机会我将四年的博士学习成果整理成册出版。在二十世纪二十年代的开端，我们经历了人类历史上罕见的新冠疫情和战争等错综复杂的社会境况和生活现实，静心感受了变化莫测的国际形势，"经世致用"成为我们的投身学习和研究事业的终身目标。在本书的创作时间，我经历过与先贤对话的阅读乐趣，思辨论证的千疮百孔，路径设计的漏洞百出，也领教过精神顿悟的神圣瞬间和一通百通的至乐时刻。研究和写作过程中有过"如临深渊"的绝望，也有过"柳暗花明"的惊喜；有过"行至水穷"的彷徨，亦有过"坐看云起"的际遇。

本部专著《亚裔美国文学中的负情感和情感共同体想象》是 2021 年安徽省哲学社会科学规划项目"东方感性：亚裔美国文学中的负情感和情感共同体想象"（AHSKQ2021D108）的阶段性成果。在本书成书过程中，还得到了上海外国语大学汪小玲教授的指导和帮助，在此致以诚挚的谢意。

程仲

于安徽

绪　论

一、研究对象和选题意义

在《亚裔美国文学：作品及社会背景介绍》（*Asian American Literature: An Introduction to the Writings and Their Social Context*，1982）中，金惠经（Elaine Kim）教授将亚裔美国文学定义为"由华裔，日裔，韩裔和菲律宾裔美国人用英语出版的文学作品"（Preface xi）。自 20 世纪 40、50 年代以来，亚裔美国文学屡次在象征美国文学最高殿堂的三大奖项，即普利策奖、美国国家图书奖、以及笔会／福克纳奖中屡次取得突破。2000 年普利策小说奖授予年仅 33 岁印度裔女作家述帕·拉希莉（Jhumpa Lahiri），获奖的作品是《疾病解说者》（*Interpreter of Maladies*，1999）。2016 年越南裔作家阮清越因谍战小说《同情者》（*The Sympathizer*，2015）获得普利策小说奖。继 1981 年的美国国家图书奖非虚构类奖颁给华裔作家汤婷婷（Maxine Hong Kingston）的《中国佬》（*China Men*，1980）之后，1999 年的小说类大奖又再次授予了关于中国场景下的中国男女故事作品《等待》（*Waiting*，1999），之后《等待》又斩获 2020 年笔会／福克纳小说奖。2019 年韩裔女性作家苏珊·崔（Susan Choi）的《信任练习》（*Trust Exercise*，1998）获得了美国国家图书奖；2020 年台湾籍华裔作家游朝凯（Charles Yu）凭借讽刺作品《唐人街内部》（*Interior Chinatown*，2020）获美国国家图书奖。笔会／福克纳小说奖青睐日裔作家作品，戴维·伽特森（David Guterson）的《雪落香杉树》（*Snow Falling on Cedars*，1994）和朱丽·大塚的《阁楼里的佛》分别于 1995 年和 2012 年获此奖项。2005 年华裔作家哈金在《等待》之后，又凭借《战废品》（*War Trash*，2004）获笔会／福克纳小说奖。亚裔文学因其多元而异质的"离散"和"他者"视角，与美国社会的种族、性别和政治问题层层交织叠加，书写了亚洲人特有的细腻、敏感的感性认知和情感特征，多维度折射出美国社会的方方面面。

"情感叙事就是情感和重复的故事结构和内部组成之间的关系"（Massumi，2015：22）。负情感在情感叙事上建构应激策略，在情感政体[1]（雷迪，2020：171）内部迅速发展，为亚裔边缘人群的生存赋能，产生新的情动[2]力和美学张力。斯宾诺莎也认为："情感是天然具有原始的政治属性的。情感的能量爆发是影响和被影响的双向关系，即对世界保持开放的态度，积极、耐心地在关系和事件之中等待情感的反作用力（Massumi，2015：Preface ix）"。至此，负情感叙事变成一种另类的生存策略，是积极的文化政治美学的呈现。

从外部环境上看，2020 年新型冠状病毒（COVID-19）进入全球大流行状态，截止到 2021 年第二季度，全美境内针对亚裔的仇恨犯罪率持续抬升，社会各界人士也共同呼吁"停止反对亚裔仇恨"。对此，知名华裔历史学家李漪莲（Erika Lee）在社交网络上公开回应"针对亚裔的种族主义和暴力，是美国系统性的悲剧"。亚裔挣扎在主流社会间的夹缝中，游走于民权运动的灰色地带。在内部，异质多面的亚裔族群的悬殊的社会阶层划分，也使亚裔移民群体越发松散、分裂。事实上，亚裔在身份流散和文化多元方面具有高度的个体差异性，他们试图保留母国民族文化的烙印，又接受新国家的文化同化。现当代亚裔美国文学中的负情感叙事问诊了美国社会的历史和现当代问题，为未来美国族裔认同和社会发展走向开出药方，推动美国社会的发展和进步。在族裔内部和外部，亚裔均有加强情感连接（articulation）（Hall，2016：121）的愿望和实际行动。亚裔美国文学的书写中流露出对情感共同体／社区（Affective Community）的想象和诉求。推而广之，面对当今美国的世界性和民族性、全球化与本土化的双重变奏，构建族裔意识和多元平等的多族裔社群成为必然趋势。亚裔美国文学在上述诸多方面均做出了有益的尝试和实践，同时也重申

---

1 又叫情感体制，是一套规范性的情感和官方仪式与行动，以及宣讲和灌输这些规范性的情感及仪式的衔接话语。它是任何一个稳定政权（政体）的必要基础。

2 马苏米采用了斯宾诺莎的情动的概念，认为情动和情感遵循"不同的逻辑，属于不同的秩序"。情动"体现在纯粹的自主反应中，最直接的表现在皮肤上——在身体表面，在它与事物的界面上"，情感包括"社会语言对体验质量的固定，从那时起这种体验被定义为个人体验"。

亚美文学的特质和世界意义，为美国社会的其他族裔生存和发展路径提供了一定的参考和借鉴。

二、研究综述

1972 年，"啊咦集团！"[3]（Aiiieeeee Group）的代表人物赵健秀和陈耀光（Jefferey Paul Chan）联合发表了《种族主义的爱》（"Racist Love"）一文，首次提出"亚裔美国感性"（"Asian American Sensibility"）这一情感概念，较早地触碰了了亚裔的情感问题，具体探讨了共同但有区别的华裔美国感性（Chinese American Sensibility）和日裔美国感性（Japanese American Sensibility）（Chin and Chan，65-79）。二人替沉默的华裔发声，表达了早期美国华裔艰辛而困顿的移民生活。华裔一方面承受非人的政治排华高压，另一方面继续向往在新大陆美好的生活。人口锐减的华裔社区在"种族自恨"（self-contempt）和"种族自爱"（self-love）的情绪更迭中摇摆。赵健秀认为"他们编的文集之所以取名'哎咿'（'啊咦'），就是他们认为在参与创造美国文化的过程中，亚裔美国人经历了如此漫长的忽视和排斥。他们被伤害了，他们悲伤、愤怒、诅咒与疑惑，这就他们的'哎咿'！！！（Chin，1975：9）"根据牛津英语词典（OED），从词源上看，"sensibility"来源于：1. 中世纪的法语 sensibilité，表示能引起感觉或感官能力的状态或性质；2. 后古典拉丁语 sensibilitat-，sensibilitas，表示智力，知觉，敏感度，感觉。比较 15 世纪早期的西班牙语 sensibilidad 和 14 世纪意大利语 sensibilitade 至 17 世纪 sensibilità。这两者在意义上都具有"能够引起感觉的状态或性质"。随着英语名词后来的语义发展，在特定意义上比较法语中的感觉词，表示"对事物的情感依恋或兴趣"（1662），"同情心"（1678），"感激之情"（1680）等。再考察韦氏大字典（Merriam & Webster），"感性"（"sensibility"）指：1. 接受感觉的能力，敏感度特别是触觉敏感度；2. 对愉悦或是痛苦印象的特殊敏感性，多用作复数；3. 作为一种情感，对另一种情感的认知和反应；4. 对情感和品味的提炼或过分敏感性，特别是对悲伤的情感反应。从上述权威字典的释义可将"sensibility"总结为"感性"敏感程度很高，与情感密切关联或是情感本身。王心洁、肖青竹在解读《饮碗茶》中的"亚裔感性"时认为它是"非异国情调"的，只有以'局内人'"

3　1976 年陈耀光等合编的《啊咦！美国亚裔作家文集》（以下简称《啊咦！》）被《党派评论》比作"美国华／亚裔文艺复兴的宣言"。"啊咦"也译为"哎咿"。

的视角反映华裔美国人的真实生活才称得上具有'亚裔感性'"（2005：82）。
就《饮碗茶》这部作品而言，需要具备以下三个条件才显示出文学中"亚裔感
性"的情感元素，即内容是半自传成分、深受儒家传统文化的影响、使用地道
的粤"四邑"（Sze Yup）地区方言。"感性"是如此敏锐以至于如果出生在中国
或日本的话，不管你对亚洲的生活有无记忆，它也能将你从美国出生的亚洲人
中区分开来（Chin，1975：11）。亚裔在美国的生存经验和奋斗历史尽管不尽
相同，但是无论从华裔在西部修建铁路、日裔在二战后拘留营遭受种族迫害、
越南裔越战后在美国流离失所、韩裔被迫沦为"慰安妇"、菲律宾裔等东南亚
劳工输出廉价劳务、后9.11时代阿拉伯裔遭遇甄别搜查等，"亚裔感性"在亚
美文学中的书写中多是负面的，字里行间始终透露出一丝敢怒不敢言的含蓄
情感，又期待在某个关键时间节点发泄出长久的隐忍。

　　长期以来，广大亚洲地区深受古老的东方儒家文化圈影响，儒家传统文化
在亚洲各国家和民族之间广泛传播。"先秦儒家和后代儒者，都是充分认同人
之情感存在的合理性，但同时更重视对情感的节制"（李凯，2002：145），东
方儒家元典更强调礼乐，所谓"礼乐之说，管乎人情"。"怨而不怒"（127）在
古老东方传统诗学的呈现上与"情至"、"温柔敦厚"、"中和"、"含蓄"（146）
的精神密切相关。"儒家（东北亚）对教育的重视、对面子和家庭名声的顾及、
对等级制度的习以为常以及对孝道的信仰这些因素的综合"（黄秀玲，2007：
63）形塑了亚洲人"克己"的传统形象。以儒家文化在日、韩和新加坡的传播
为例，这几个国家都使用汉字，是"汉字文化圈"的代表。在江户时期的日本，
"五常之理"，谨言慎行、忍让不争的儒家思想（也）以其隐忍含蓄、顾全大
局、深明大义的特点征服了江户武士，从而成为'文治'政策的发端；（杨立
影，2014：134）韩国诗话"作为一种源于中国古代的批评样式,它既有别于'西
方诗学'一贯的运思方式与结构体制，又独具'东方诗话'特有的审美趣味与
学术风格,体现了以儒家文化为主导的'东方文化圈'含蓄、蕴藉的文化内涵
以及深厚、内敛的民族文化性格"（蔡美花，赵季，前言，一）；东方儒家传统
价值观念鼓励新加坡人"建立一种和谐的、谦让的和诚实的人际关系，维持着
勤俭、顺从和忍耐的美德"（王文钦，1995：150）。作为上世纪90年代亚洲四
小龙的狮城的成功模式可以概括为西方电子技术加东方勤俭克制的美德。东
方人的这种内敛、羞于表达的感性，在情感上则是对细微处高度敏感，却往往
止步于行动。上述讨论到的"东方"实际上是一个以儒家文化为基础的（但不

限于）亚洲传统文化圈，与巴勒斯坦阿拉伯裔学者爱德华·萨义德在《东方学》中所涉及的"东方"不是一个一致的地理和文化概念，但是不可否认二者是有交叉的。"将欧洲之东的地域空间命名为'东方的'这一长达几个世纪之久的做法部分是政治性的，部分也是宗教性的，部分的是想象性的"（1999：211）。由于战略需要，欧洲人还根据距自己远近将东方划分近东、中东和远东地区。为此，萨义德强调传统意义上的"东方"是欧洲中心主义的，并带有一定的殖民色彩。"东方学归根到底是一种强加于东方之上的政治学说，因为与西方相比东方总是处于弱势，于是人们就用弱代替其异。（260）"萨义德认为亚洲地区和部分非洲地区仅是"东方"概念意涵的地理基础和物质基础，他修正了传统的"东方"概念，指出"东方"有三个方面的抽象含义：一种学术研究学科意义上的东方；一种思维方式上的东方；一种权力话语方式的东方。"东方"在本书的讨论范围内涵盖所有亚洲的行政规划区域，不含非洲东北部地区。"东方感性"统领一种含蓄、克制的情感类型，与古老的东方神秘感紧紧相连，通常见于亚洲儒家传统文化圈。

20世纪60年代以来，随着美国民权运动的深入，少数族裔要求平权的呼声越来越高。2005年斯坦福大学负情感专家赛宁·盖（Sianne Ngai）出版专著《负情感》（*Ugly Feelings*）一书，提出与恐惧、愤怒、仇恨、敌意等典型的宏大的突然性（suddenness）负情感相比，相对微弱、持续并引发疼痛和不舒服的七种负情感类型，包括"傀化（animatedness）"、"嫉妒（envy）"、"焦躁（irritation）"、"焦虑（anxiety）"、"惊乏（stuplimity）"、"偏执（paranoia）"，"厌恶（disgust）"，以负情感理论和实证阐述了美国边缘人群生存的情感政治，创造性地论证了负情感的正能量和情动力。在现当代亚裔美国文学作品中，"东方感性"微妙地呈现，压抑着其他强烈的负面情绪。"东方感性"和盖对负情感的定义在一定范畴上具有高度的一致性，是羞耻、害羞、自怜、自卑、忧郁、哀悼、孤独等一种、两种或几种的复合负情感。20世纪中期，作为第一位研究日本的美国专家，鲁思·本尼迪克特（Ruth Benedict）在《菊与刀》（*The Chrysanthemum and the Sword*）中首次提出日本国民性的"耻"感命题。关于"羞耻"情感，学界已经有很多论述，黄秀玲（Sau-ling Cynthia Wong）就论道："耻辱（羞耻）的根源不是天生的残缺，而是对自己和社团的背叛"（2004：72）；同样，在《情感的文化政治》（*The Cultural Politics of Emotion*，2004）一书里，萨拉·艾哈迈德（Sara Ahmed）写到"羞耻的束缚是被别人看见而加剧了羞耻本身。（103）"通常的观念中情感是私人的、个体的、自内而外的，而艾哈迈德则认为情感通过在身体和符号之间流通的方式，使得个体和集体身体"浮现"了出来，创造了身体和物体的边界。而这种特性是把情感暴露在公共领域，是产生情动力的前提条件。日裔经典文学作品《不—不仔》（*No-No Boy*，1957）的主人翁一郎在二战后复杂的政治环境里众叛亲离，既"自卑"（inferiority）又"自怜"（self-pity）（徐颖果，2012：342），想证明自己，却又精疲力竭。负面情绪微弱地抒发，最终给予一郎对美国政府说"不"的勇气。而另一方面，一郎的情感状态又极其分裂，他的羞耻（shame）分为好几个层面，既有对与母国作战的羞耻，对参战受伤的"yes-yes boy"的愧疚，又有看见不良同乡的耻辱感，还以日本对战争胜利方的错误宣传为耻等等一系列负面情绪，像一郎一样的不-不小子为自己的种族犯下的错误买单，同时又遭受到现在国家的背叛。华裔作家徐忠雄的《家园》里，离乡背井的陈雨津沉溺在自怜自艾里，情到深处的时候他通过"'梦境身份扮演'体验族裔经验，重构家国历史"（许双如，2018：257）。在汤婷婷（Maxine Hong Kingston）1979 年出版的《女勇士：少女时代的鬼魂回忆》（*The Woman Warrior: Memoirs of a Girlhood Among Ghosts*），亚洲人的忧郁则被视为一种过激形式的"疑病症"或"臆想症"（hypochondria）（65）。在当今美国高度发达的后工业社会里，伴随着集中爆发的移民、难民以及现代性和后现代性相关问题，人类逐渐失去了对自我和他人的信任而产生了高度的异化，孤独（loneliness）成为一种普遍存在的情感。2020 年，新冠疫情大爆发后，少数族裔特别是遭到最大程度仇视和暴力的亚裔正在经历精神上荒原，他们亟需情感上的联合，而这种诉求在现当代亚美文学中已经初见端倪。

以上几类负情感都是主观指向型情感，情感轨迹是主体的内化和在客体身上的投射。负情感叙事在政治、经济和文化的接触地带打破边界，为美国社会变革提供动能。弗雷德雷克·詹姆逊（Fredric Jameson）认为文学天然是政治的，即使是最虚弱的文学都渗透着政治无意识，一切文学都是对集体命运的象征性思考，把作品看成是社会的象征性表达。这一点，涂尔干（Émile Durkheim）和弗莱（Northrop Frye）在关于神话等的原型批评里均有表征和论述。詹姆逊曾在《政治无意识》（*The Political Unconscious: Narrative as a Socially Symbolic Act*，2006）中指出"对历史和现实的本身接触必须通过它的事先文本化（textualization），即它在政治无意识中的叙事化（narrativization）。（26）"

"情感是以政治行动的方式起作用"，在盖的研究里，负情感具有政治"诊断性而非策略性，尤其是对暂无行动状态的政治诊断"（Ngai，2005：22）。本研究试图在此基础上，拓宽负情感研究的政治情动功能，即除诊断性以外，更加关注亚美文学中的负情感政治叙事中的情动力。情感叙事与经济也有着千丝万缕的联系。情感在不同的主体或物体之间运动和流通，在界面粘附（stick）、滑动（slide）（Ahmed，2004：8），产生情绪感染。情感在流通的过程中，个体融入集体，情感成为调配个体与集体间社会关系的要件，作用于主体的集合，不从属于任何物体。艾哈迈德还提出情感经济学模式，认为情感是一种流通资本，是在流通的过程中产生的，情动并不从属于任何个体或符号系统。某些符号，在和别的符号产生关联的时候，会增加所包含的情感价值，情动自此生发出原始动能。因此，挖掘负情感的经济叙事价值具有重要的实用价值和社会学意义。在文化方面，亚美文学的负情感叙事更具特色，比如鬼魂文化、饮食文化和"孝"文化等。《女勇士》（*Women Warrior*，1976）里"作者借'鬼'这个'意中之象'，以一个天真无邪的小女孩的视角，充分表现了美籍华人在美国文化种族歧视压迫下的陌生感、压抑感和不安全感。（薛玉凤，2009：86）""吃虽然是人类为满足生理需求而普遍存在的行为，但其形式却在很大程度上受到文化的影响，因此饮食实践能够充当编码和表述社会关系的复杂结构（黄秀玲，2004：29）"。"在《喜福会》中，我们发现有一个章节的食物色情写作被用以暗指与之相反的含义：对异国文化的抵制"（101）。黄秀玲认为亚裔年轻一代在"吃"文化上由"必需"到"奢侈"的实践实质是一种行为抗议，抒发年轻一代成长的忧郁和不可言说的惆怅。受东方儒家文化影响最深的华裔美国人，其核心价值文化"孝"在美国也发生了微妙的变化。伍慧明（Fae Myenne Ng）的小说《骨》（*Bones*，1993）里，讲述了一个在旧金山的"纸生仔"（paper son）家庭的代际冲突。女儿尼娜向父母隐瞒自己怀孕的事实，因为她明白这是父母眼中的"羞耻"，与中国式的"孝"背道而驰。"孝"文化到美国后甚至演变成父权体制下，家长控制子女自由的工具。在金学品看来，"这种性政治斗争与儒家思想的孝文化的冲突主要表现在两个方面：子女的婚姻自主权／生育权和性取向自由权（同性恋和异性恋的区别）"（77）。在代际矛盾中，父辈的痛苦始终无法化解，子女在"孝"与"不孝"之间作出情感的归顺或反叛。

现当代亚美文学中的"东方感性"弥漫着悠远绵长的感伤和忧思。400年前，英国诗人约翰·多恩布在一首布道词里写到："没有人是一座孤岛"。列维纳斯（Emmanuel Levinas）在谈论异族时使用了"面孔"观："四海之内皆兄弟这样的说法表示的并不是人与人的长相相似，也不是指他们出自相同的因果关系，犹如出自相同的模具，……而是因为我自己所怀有的责任，产生于直觉的我的那副绝对是异族的面孔（这幅面孔的呈现与这两种时刻相吻合），我的这种责任构成了博爱的原处面孔。（1979：214）""要使人从孤独和痛苦的压力中解放出来，还必须使人返回到公共生活，返回到人类共同体上来。（张能为，2016：115）"如何处理独体（singularities）和共体（community）的共生关系呢？希利斯·米勒（J. Hillis Miller）在《萌在他乡：米勒中国演讲集》对独体和共体（社区）的界定有众多表述。"独体是外向的，在一切都消失的极限点，暴露给其他独体（2016：186）"。米勒还根据前人的定义，把共同体分成两种模式，一种是华莱士的共同体，即普通的、常识性的社区；第二种是让-吕克南希的共同体，强调个体的共同。这就为不同族裔独体联合提供了理论基础，跨越种族的情感流通成为的共同体的文化合作机制。共体的概念是具有复杂本质的，总体性内部的各层面之间的关系也是相互交错的，情感共体连接是在特定情形下，不同元素的统一，这种连接不是永久性的，而不断更新的，旧的连接被推翻，新的连接又重新建立起来。同时，不同实践活动的连接并不代表它们的趋同化，或者一种实践活动融入另外一种。他们彼此保持各自差异和生存状况。情感连接维持着统一中的差异，差异和统一之间的连接正是面对人类重大突发公共事件的情感出路。本书将拓宽米勒划分的模式，情感共体成为共体的第三种模式，既不张举社会形态中一个层面必定和另外一个层面相对应，它也不站在其对立面，主张对应的不存在。

在此基础上，本书拟从负情感角度出发，对亚裔美国文学中的负情感的定义、表征和运作，负情感的政治、经济和文化诊断作用开展系统性论证，以期展开一种情感共同体想象并为后种族、后真相时代的美国问题提供一些答案参考。

三、基本框架和研究方法

本书以负情感的界定、表征和运作反映亚裔在美国的生存境况和情感困境，情感断层是跨种族的。以地理范围划分负情感的政治、经济和文化叙事诊断了美国亚裔所遇到地域性的性别、阶级、种族和后殖民问题，表明了"负情感"属于共同体伦理范畴，国家／种族／文明是在相互关系中定义的。以负情感的主体张力和情动力为出发点，从共同善、交叉性、儒家文化和共同体的同构性论证情感共同体的必要性，也从反面论述了共体的介入和悖反机制。少数族裔亟需构建族裔内部和外部的情感连接，建立健全多元文化的对话机制。

　　现当代亚裔美国文学的"负情感"中富含具有东方特色的羞耻、害羞、自怜、自卑、忧郁、哀悼、孤独等一种、两种或几种的复合负情感。此类负情感体验背后的政治、经济和文化叙事诊断了当代美国社会的种族、阶级、性别和后殖民等多重社会问题，表现了亚裔作家群体的情感主体性和政治自觉性，透露出他们对族裔与家国同构的共同体想象。据此，专著的具体框架设计如下：首先，本专著划分为绪论、四个章节和结论，共六部分。绪论部分包含研究背景、文献综述和研究问题、理论框架以及重要概念的界定。基于对现当代亚美文学的文本分析，第一章呈现种族的耻感文化，各小节分别对应：（1）日裔战争、移民环境中的羞耻；（2）韩裔的污名羞耻和身体殖民；（3）华裔种族刻板印象与模范少数族裔之耻。第二章讨论地域的忧郁情结，即（1）越南裔难民叙事中的忧郁；2）菲律宾裔忧郁的负情感经济学；3）菲律宾裔的政治性抑郁。第三章讨论移民的孤独情感，分别对应：（1）华裔"孤"者的鬼魂叙事；（2）华裔"孤"者的文化叙事；（3）印度裔"孤"者的疾病叙事。第四章着重讨论情动和情感共同体想象，分别对应：（1）情动；（2）情感共同体想象。

　　以地域性的代表性情感为划分标准，前三章分别对应三类负情感：羞耻（shame）—忧郁（melancholia）、和孤独（loneliness）情感。以亚美作品中的文本剖析，文本和文外互证的方式深挖负情感的定义、表征和运行机制。作品基于但不限于本书将要重点讨论的作品，即华裔作品《唐人街内部》、《女勇士》、《骨》，日裔作品《不—不仔》，韩裔作品《狐女》（*Fox Girl*，2003），越南裔作品《同情者》、《难民》（*The Refugees*，2017），菲律宾裔文学《老爸的笑声》（*The Laughter of My Father*，1944）、《美国在心中》（*America is In the Heart*，1946），印度裔作品《疾病解说者》等。第一章主要涉及的当代亚美文学中的种族的耻感文化。羞耻是亚裔被看见的悲伤，持久且具有一定的隐蔽性。羞耻感和自卑感被纳入一种共同体的伦理范畴，成为"他者"凝视下的情感标的。情感主体在种族、阶级和性别的高压环境下，认同白人社会，又因自身的民族自觉和文化传统，修复自我族裔主体性。《不—不仔》描写了一郎的种族羞耻；《狐女》则叙述了沉默的女性群体的性羞耻；《唐人街内部》则是新近华人对种族羞耻新真相的探索力作。第二章重点讨论亚裔的地域忧郁。由黑胆汁过多引起的忧郁情感在亚美文学里变成一个道德问题——争论的焦点在于患者的痛苦是否要受到谴责，而治疗方式也类似于刑罚。情感主体的身体在不间断变化，紧张、压抑、不适的压力下导向新的自我认知和国家认同，忧郁症患者始终在寻求一个情感的突破口，以期获得主体的能动性和族裔的本真性。《同情者》和《难民》里面的充满了主体忧郁的情感；在《老爸的笑声》中，菲律宾裔的忧郁诠释了忧郁的负情感经济学；而在《美国在心中》里，菲律宾裔的政治性抑郁则引起了族裔的政治运动和平权进步。第三章讨论移民的孤独。从《女勇士》论"孤"者的鬼魂叙事，以《骨》贯穿"孤"者的文化叙事，以《疾病解说者》谈"孤"者的疾病叙事。以此审视这三种负情感对美国社会的政治、战争和难民，经济和移民，文化和儒学的诊断功能，以叙事的隐性进程和非自然叙事为观察手段剖析显性叙事下的暗流。战时的满目疮痍或战后的哀鸿遍野让作家感叹"所有战争都会打两次，第一次是在战场上，第二次是在记忆里（谷雨，阮清越）"。美国社会中的自由民主共识正在消亡，政治上陷入自我分裂的"政治极化"（political polarization）状态，少数族裔则进入无限内卷化（involution）的生存困境。然而，亚裔并不步于在负感情中沉湎，亚裔负情感导向对美国种族和阶级问题的社会诊断，即负情感折射出战争边缘人群的生存困境及其要求平等权利的少数族裔平权（Affirmative Action）文化。亚裔负情感实则是亚裔通过逐步探寻夹缝中的文化真空地带，最终选择对传统文化的坚守和美国文化规训的反叛。

第四章从情动力的生发和凝聚管窥亚裔对情感共同体的诉求和想象。第一节聚焦情动，重点讨论追溯情动的渊源，探索亚美文学中的情动力，发现"情感的社会结构"学说的适用性和情感的负-正转化趋势。由羞耻到忧郁再到孤独的线性情感发展，赋能情感主体以"共"取代"独"，追求族裔内部和外部的情感共通和共融。第二节聚焦情感的共同体想象，从政治学概念"共同善"（Common Good）出发论述负情感情动触发情感主体亲社会情感的心智结构体系，并在参与共同活动的过程中形成心理上的"共生共存感"（张方华，2016：4）。共同善作为一种规范个体偏好标准和道德价值观的最大公约数概念引导情感主体对国家和集体责任的最终确认。接着，运用性别理论"交叉性"讨论种族、阶级、性别交叉中的社区联动。第二节重点关注儒家思想和情感共同体想象的互动和创生关系。从儒家文化与社区的角度论述情动的生长性，即亚洲儒家文化圈和共同体的同构性。从布朗肖"爱的共通体"到巴塔耶、伽达默尔的"友谊"，亚裔负情感主体涉及的共同体包含父母-子女-家庭、兄弟姐妹情、相同者、他者、工会组织和博爱社区等等，儒家文化的仁、义、礼、智、圣（信）、恕、忠、孝、悌等核心思想价值为情感社区的共建提供了理论和实践启示，儒家文化要求的不是简单机械的合几为一，而是和而不同。亚洲儒家文化圈和亚裔社群的发展相互补充，共生共荣。本书通过对当代亚裔美国文学中的负情感，即羞耻、忧郁和孤独等一系列情感的考察，试图表征和诊断后种族、后真相时代亚裔在美国生存所遇到的政治、经济和文化困境。负情感赋能情动力，情感独体追求情感的最终联合。情感共同体连接驱使"共情"主体打破性别、阶层、种族和国别的界限，激起独体对族裔他者、性别他者、阶级他者，乃至动物他者的共情和对生命的敬畏，即生发出情感共同体的可能——"基于自我"、"爱有等差"的共通人性。

本书以文学的基本研究方法为主，在文本细读的基础上，根据写作实际需求结合文化-心理学-政治学-历史学-社会学等多元学科研究路径，采取跨学科研究方法，厘清负情感的发展脉络，前景化负情感的政治、经济和文化叙事，彰显负情感的情动力，构建文学、文化、历史、政治和社会的多声部论述格局，从多个切面立体观察文学中的"事件"。采用多种批评和理论视角结合的方法，以负情感理论为主线，辅助以心理学理论、叙事学理论和政治学理论等多种批评理论，对负情感机制的运作、阐发添加多理论和多维视角，全面展现负情感的修复张力和美学表现。主要采取案例分析的方法，通过重点文本的解读分析负情感的表征和诊断内容。在专著写作中，以以上研究方法和理论视角为基础，但不限于以上理论框架和研究实践，在写作实践中突破、发展、丰富已有负情感研究框架。

第一章　种族的耻感文化

　　一个多世纪以来，对美国亚裔的民族性讨论甚嚣尘上，亚裔的耻感（shame）传统和文化早已成为标的。亚裔的耻感文化与亚裔种族的族裔性相关，尤其以东亚裔更为突出。以爱德华·霍尔的研究为例，他区别了以日、美为代表的高、低语境文化，认为处于高语境文化的"日本文化压抑情感的公开表达（2010：100）"。整个东亚都是高语境文化圈，其情感相对低语境文化圈的人更加含蓄、内敛，即使经历多代际的同化，在剔除刻板印象（stereotype）的毒瘤之余，种族的影子和羞耻的情感在亚裔美国文学作品里仍然有重要表征。

　　20世纪中期，作为第一位研究日本的美国专家，鲁思·本尼迪克特（Ruth Benedict）在《菊与刀》（*The Chrysanthemum and the Sword*）中首次提出日本国民性的"耻"感命题。关于"羞耻"情感，学界已经有很多论述，黄秀玲就论道："耻辱（羞耻）的根源不是天生的残缺，而是对自己和社团的背叛"（2004：72）；同样，在《情感的文化政治》（*The Cultural Politics of Emotion*，2004）一书里，萨拉·艾哈迈德（Sara Ahmed）写到"羞耻的束缚是被别人看见而加剧了羞耻本身。（103）"通常的观念中情感是私人的、个体的、自内而外的，而艾哈迈德则认为情感通过在身体和符号之间流通的方式，使得个体和集体身体"浮现"了出来，创造了身体和物体的边界。而这种特性是把情感暴露在公共领域，是产生情动力的前提条件。羞耻的运行逻辑是情感主体展示在公共领域或他者视野里，主体产生逃避、背离，甚至反抗的态度。

　　本章按照一定的时间跨度选材，聚焦日裔经典文学作品《不—不仔》（*No-*

No Boy，1957）、韩裔作品《狐女》（*Fox Girl*，2003）和台湾籍华裔好莱坞新锐作家作品《唐人街内部》（*Interior Chinatown*，2020）等三部小说中的种族羞耻情感文化。二战时期日裔的种族羞耻蕴涵丰硕的层次感和极端的分裂性，日裔为曾经的母国和种族犯下的罪行买单，又遭到现在的国家的歧视和背叛。韩裔混血女性的性污名羞耻是后殖民主义、西方霸权主义和男权社会的合谋产物，她们的身体一体两用，既是受害本身又是反抗的手段。而进军好莱坞的华裔演员，男性不是饰演龙套角色就是武打等特型角色；女性则只能饰演妓女、佣人等低下角色。上进努力的模范亚裔陷入"刻板印象"（stereotype）的牢笼，不可挣脱"小角色"之耻。功夫明星也还是"功夫"主打，没有一般白人演员的对白和镜头，好莱坞和电影的话语权终究是西方的。种族的耻感在小人物的身上投射、隐忍和变化。

一、战争、移民环境中的羞耻

《不—不仔》是美籍日裔作家约翰·冈田出版的唯一一部小说，也是当时第一部日裔美国文学作品。1957 年发表以后在同胞中反响平平，同时也基于日裔弱势的政治和经济地位，在主流社会更无人问津。1976 年，本书再版时，华裔文学批评届代表人物赵健秀（Frank Chin）为本书做后记，才让这本远远被低估的作品重新进入批评届的视线。这篇后记最早刊登在西雅图大都会周报上（*Weekly of Metropolitan Seattle*），后经冈田首肯入书。冈田在写作上与同是黄种人的赵健秀心心相惜，因此，赵健秀毫不吝啬对冈田的赞美，他认为冈田可比美国的伟大作家"马克·吐温"（Okada，1976：254）。值得注意的是，冈田本人并不是不—仔，二战期间他参加了美国空军对日喊话（日语）行动。至于他为何跳出自己的军旅身份，走向对立面去撰写历史或然小说，即他未选择的人生道路？确实是引人深思。

（一）耻感的来源和成因

1941 年 12 月 7 日，日本偷袭美军夏威夷海军基地，震惊世界。美国遭受重创，在美生活的日裔美国人成为美国泄怒的牺牲品。美国政府立刻对日裔民众采取行动，"1942 年 2 月 19 日罗斯福总统签署第 9066 号行政令将超过 11 万日裔人口赶至西海岸重新安置"（Girst，2015：9）。"重置"是拘留营美化的代名词，大部分日裔经历大迁徙后，财产损失殆尽，被迫缩小居住空间，有些人还遭遇隔离审查。最冤屈的是，与小说《不—不仔》的主人公山田一郎

（Yamada Ichiro）一样，绝大多数日裔美国人在美国出生，从没有到过日本，把美国当成自己的祖国。至于说从事间谍活动，更是欲加之罪。美国政府这种以偏概全的行为侵害了大部分日裔正常的生活轨迹和正当利益。为应对太平洋战场的全面爆发，1943 年 2 月美国政府又发布征兵令，其中要求日裔适龄男子填写"日裔公民声明"，其中包含两个关键的问题：

第 27 题：你是否愿意在美国的武装部队服役，或服从命令随时随地地执行作战任务？

第 28 题：你是否愿意宣誓绝对效忠美国，在美国遭受到国内外力量攻击时，忠诚卫国，同时，收回对日本天皇或其他外国政府及组织的所有效忠誓言？（里夫斯，2018：143）

这无异于将日裔二世青年男子群体陷于两难的境地，他们穷尽一生都在回答这两个问题。由于家庭和一世施加的压力，他们如果选择尽"孝"，回答"不—不"，就不能为美国尽"忠"。而一旦选择美国，回答"是-是"，家庭的分裂和精神上的逃离便在所难免。这两个问题是没有标准答案的，但是问题本身给日裔带来的耻感伴随一生。一郎原初的想法是参军，但是母亲的祖国（日本）情结和高压劝导让他选择回答双"不"。于是在两年的拘留营生活之外，美国额外施加"不—不仔"两年的牢狱之灾。前者带来的是日裔集体的耻辱，而后者则是对一郎等"不—不仔"个体的羞辱。羞耻来源于普遍意义上的暴露，在于"他者的鄙夷、嘲笑或者逃避"（Williams，1994：90）之中，要求一个内在化的他者。羞耻体系是一种部分或是相关联度很高的他者自律体系，介于行为和性格之间，把控自卫的情感功能。小说中的羞耻情感在伦理抉择上分裂多变，经过剖析和归纳，基本上可以分为以下四个层次。

首当其冲的就是来自家庭内部参战意见分化的羞耻。（1）是否选择与母国作战？"与羞耻相关联的基本经验是被人看见，不恰当地说，是在错误的状态中，被错误的人看见。（78）"1943 年征兵令中两个问题其实是陷阱，不管一郎等日裔青年如何选择，都是有问题的。如果想当完完全全的美国人，就需要参军对战日本。于公于私，特别是面对母亲的道德绑架都是不合适的。参战即在"错误的状态"中被家人、同胞等"错误的人看见"。这种来自他者的"凝视"（gaze）（82）让人无法正常生存。母亲从道德上施予裹挟，明确一郎不可"与自己人为战"（Okada，1976：23）。囿于上述的伦理困境，一郎选择了回避策略，即不与母国正面交锋。（2）弟弟太郎选择高中肄业就去参军，并对哥哥的胆怯行为嗤之以鼻。太郎在哥哥出狱后没有对其有任何温情和宽慰，反而质疑哥哥真正的美国人身份。"在太郎眼里，父亲无能、母亲疯狂，哥哥是他耻辱的来源"（张龙海，2018：125）。由此可见，在漫长的代际同化中，更年轻一点的太郎等人选择效忠美国，即当真正的美国人。(3)日本国内对战争胜利方的错误"宣传"（propaganda）（37）也让一郎分外羞耻，以一郎母亲为代表的很多日裔一世在战争结束很多年之后还不知道日本战败投降的事实。对于日本政府颠倒黑白、捏造事实的可笑行为，使得一郎在美国更是抬不起头来。其次，日裔羞耻来源于美国种族歧视的内化。(1)出狱后 25 岁的一郎回到西雅图，遇到一些日裔同乡。这些人整日无所事事，混迹生活，自暴自弃，染上了赌博、酗酒、嫖娼等一系列恶习。一郎以他们为耻，不屑与之为伍。美国人轻视日裔，这些混混的不良行为要为此负责。(2)回顾过往的拘留营生活，同胞所到之处，皆是赌博、酗酒、嫖娼等不良行为。糜烂的生活是日裔不自强、不自立的证据，美国人轻贱日裔无可厚非。一郎为身在这一群体中羞耻和自责。再次，一郎羞耻来源于不参战的负面影响。(1)作为只服役半年就因身体原因退役的荣藤（Eto），看见一朗看从监狱释放出来，往他身上吐痰羞辱他。(2)碰见参战并不幸截肢的故人健治（Kenji）时，一郎的羞耻感达到了顶点。可是，他无法重新选择。伦理（对日）上的不合适不代表实际上的不正确，事实上一郎家"年轻一辈在家说英语，老一辈则说日语，父母只能说一到两个英语单词，孩子们也是基本不会说日语(7)"，他甚至连筷子都不会用(86)。日裔二世生在美国、长在美国，说是美国人一点也不过分。如果按此逻辑推理，摒弃掉一些主观因素，一郎参军无可厚非。看到健治为美国作出的牺牲和替日本的赎罪行为时，一郎更加手足无措，他不知道今后如何面对这个朋友。(3)遭遇陌生人的嘲笑，他们看见一郎，让他在路上"用日语说'不-不'"（78）。一郎不仅感受到了羞辱，还有一丝愠怒。第四，与前三类一郎的羞耻不同，这里将讨论的是美利坚民族之耻。拘留营重置事件是"美国历史上的污点"（150），永远地被钉在人类历史的耻辱柱之上。美国人对日裔普通民众的所行所为均非正义，有失大国风范。美国是一郎耻感的触发者或施加者，也是耻感本身的受害者。在一定条件下，耻感在主客体之前可以相互转化，互为源头。

按照日裔的代际的划分标准，我们将讨论一世和二世的羞耻的深层成因。日裔一世的羞耻即参战的羞耻，日裔二世的羞耻即不参战的羞耻，其本质是日本民族主义和美国国家身份的动态协商。按照本尼克特·安德森的观点，"相对于西欧原生形态的、强调人民权利和自觉意识的'群众性民族主义'来说，日本的民族主义属于其后出现的'官方民族主义'"。（李寒梅，2012：128）日本民众在漫长的封建制度发展时期，开启自上而下地全面建构单一的大和民族。德川幕府时期，"政治结构多元，横向上地域割据，纵向上身份隔离，对人民而言，一体的'民族'和'国家'的概念是抽象和模糊的"（129）。如何"构建"国家和民族认同意识？林语堂曾经就"民族主义"发表过意见："民族主义是一种原始的力量，会长期存在；假如得到明智的疏导，民族主义对任何国家都是好事；但假如被人恶意煽动，那它就是一种邪恶的、破坏性的力量"（钱锁桥，2019：380）。日本当权者开始借用一些共同的神话传说和历史故事，其中最为重要和有力的文化同化概念就是关于"天皇"的传说。统治者炮制出"万世一系"的概念，"自明治时代到现在，日本当政者、神道派和保守势力都一直强调并深信，天皇是自神代以来的'万世一系'，是永无断绝的神圣存在。"（胡炜权，2020：13）"万世一系"的天皇至高无上，即"在日本民族形成和国家创建的过程中，天皇（就）被放置在了核心位置"（130），天皇是国家的象征，神圣的中央集权得到加强，有利于团结广大武士和平民阶层。日本民众基于共同的历史文化传统和情感基础，构建日本的国家和民族共同体的雏形。从二战期间的武士文化和剖腹文化可窥见日本人把对天皇的绝对衷心等同于对国家的绝对忠诚。作品中的日裔一世（父母亲）在美国经营一间杂货铺，他们以赚钱为己任，坚信任务完成以后会回到母国日本生活，竭力阻止儿子参战，充盈着强烈的民族自尊心和自信心。日裔二世出生、成长在美国，以为自己天然是美国公民，一世强加的日本民族主义让二世左右权衡，进退两难。

白人感受到的美国国家羞耻原因在于国家对少数族裔犯下了滔天罪行，将日裔安置在拘留营数年，造成很多人骨肉分离，生活困顿。这种国家罪行与英国殖民者对澳洲原住民犯下的罪行异曲同工，"国家被呈现为与过去的恶行引发的羞耻感有关。羞耻是达成和解和治愈过去伤口的关键。承认恶行意味着感到羞耻；承认国家做了让少数族裔人民伤痛、造成损失的行为和'忽视'，'我们'就会感到羞耻。"（Ahmed，2004：101）澳大利亚总督在《带他们回家》（*Bring Them Home*，1996）中曾公开向原住民道歉（101）。美国的道歉也姗姗来迟，拘留营重置事件发生40多年后，"在美国经济力量江河日下，美日贸易摩擦加剧"（卓南生，2006：372）的背景下，美国国会和白宫出台赔偿当年受害者"每人 2 万美元及公开道歉的法案"（372）。试想，大部分的一世受害者已经离世，二世人生也因拘留营发生重大轨迹变化，这一点的补偿形同虚设。国家羞耻和日裔的痛苦之间相互磨合，组成了日裔和美国白人及其他少数族裔共存的社会图景。

（二）羞耻的嬗变

在一郎身上，羞耻感是一份统治性的情感，但不是一成不变的。在他者自律体系和群体共通体系的凝视之下，羞耻感自觉或不自觉地转化成其他情感，其目的都是为了使得耻感主体本身能够更好地适应、接受、自洽和被接受。在母亲和强大的日本根义化面前，一郎有一种严重的失能感。妥协于母亲的道德评价标准而两次说"不"已经让他羞愧难当。见到战死的同乡的鲍勃（Bob）之母后，其母亲柔弱无依。一郎羞愤的同时，更加伤心，后悔当初的决定。一郎母亲知道后竟义正严辞："不是儿子鲍勃死了，是这位母亲死了，她没有尽日本人的本分。她不再是日本人了，她才是真正死了。(41)"这番言论触及了一郎所有的敏感神经，羞耻外化成愤怒（anger）。一郎质疑母亲，认为母亲对日本的愚忠可笑，他把所有的不幸归结为母亲的自私，对母亲大发雷霆。他意识到自己犯错了，在美国而没有尽到美国公民应尽的职责，面对这种公民羞耻，一郎一方面是避而不谈。而另一方面，他采取了一个有效的应对策略，即"向外转嫁危机，责怪他人（而非自己），以保护自尊"（Tangney and Dearing，2002：92）。外化的羞耻心转化成愤怒，一郎把所有的矛头直指母亲。这种泄愤的长期累积和逐渐显化，也可推断为母亲后面自杀的原因之一。

跟健治一起外出，母亲知道后生硬评价健治"他不是日本人，他跟我们打仗，给家族蒙羞。真遗憾他没有战死"（103）。站在母亲道德评价体系的对立面，一郎萌生"一种与不满意的自我想象相关联的自我评估，或者一种对于道德错误或机遇丧失的自责（regret）"（史华罗，2009：385）。而真正单独面对健治的时候，一郎出现了多次内疚感（guilt）。"内疚似乎集中表现为人们因为过去的不端行为或者罪恶而在私底下产生的一种发自于人的内心深处的负面情感体验"（博姆，2015：19）。内疚和羞耻有相似之处，但是在表现和使用范围上也是有区别的："内疚没有羞耻那么紧张，但是比窘迫更为紧张。羞耻可能因别人的行为而引起，而（内）负疚却不可能为别人所替代"（史华罗，2009：388-389）。"相比之下，羞耻的意思更多指的是，感到过去所做的坏事会被别人知道，或者可能会被公之于众而产生的情感体验。虽然内疚与羞耻两者都会导致懊悔（remorse），但是，羞耻更关注于外在的东西"（博姆，2015：19-20）。内疚感相对耻感更直接、更个体化，外延和内涵范围更小，强度相对较弱，且生发于主体内部，外界察觉的程度较低，单纯强调个体的自洽。在面对参军的日裔，尤其是受伤和战死的同乡时，一郎的内疚感最为明显，虽然他不是他们受到伤害的直接作用者，内疚终归却也不是道德豁免的通行证。他只好将自我污名化和罪恶化，指认自己的过失。他暗暗想过：

> 健治，我愿跟你换。如果我像你一样失去了一条腿，那么我的头颅就能高昂。我愿意跟你换，即使要再截肢 11 英寸，腿再疼，甚至是濒临死亡的边缘也在所不惜。我愿意跟你换，像你一样，做个真正完整的人。一只腿虽然残疾，另一只却可以坚定、毫无疑虑地站立在美国这片土地上（Okada，1976：64）。

一郎懊恼的是错失成为真正美国人的机会，不是向哪个政权表达衷心，而是要进行自然、正确的行为。一郎返乡后开始找工作，"一路开着澳尔兹莫比尔汽车，一个人感到非常孤独，寻觅一个合适的城市和一间价格公道的酒店暂住"（144）。他来到波特兰，在报纸上找到一个工程办公室的招聘广告，也没报太大希望。白人经理卡里克（Carrick）先生很轻易地便发出了"山田"的日语发音，小说中二人对话的桥段非常暖心：

> "会日语吗？"（用日文）
>
> "不太会"。
>
> "看到我怎么说的吗？"
>
> "你说得很不错。原来你会日语啊？"
>
> "哪里。我有很多日本朋友，他们教我一点。你认识田中家吗？"
>
> "不知道你指哪一家，这个姓氏太常见了。"
>
> "田中家是我曾经的租客，一家好人，最好的租客。拘留营事件真是美国人的耻辱啊，对你、对田中家我都很抱歉啊。"（149）

卡里克的真诚道歉来自他作为一个美国社会的白人中产的道德约束和良心。在羞耻情感上，他在这一刻与一郎共情，他向一郎开出了比实际工资高的薪酬作为邀约。一郎一开始预料到卡里克恐怕错把他当成参军的日本青年了，他慌手慌脚，还打翻了咖啡。这种"前瞻性的羞耻又可能被看作某种形式的恐惧（Williams，1994：79）"。惊恐（panic）之后，一郎坦诚没有参军，准备离去，意在难堪之前找到相应台阶，避免尴尬。卡里克的反应则是远远超过了一郎的预期：

> "等等。"他变得肃穆起来，从裤子口袋里拿出一块手绢，帮忙擦桌上一郎打翻的咖啡。他边直起身子，边说"我说过，我不愿意做任何事情伤害你或是其他任何人。很抱歉，我们可以重新开始招聘吗？"
>
> ……
>
> "孩子，这和征兵没关系，我又没问你，不要总是想着这件事。"
>
> ……
>
> "千万不要为此责怪自己。"（Okada，1976：151-152）

战争一度动摇了一郎的婚恋观。25 岁，本该谈婚论嫁的年纪，按照日裔的传统也会在族群内部解决婚恋问题。一郎这种情况非常特殊，白人也不会与日裔通婚，也有相关法律命令禁止白人与日本人结婚；更没有日本人愿意把女儿嫁给他这种"不—不仔"。健治就曾劝他，结婚对象可以选择其他族裔，哪怕是中国人也行。因此，一郎的婚恋观"日本女孩是不可能选他的"根深蒂固。小说中一郎的二世情人艾米（Emi）等待丈夫拉尔夫（Ralph）四年，丈夫迟迟未归。艾米成为战争中失婚失恋的女性形象代表，悲伤却很坚强，没有向丈夫提任何要求，也不要求解除婚姻关系，她一直按照自己的节奏生活。艾米温柔贤惠，从各个层面上都能理解一郎的言行。大部分时间，一郎的羞耻感在艾米处得到消化和释放。纵然双方一直克制对彼此的感情，真情流露也总是无法避免。一郎认爱后，与其说是艾米帮助一郎治愈过去，应对耻感，不如说是爱最终战胜了一切。

像众多父子关系一样，一郎与父亲的关系也甚是纠结。父亲经营一家小杂货铺，上了年纪，还秃头。他不像母亲一样强势，他没有主见，甚至有点糊涂。一郎打心眼里看不上这个父亲，因为在母亲强势表达儿子参军意见时，父亲采取绥靖的政策，没有立场。一郎从监狱回家后，父亲既没有从情感上抚慰他，也没有细致地为他做什么长远的打算，只是建议他随大流复学罢了。母亲死后，父亲也没有一郎想象中的那么悲伤，而是继续喝酒，得过且过。母亲的葬礼上，父子关系冷冰、紧张，倒是朋友费雷迪（Freddie）和艾米相继赶来安慰。生活中来自方方面面的善意比一郎预料的要多的多，他获得了某种形式上的精神顿悟"不要有负面情感，要紧的是自己的态度，我需要一些改变，学会像之前一样爱别人，这样我的感觉也会变好，这样的人生才值得过（209）"，他决定继续父亲的职业道路，经营自家的店铺。自此，一郎学会正视父子关系的嫌隙，谅解周围人的行为，消磨代际隔阂。一郎从不愿意主导他人情感，拒绝伤害他人，尝试原谅自己、他人和社会。"从羞耻的积极意义上观察，羞耻利于修复或改进自我。(Williams，1994：90)"小说的结尾充满着一郎最终摆脱羞耻感束缚的希望，一郎后悔这些年在拘留营和监狱里浪费的大量时间，想象重新拾起画笔，认真作画。"狱中生活腐烂不堪……如今回归生活，最重要的就是绘画（223-224）"。一郎的羞耻感不再衍生成其他情感，某种程度上，他心灵平静，诉诸艺术的方式抒发自我。一郎最终选择一条耶尔塔·米尔式的"自由主义的民族主义"之路，在一种极端极权主义方向上，糅合进自由主义，与民族主义折衷，变得更加温和，最终"作出理性选择，获得自我管理能力"（米尔，2005：107）。

博姆认为"有同情心的良心，包括羞耻感，可以帮助我们更适应我们所生活的以'亲社会'为导向的生活环境，也可以帮助我们更适应这个由自己与他人所组成的互惠合作网络。(2015：39)"从羞耻派生出愤怒、悔恨、自责、内疚、懊丧、孤独、恐惧等情感体验，情感主体经历了自我污名、逃避他者、转嫁他者、抵抗对象逐渐失去焦点的几个步骤从而转向自我和解、认同的复杂过程。从羞耻情感在小说中的迁移轨迹，可以清楚看到情感从原始情绪向抗争性、认同性情绪发展的脉络。

（三）羞耻的作用

在羞耻的催化作用下，模范少数族裔尝试协商（negotiating）美国国家公民身份。1966 年，《纽约时报》第一次提出模范少数族裔这一概念："任何标准下，日裔均优于其他族裔，包括白人。他们工作出色，最重要的人，没有人帮助过他们。"(Petersen，1966：21) 日裔成为最早的少数模范族裔，他们遭遇不公平待遇，成为二等公民，却吃苦耐劳、没有怨言，赢得了美国人的敬意。在社交方面，当初的美国社会面对战后的日裔怀有一定的包容性，特别是主流白人个体，他们带有深深的国家羞耻感，想在工作岗位和经济方面为日裔提供便利。而日裔内部的包容性远远不够，社交排挤是一世对参战二世的主要应对手段。在资本主义世界第二次经济危机的大背景下，日裔无论怎么再辛勤劳动，其阶层上升的可能性遭到悬置。从重置到高压政策，美国官方打压日裔的生存空间，日裔只能单向地为美国经济和社会做贡献，不能索取，也不能获得提升。在日裔的心理适应和调整方面，耻感的掩盖和暴露的双重性决定了主体对他者的心理设定和自我的调试。在与参战二世和他人接触的过程中，一郎熟练操演"前瞻性的羞耻"，他人解读到了自己的羞耻感受会让自己更加羞耻。在自我的不断心理调试中，一郎最终找到了和自我和解，和世界相处的方式。

羞耻感对形塑日裔的要求美国国家的政治承认（the politics of recognition）的认知有重要贡献。二战结束不久，日裔美国人陆续对二战中遭到不公正待遇向美国政府提起诉讼，诉讼进程缓慢。到 1948 年，美国国会通过《美国日本人重新安置索赔法》，但直到 1962 年也才赔偿了 3600 万美元。1983 年 2 月 24 日，美国国会正式承认二战时拘留日裔是个错误。1988 年，里根总统签署文件，代表政府道歉，承认拘留日裔是出于战时的狂热和偏见，并提供 16 亿美元赔偿。至此，拘留营事件告一段落，日裔种族羞耻却未从此抹去。"占主导地位的种族必须采取一种承认政治，以实现渐进的种族变革。他们必须承认种族统治及其伴随的情感秩序，以及产生他们的世界的真实种族历史。（Bonilla-Silva，2019：14）"从承认政治的角度出发，种族正义不仅仅是单向度的道歉，而是政治、经济、文化等各个层面上的权利平等和相互尊重。

羞耻感还促成了美国国家民族认同和美国国家公民身份归属感的初步形成。代际冲突在此方面尤为突出，一世"匆匆来到美国，想着大赚一笔，回国好好生活"，从未考虑过定居美国，更谈不上认同美国国家公民身份。"对于第一代亚裔移民来说，母国文化是他们'在美国的精神家园。他们虽然背井离乡，踏上这片陌生的土地，但无法斩断与故国文化的精神纽带'（转引自，张龙海：5）"。二世中，以弟弟太郎为例，"太郎不是他们的儿子或他的弟弟，因为他还很年轻，十足的美国人，跟父母不亲"（Okada，1976：19），太郎天然以为自己是百分百的美国人。二者之间身份的差别性决定了二者不同的行事态度和对国家民族的认同观念。其本质是否要融入美利坚民族这个大熔炉？从个体心理和未来性考虑，二世已经做好了充分的思想准备。在吴叡人为《想象的共同体》做的导言中，他敏锐地洞悉民族的实质"安德森之所以将 nation 定义为'想象的共同体'，正是这个定义充分掌握到 nation 作为一种心理的、主观的'远景'的意义。"（安德森，2005：16）"没有任何办法实现彻底的'国家与种族分离'"（Kymlicka，1996：149），自有人类历史以来，二者就牢牢捆绑在一起。族裔对民族和国家认同的关键点在于获得同质的（无差别的）的该国家公民身份。遗憾的是，时至今日，日裔在美的公民权利仍然没有得到完整伸张。

羞耻从某种程度上消解了日本／美国、参战／不参战、一世／二世严重对立的二元性，一郎最终拥有了选择的权利，他选择了美国和未来；宣拥多元文化主义，主动融入主流社会，与父亲实现代际和解，追求同质公民身份。美国种族歧视的内化羞耻促进了一郎和艾米的情感连接，一郎和健治也因（不）参战羞耻产生了诸多情感共鸣。"按照历史论证，问题不是国家应该怎样对待它的少数族群，而是两个或更多的民族决定成为合作伙伴的条件是什么？"（152）美国白人社会能换位思考，站在日裔的角度，考察美国的国策和战略的重大失误。他们经历了反思、同情、移情和共情的情感历程，悟出民族合作的先决条件是"感同身受"——情感的共通和共融，也是安德森所说的肤色与血统不同的"精神混种"（mental cegenation）（安德森，2005：88）。值得一提的是，敏感的珍珠港事件在美发酵，美国国内反日情绪高涨，却"很少有华人参与到 1941 年后的美国反日运动中去，许多华人对二次世界大战后返回西海岸的日裔还尽力帮助。早在二十世纪二十年代，威廉·史密斯就注意到，第二代亚裔华、日两个群体彼此非常认同。早在二十世纪六十年代末"美国亚裔"一词出现之前，美国的亚裔移民就彼此认同了"（转引自尹晓煌，2006：147）。"任何族裔都不能独善其身，美国华裔非常清楚，反日情绪不会为他们带来任何利益，因为一旦国际政治局势或中美关系发生变化，这种敌对情绪便会转移到华人身上"（同上）。

二、污名羞耻和身体殖民

继 1998 年出版了处女座《慰安妇》（Comfort Woman）之后，韩裔 1.5[1]代作家诺拉·玉子·凯勒（Nora Okja Keller）又于 2002 年出版了它的姊妹篇《狐女》，两书控诉二战遗产的灾难性制度——驻韩美军基地慰安妇制度（1960-1980 年代）。凯勒 1965 年出生于韩国，是韩德混血儿，1968 年移民美国，成长为一名 Hapa 式人物（夏威夷的叫法，血统一半一半）。凯勒深受亚裔美国文学作家的创作影响，早在夏威夷大学上学期间，她就开始阅读汤亭亭、赵健秀、黄玉雪和小川乐等人的作品，特别是日裔加拿大诗人和作家的作品，她在访谈里坦言对她创作影响最大的是汤亭亭："汤亭亭是我的偶像"（Hong：2002）。她同时也开始反思亚美文学为何不是华裔文学就是日裔文学？于是她开始寻找韩裔前辈作品并以宋凯西（Cathy Song）为创作榜样。

《狐女》获得 2002 年度《洛杉矶时报》最佳图书奖。小说命名为"狐女"，

1　指不在美国出生但未成年之前随父母移民美国的群体。

借助狐狸的这一东方民间文化意象，引入"九尾狐"（Keller，2003：9）、"狐狸借女孩尸还魂"（25，29）"狐狸精吞噬男性的灵魂的精华"（27）的概念继续讲述慰安妇的故事，准确的说是慰安妇二代的故事，即基地二代混血儿的生存艰境，慰安妇的女儿们也陷入了性暴力的恶性循环，性的污名羞耻（stigma）贯穿慰安妇人群的世代。但"美军慰安妇"问题并没有"日军慰安妇"的关注程度高，是被历史忽略的部分。畸形的慰安妇制度下，亲人、同乡之间亲情涣散、情感冷漠异常，韩国同胞甚至是亲属之间时刻上演背叛、离间、反转的戏码。小说聚焦了帝国主义殖民历史和朝鲜国父权制共谋下慰安妇三代女性的性羞耻和遭受的性暴力，展示了殖民系统暴力下女性改变命运的艰难。

（一）污名羞耻和性同意原则

小说是以双女人公的性遭遇展开情节，贤真（Hyun Jin）和湖姬（Sookie）是同母异父的慰安妇二代女儿，二人的生母都是韩国"美国城"基地慰安妇德姬（Duk Hee）。污名羞耻（stigma）在小说中一语三关，一是指贤真脸上的胎记，二指混血二代的出生是慰安妇群体之耻，三指慰安妇终生挥之不去的性耻辱。污名羞耻聚焦的是羞耻污名，与个体心理状况和精神类疾病相关。根据卡戴儿·詹内夫（Jenev Caddell）的分类，污名羞耻可以分为两类，一种是社会化污名型羞耻，由他人对精神类疾病的偏见所致；另一类是因自身精神疾病引起的自我污名内化型羞耻（"The Stigma around Mental Health"，2019，para.2）。慰安妇的污名羞耻迅速内化成一种精神困扰（疾病），涵盖了上述两种类型，具体呈现以下表征。

"1953 年签订的《美韩共同防御条约》标志着两国军事同盟正式确立，从此美国完全承担起对韩安全保障义务，驻韩美军被韩国视为威慑和抵御朝鲜威胁的必要力量"（田聿、艾嘉，2014）。美军在韩国海军"基地村"驻扎，慰安妇制度盛行。此项制度原是日军占领时期制定的允许女子性交易的制度，战后韩国女子食不果腹，被迫借此手段谋生。韩国慰安妇德姬与美国黑人大兵生下女儿后惨遭抛弃，独自抚养湖姬。德姬和青年时代的男友生下贤真，交由男方抚养。德姬从事娼妓事业多年，她认为"每次被美国大兵强奸的时候生不如死"（Keller，2003：81）。慰安妇也是普通人，纵使从事着特殊的职业，她们远没有美国大兵乐见的性开放程度。跟着母亲的湖姬 8 岁起就成为美军的玩物，"性"交易是她换取食物和住宿等必要生活资料的惯常生存方式。妹妹贤真在年少时代被养父母保护得很好，13 岁还没有月经初潮，德姬问她的时候，少女贤真感到羞愧难当。竟是这样一位娇羞的少女，在与养母决裂后，因生计需要，贤真被迫加入慰安妇的行列。在每一步沉沦的背后，贤真都感到无尽的性羞耻，无法消化。贤真第一次在所谓的俱乐部陪客时，客人不老实的双手在她胸前游走，她果断用高跟鞋后跟踢对方小腿（130）。面对第一次的"蜜月"被轮奸，她拼死抵抗，因抵抗无效而变得麻木（152-155）。或许是因为娼妓生活的残酷，贤真的生母的冷漠超越了母女之情。养母则越过时空的界限，共享了贤真的羞耻"贤真是麻烦，我有一种感觉她会伤害家人，让家族蒙羞。（123）"从效果呈现上看，"污名羞耻对主体精神方面及其周边影响广泛……还会导致主体的孤立和羞辱"（"The Stigma around Mental Health"，2019，para.7）。身体羞耻裹挟下的贤真母女三人尊严遭受到无情的践踏，在精神分裂的状态下生活。贤真不停掩饰脸上的胎记，胎记如同羞耻隐喻般若隐若现，时刻提醒她今生的职业和耻辱。

污名羞耻的表征之下涉及严肃的政治问题和思考：性同意（sexual consent）问题。性同意是小说一以贯之的重要议题，美国大兵和韩裔男子的身体侵犯均跳过了征询女性同意的步骤，他们默认侵犯行为的合法性。任一国家律法在规定成年男子与未成年女性发生性行为时，无论女性同意与否，都是确定为违法行为。以永久中立国和国际法主体爱尔兰的国家法律为例，在 2017 年刑法（性犯罪）法的法条中明确规定："组织儿童或青少年卖淫或生产淫秽作品违法，或者如果其他人代表他们同意也是违法行为，视情节处罚款或判处有期徒刑 15 年以下"（"Criminal Law (Sexual Offences) Act 2017"，2017），其中对青少年的年龄定义是 15 周岁以下。在针对儿童和青少年的性犯罪问题上，各国法律和法规、行政条例享有高度的一致和共识。贤真母女三人是慰安妇，那么成为慰安妇制度中的一员是否就意味着签订同意性侵犯的合约？"是"是否就代表是？贤真等人因生活窘迫，以性交易换取住宿、食品和少量的生活开支。威瑟姆（Alan Wertheimer）在《性同意》（Consent to Sexual Relations，2003）中讨论了性工作者的同意问题："即使得到了性工作者的同意，含有金钱交易的性关系在道德上仍存在问题（121）"。利诱、胁迫下所作出的同意意向行为实际上均是无效同意（invalid consent）。判断性行为是否合理，需从道德层面出发，得出道德化的结论。如果在道德层面不合理，性侵实质就是权力寻租。小说中，除了美国大兵，韩国掮客也试图对慰安妇女孩实施性剥削，姐姐湖姬不得已委身掮客，而妹妹贤真则断然拒绝。男性对湖姬的性行为是假性征得了性同意，实质上违反了道德原则。

朝鲜战争后，韩国政府助长了美军基地的慰安妇制度扩张和发展，从国家层面为罪恶的慰安妇制度背书。"1962 年，朴正熙政府批准了性交易合法化，在全国划设允许卖淫嫖娼合法化的区域，下令在全国开设 104 家慰安所，其中 9 个设在汉城（今首尔），61 个设在首都圈的京畿道地区，这些慰安所无一例外都跟美军基地离得非常近"（田聿、艾嘉，2014）。朴正熙[2]被誉为韩国历史上最有领导能力的民选总统，他签署如此荒唐的法律令人唏嘘。以总统和政府为代表的韩国国家不以慰安妇制度为耻，反而把慰安妇的牺牲当成是拯救韩国经济和社会的良方。国家出面公然干涉女性的性自由和人身自治在人类社会历史上都极为罕见。按照康德的自律论（autonomy），"外界干扰自我自治，歪曲选择的权利，威胁干扰自治者正常的价值判断"（qtd. Wertheimer，2003：126）。慰安妇也是人，与美国大兵同质化的人。在康德的人性公式里，"人不仅是作为手段，而且是目的"（qtd. 127），这同样适用于医疗研究，人体器官买卖，娼妓制度和商业代孕。即使是在娼妓制度合法的国度和极端理想情况下，"妓女作为目的是嫖客和妓女双方达成一致的情况"（qtd. 128）。而韩国国家的慰安妇单纯充当了韩国战后摆脱贫穷的人肉工具，其工具性决定了慰安妇的污名羞耻将伴随慰安妇们终身，无论伤害存续与否。

（二）女性财产化与"煤气灯"情感操控

"慰安妇"在韩国也被称为"挺身队"。顾名思义，"挺身队"就是为国家挺身而出的部队，这个称谓始于 20 世纪 40 年代日本殖民时期[3]（92）。在美国殖民主义和朝鲜男权社会的双重压迫下，女性在污名羞耻的洪流中沦为制度和系统的财产。在战后特殊的历史时期，女性的性经验的阐释带有资本的隐喻色彩，强奸女性就是占有财产（王逢振，2001：57），财产多寡直接关系到社会地位高低和生存质量好坏。慰安妇女孩们是美军、自己母亲（慰安妇一代）、韩国男性掮客和俱乐部（慰安所）老板的共有财产，产权人之间为了争夺利益分化拉锯，榨取价值。女孩们是黑人大兵的财产，如同囚鸟一样被拘禁在公寓房和俱乐部。黑人大兵占有慰安妇和她们的女儿们，控制她们的生活和人身自由。慰安妇是母亲的财产，被同为慰安妇的母亲利用，成为赚钱的工具。在一

2　韩国现代史上著名的政治家、军人，大韩民国第 3 任（第 5-9 届）总统。第 18 届韩国总统朴槿惠之父。
3　1910-1945。

定程度上，男权社会霸权主义可怕而难以动摇的一个重要原因就是它巧妙地调动了女性同胞有意无意地共谋。文中的母亲德姬习得了传统性别道德的脚本，本能地成为男权社会地拥护者和父权制地代理者，对女儿们持有偏见。她的社会性别更加趋近于男性，顺从封建理制的性别秩序，遵循男性制定的游戏规则，在男性对女性施加的污名耻辱上再对女性同胞加码。

此外，慰安妇还成为了本国男性的财产和赚钱工具，小说中有一个同样出身的韩美混血男孩捐客罗伯特（Lobetto），他站在街上招揽生意，组织卖淫活动，并压榨同龄慰安妇女孩甚至是自己的母亲。男性捐客不仅在食物和金钱上剥削慰安妇女孩，还在身体上侵犯她们，其残暴程度与美军无异。韩国男性捐客的暴行是帝国殖民化的再殖民延续，是对底层女性剥削的层层加码，让她们不堪其辱。"你赚的钱？"罗伯特呵斥她"你就是这么认为的？你所要做的就是躺下来，张开双腿。这有难度吗？""我才是那个赚钱的人，在街上忙碌、寻觅，招揽生意，安排交易，没有我，你啥也不是"（Keller，2003：245）。在《性史》里，福柯谈到资本与身体的规训关系，"性的展布通过大量微妙的中介与经济发生联系，而主要就是通过肉体——肉体既生产又消费（1989：105）"。性规训实质是实现女性身体的污名化，从而达到终身羞辱女性的目的。对慰安妇女性的污名化分为两个阶段，第一个阶段是污名化的出现，一般是性剥削者对被剥削者的污名化；第二个是"污名化"发展为慰安妇的"自我污名化"，是一种强弱关系话语体系下极致的羞耻。

再者，俱乐部老板也将慰安妇女孩们占有为自己的财产，"为了吸引美军，妓院的老板还会给从事卖淫的女性提供衣服和化妆品，但这些费用全部由女性自己承担。另外，衣食住行、医疗费等也全部由女性自己负担。通过这样的方法，让这些女性背负高额"债务"，从而在还清债务前不得不持续卖淫"（韩国曾出现"美军慰安妇"，2014）。在俱乐部这种声色大染缸中，女孩们遭遇恶习洗脑和浸淫，污名羞耻的高强度刺激时刻都在发生。即使贤真姐妹逃离韩国，到美国后还是堕入了俱乐部的营生。俱乐部与俱乐部之间还会对比雇佣女孩的数量，美国的俱乐部还时不时地到韩国本土俱乐部挖墙脚，引进新鲜人肉资源。贤真姐妹到达美国俱乐部后，老板一再压缩其生存空间，将女孩们的睡眠和吃饭时间减少到最低限度，最大限度延长工作时长，禁锢人身自由，并开出上千美元的天价赎身经费。

以上四类人群把慰安妇女性视为财产进行剥削、占有和侵蚀，污名羞耻全方位挑战慰安妇女孩们所剩无几的尊严。他们对慰安妇女性施行所谓的"煤气灯"（gaslighting）情感操纵法，让受害者深陷污名羞耻的泥潭中无法自拔。"煤气灯"效应是一个心理学概念，源自1944年的电影《煤气灯》（*Gaslighting*），影片讲述了宝拉（Paula）的新婚丈夫格里高利（Gregory）是如何使用语言和精神羞辱、虐待，让她产生认知障碍，扭曲对现实的认识，并最终相信自己失智而崩溃的故事。用时下流行的说法，近似于一种PUA（Pick-up Artist）的行为，特指亲密关系中对女性的情感欺诈和心理操控。实际上，"煤气灯"情感操纵法不仅限于亲密关系之间，"煤气灯"情感操纵法早已经成为一个常用的词汇，用来形容施虐者（gaslighter）在普遍的政治和人际关系中所运用的心理操纵策略。进一步而言，"煤气灯"情感操纵法根植于种族化的和性别化的有关"性"的社会结构中（social organization of sexuality）。哈佛大学博士后研究员佩奇·斯威特（Paige L. Sweet）在她的研究《"煤气灯"操纵法的社会学原理》（"The Sociology of Gaslighting", 2019）中认为"煤气灯操控法在本质上一种社会现象，有别于传统的心理学分析法，社会学理论需要说明宏观的社会不平等是如何转化为微观的虐待的。多年来的研究揭示，任何虐待都源自不平等（包括性别不平等）的社会环境"（851）。施虐者利用社会对女性的性别刻板印象，引导女性进入认知误区并深陷自我否定的漩涡。

　　"煤气灯"情感操控系统性地将受害者建构成不理性和疯癫的人。"煤气灯"情感操控是在不平等的（亲密）关系中制造出"超现实"的环境结果（Sweet, 2019: 854）。小说中的以查祖（Chazu）为代表的黑人美国大兵将湖姬母女霸占在自己的公寓内还不满足，他还在俱乐部接触其他女性。湖姬在俱乐部当场抓到查祖出轨其他慰安妇女孩，女性爱恋的排他性当即显现出来。当她质问查祖时，查祖却满不在乎："你发什么疯，只是朋友罢了"（Keller, 2003: 136）。一个"疯"字是查祖不假思索、脱口而出的自我辩解，他强调自己行为的合理性，反倒是是对方无端精神失常，也让湖姬彻底失去理智，她与情敌动起手来。情敌挑衅湖姬后，查祖对湖姬施虐，"语言上叫嚷：'小女孩，成熟点吧'，边说边将她仍到路边，自己重新回到俱乐部，湖姬跳上他的背，在他的脖子上又是咬又是挠"（137）。此时的湖姬已经是相信自己"疯癫"且"幼稚"，正好落入查祖的情绪操控圈套。她发疯似的喊道："我不是垃圾，随便就可以甩掉"（137）。事态按照查祖的设想发展开来，"他扭过来，把湖姬从他身上抓下来，把她撞倒在地。'你就是只流浪狗'，他冷笑到：'我给你吃给你喝，现在竟然甩不掉你了'"（137）。查祖的精神引导日常让湖姬变得患得患失，不相信自己的对现实的看法，陷入讨好施虐者的斯德哥尔摩情绪症候[4]。施受虐者的两性关系中产生了一片灰色地带，女性陷入虚实不分的混乱"超现实"状态，其生成依赖于不平等的种族和性别关系中对性别刻板印象的操纵。操控者让受害者相信自己是污秽的，必须时刻求助于操控者，荡妇羞耻的污名让受害者疯癫。

"煤气灯"情绪操控是施虐者运用以性别为基础的刻板印象、交叉性不平等和受虐者面临的制度脆弱性的结果（Sweet，2019：855）。掮客罗伯特不声不响地将早孕的贤真堕胎，理由易解：她是财产、是赚钱工具。将父母亲与孩子亲子物理隔离本身就是情感虐待的一种（Sarkis，2018：60）。此外，他还残忍地为贤真制造出"超现实"的幻象，他没等贤真恢复，就催促她回俱乐部上班。贤真因为失去孩子而魔怔"'我能感受到孩子在我的身体里——子宫里有对双胞胎呢，不只是母亲和孩子'。我睡了醒，醒了睡，好几天，好几个星期，时空和自己都分不清了。在那种混沌的状态下，我感到我能把孩子召唤回我的身体里"（Keller，2003：171）。贤真开始幻听、幻视，"'闭嘴'，我大叫到，舌头和脚一起蹦起来，'你把孩子吓跑了'"（172）。堕胎后遗症是罗伯特对贤真的情绪操纵表现，贤真变得失去希望，开始歇斯底里，由现实进入幻境，对赚来的钱财和现实处境不屑一顾，罗伯特则真正掌握了贤真本人和她所赚取的金钱财物。

慰安妇母亲角色统一了"煤气灯"情绪被操控者和操控者两种身份。一方面，她是父权制下男性、俱乐部掮客和老板的情绪被操控者；另一方面，作为"煤气灯"情绪操控者，她体现了一种交叉性不平等，即家长制体系下的女性对女性他者的缺乏同情，受虐者成为施虐者，形成二次伤害。德姬是两姐妹的生母，对待她们态度暧昧、冷漠。她把湖姬带在身边，却一外出就好几个月，不管女儿死活。贤真则是出生就被她抛弃，贤真长大后欲认母，德姬厉声对她说"我不是你母亲。我从来都不想再要个孩子，根本不想再生个女儿。曾经想留下，还是丢了一个'。'你还是回家吧'。（Keller，2003：121）"母亲引导姐妹俩质疑自己的心智，违背正常的人伦，侵蚀受害者对现实世界的认知，即爱

---

4 斯德哥尔摩情绪症候，又称为人质情结或人质综合征，是指被害者对于犯罪者产生情感，甚至反过来帮助犯罪者的一种情结。这个情感造成被害人对加害人产生好感、依赖性、甚至协助加害人。

护女儿的母亲是少见的、不正常的。女儿们越是遭到冷落，就越是渴望母爱，两姐妹在很小的时候步行很远的距离去治疗性病的诊所（clinic）就为见母亲一面。在家长制体系下的韩国，女儿们渴求母亲的庇护和疼爱。母亲对女儿的态度消极，背后深层次的原因是母亲把女儿们当作性污名羞耻的具象物或是具身化（embodiment），最终形成了母亲的自我羞耻，甚至是自我厌恶（self-disgust）。

　　"煤气灯"情绪操控者把受害者当成猎物，跟踪受害者，监视受害者的一切举动（Sarkis，2018：59）。贤真姐妹带着刚出生的婴儿到达美国后，俱乐部老板其实充当了监工的角色。她监督贤真步行到工作地点的时长、休息的时间、下班后去何处以及与什么人来往等。贤真因为中途回家照顾婴儿而导致接客迟到也会次次被老板发现。掮客罗伯特对姐妹俩、甚至是对慰安妇生母的人身和心理监控就更是罄竹难书了。受虐者面对的是一个脆弱的系统制度，在特殊的工作场域，她向身边的工友求救，竟得不到任何帮助，且作为工友的亲姐妹也与她反目成仇。夏威夷俱乐部老板之于卖淫女性犹如帝国后殖民势力之于战后急于恢复经济生产的韩国，种族、民族和性别的结构性脆弱是受害者污名羞耻的根源。施害者采用的是性别化的管理策略，以女性气质、情绪化和非理性因素为抓手，监控和规训女性。

（三）性话语和身体的反抗

　　韩国美军基地的"慰安妇"制度是帝国主义、资本和男权社会的共谋，是西方殖民势力压榨、剥削和统治亚洲的体现，其中充斥着种族、性别和阶级话语的不平等。女性"连同身体的、情感的、冲动的、原始的和动物性的自然一起被认为是低等的存在"。（普鲁姆德，2007：4）以"慰安妇"之名的考证溯源，"慰安妇"一词最早源于日本，经政府和法律批准，日本于1617年在东京设立了合法的红灯区"享乐角落"（pleasure quarters），并在战时延伸到了军事区。（Son，2018：184）战争期间，日本妄想通过"慰安妇"制度将亚洲从西方殖民统治下拯救。日本在亚洲大肆推行"慰安妇"制度，日军铁蹄所到之处，没有无辜妇女可以幸免。1910年，朝鲜半岛正式沦为日本殖民地。"韩国女性在日本占领朝鲜半岛时期被掳掠充当慰安妇，深受凌辱"（田聿、艾嘉，2014），日军所建慰安所就是韩国美军基地慰安所的前身。从词源上看，"慰安"（comfort）妇意味着战时劳军的妇女，为参战军人提供一定的陪伴，通过唱歌、跳舞等艺术表演形式减轻军人的思想压力，而且是本着自愿的原则。而实际上，"慰安妇制度就是娼妓制度的委婉语"（Son，2018：184），至于招募的女性也存在两个疑点。一、招募女性是否自愿很难辨认，迫于经济压力和美军的威逼利诱，走投无路的失足女比比皆是；二、慰安所打着招聘慰安妇女的旗号，实际上招募了大量的未成年女性，有违基本人伦和国际公理。韩国政府官方发文将从事慰安妇职业的女性称呼为"洋公主"、"韩国民间外交官"。"1966年，韩国《新东亚》杂志在报道中称，'洋公主的能力是巨大的，她们的身体又是将是挽救我国经济的良方'"（转引自田聿、艾嘉，2014）。由此，可以得出一个基本的结论，韩国慰安妇女性大部分并非自愿、也未成年，从本质上讲她们是性奴隶（sex slave）的身份。慰安妇的招募计划是一个政府编织的、全民参与的惊天"骗局"。象征权力关系的性话语实践本身反映了强势压倒性势力的绝对统治权和对弱者的污名羞耻，权力控制性话语的运行和走向。

性话语的首要方面是施暴与受虐的对峙和伤害问题。"性暴力期待并寻求其目标作为恐惧主体的屈从，毫无反抗并默许伤害"（王逢振，2001：53）。文中，针对未成年少女的性暴力包括可见暴力和隐性暴力两个方面。可见暴力，也可以叫做直接暴力，是指违反性同意原则的性骚扰、侵害、强奸和轮奸等犯罪行为，是身体殖民的极端表现。毋庸说，慰安妇女性特别是未成年慰安妇女性在可见暴力的淫威下毫无招架之力。隐性暴力，也可以叫做间接暴力，指对受虐者情感的摧残和身心的污名羞辱，影响更为深远。性暴力犯罪是性话语权力主体对弱势方犯罪的极端行为，属于危害人类罪行。"1998 年国际刑事法院罗马规约对性暴力的规定最为全面，它不仅规定了'传统'的强奸，还有性奴役、强迫卖淫，强迫怀孕，强迫绝育，以及严重程度相当的任何其他形式的性暴力"（李明奇、廖恋，2013：351）。小说中的女主人公经历了罗马规约中的所有性暴力行为，严重威胁到了她的身心健康。以性暴力对女性身体造成的潜在伤害为例，生育、多孕、多次流产、妇科疾病等对女性或是未成年少女的伤害严重且长久。小说中，母亲们多次生育，贤真被迫流产，湖姬产女，慰安妇的终身都与妇科疾病在斗争。为了美军的身体健康，慰安妇还被强制收容进诊所（医疗所），美其名曰"净化运动"。"所谓'净化运动'，就是朴正熙指示政府有关部门对'基地村'内的女性进行性别检查。在强制性的医疗检查过程中，妇女们再次受到侵害。对于查出感染性病的妇女，美军宪兵直接将她们强制押往条件恶劣的收容所"（田聿、艾嘉，2014）。这样的诊所，准确得说是性病管理所，一直持续到 1998 年。慰安妇收到的 N 次和 N+1 次伤害是身心的，也是终身的污名羞耻和心理创伤。

其次，在历史的进程里，性话语是一个人为的制造的概念，来自于创造它的权力关系。"身体只有在权力关系的语境之下在话语中获得意义。性是在某个特定历史时空里由权力、话语、身体和情感构成的一个整体"（Butler，1999：117）。在帝国主义和男权至上的殖民权力场域，性话语充斥着权力关系对女性的身体的殖民和规训。权力生产性，性话语被权力生产。"作为一种关系方式，性不是一种单纯占有，而是一种被剥夺的方式，一种为他人存在或凭借他人存在的方式"（Butler，2006：24）。污名羞耻强加慰安妇女性身体以"给帝国主义的礼物"、"军事补给"、"公共厕所"（qtd. Son，2018：188）等污名。在本章第一节中，我们涉及到羞耻是暴露在公众和他者面前的不适感，污名羞耻含有暴露这一部分的概念和内涵，也涵盖自我污名内化的价值判断部分。女性身体的市场化是帝国主义殖民统治内化种族霸权结构的直接体现。美国军队管辖区域内，女性身体是被奴役的载体。"女性／身体作为"客体"和"流通物"，在对垒的男性群体间流通"（贺桂梅，2014：227）。身体作为经济交换的手段，如同商品一样被陈列、估价、挑选、废弃。亚洲人作为黄色皮肤的有色人种，其身体经济价值相对于白种人来说，是远远地被"边缘化"（marginalization）和"低价化"（devaluation）（Duvivier，2008：1106）了。慰安妇的经济价值是被严重低估的，在此基础上，还要遭受掮客和俱乐部老板等组织者的大比例抽成，能发放到她们手中的钱少得可怜。当每周入不敷出，食不果腹的贤真欲把遭受美军暴力的姐姐湖姬接到掮客罗伯特家中寄居，却遭到罗伯特母亲阻拦，她骂贤真"轻如蝼蚁，命贱如草，就是家里的宠物"（Keller，2003：184），何来有权利带他人回来住，"贤真把脸凑近她，倒吸一口气说到：'食宿是我拿孩子、我的命还有我的血换来的'（184）"。贤真的控诉是血泪交织的质问，她难以想象自己竟然遭遇到社会性别趋近男性的同胞女性的歧视，慰安妇的污名羞耻业已成为她生命中的不能承受之重。帝国主义对女性身体的滥用、践踏、操纵和弃置是后殖民时代的殖民者对种族、性别和阶级他者的公然人权蔑视。出卖身体价格低廉不说，就连慰安妇的人身安全也常常得不到保障。贤真赴美以后，俱乐部老板时不时要对她进行人身威胁"这里是美国，不是'韩国美国城'。在这，没有我，你啥也不是。你可能瞬间消失，也可能立刻死掉，鬼知道你会怎样。也没人会过问，因为你没有合法身份。（256）"

当女性一无所有时，仅剩的身体成为其反抗性暴力、性剥削，为自己正名

（污名羞耻）的武器。女性身体的一体两面展开，身体既是被统治、压榨的对象，又是反抗殖民主义和父权制的终极依托。"女人必须保持对她身体的双重态度，即将她的身体需要与她真正的感情归属分离开来。"身体"成为她行动的真正武器"（贺桂梅，2014：229）。慰安妇已经被残酷的现实剥夺了真正的情感归属，之于她们，身体抗争的是人类最基本的身命安全权和生存权。根据法国女性主义学者克里斯蒂娃（Julia Kristeva）的观点："要颠覆父权制所统辖的文化，不可能得力于另一种形式的文化，而只能来自文化本身被压抑的内在，来自构成文化所隐藏的基础的那些内驱动力异质性"（qtd. Butler，1999：110）。污名羞耻是压抑在慰安妇内心的真实存在，与声色犬马的俱乐部外表环境格格不入，女性反抗的力量源于内心深处的羞耻心，身体是女性反抗的介质。湖姬自残、自杀（未遂）、弒婴（未遂）；贤真强留被姐姐抛弃的婴儿，借由美国夏威夷俱乐部招募慰安妇的机会，孤注一掷，逃离韩国，携婴儿赴美。韩裔慰安妇之耻的特殊性还在于污名羞耻跨越了洲际，从朝鲜半岛到达了夏威夷群岛。贤真挣开枷锁的工具是她的身体，到夏威夷后还是靠身体营生，改变厄运的唯一手段就是靠出卖自己的身体。身体的能动性在特殊语境下，在贤真姐妹的身上发挥到了极致。俱乐部场域是对女性身体的唯一空间肯定。贤真的拼死反抗、寻求身体正义的行为还是有效果的，她勇敢地救下了自己和姐姐的女儿"无声"（Myu Myu），带她逃离夏威夷的韩国俱乐部，阴错阳差地到达夏威夷群岛的另一部分怀马纳洛（Waimanalo），避免了慰安妇第三代女性命运的对前两代的恶性复制。在当地好心人格里（Gerry）的帮助下开始新的生活。她自然成为了"无声"的母亲，并将"无声"改名为玛雅（Maya），取意古印第安文明的杰出代表，希望女儿坚实、有趣、美丽，一洗家族三代女性的污名之耻。小说的末尾，姐妹终在机场别离。姐姐湖姬一味寻求美国男性庇护，仍然活在帝国主义和父权制设置的框架内，有认命的嫌疑，妹妹贤真的反抗性则更强、更具颠覆性和建设性。

　　污名羞耻只是慰安妇群体的集体羞耻，不是韩国和美国的国家羞耻。情感的共通和共鸣没有在同胞中建立，而在贤真与素未谋面的夏威夷土著的交往中建立。国家层面丢慰安妇之耻的不承认，是制度和人性的运转失败。朝鲜战争停战后，曾在驻韩美军基地附近红灯区（基地村）向美军士兵提供性服务的122名韩国女性在（2014年11月）25日以"美军慰安妇"的共同身份，并以韩国政府的严厉管控导致自身人权受到侵害为由，向首尔中央地方法院提起集体诉讼，要求每人获得 1000 万韩元（约合 9800 美元）的国家赔偿。这个赔偿数字少得可怜，与慰安妇群体遭受的污名羞耻不成比例。事实上，仅仅起诉韩国政府还远远不够，美国政府也应一并诉讼。席尔瓦认为"承认政治不是理性论证和辩论，因为现代性的认知是帝国主义和白人中心主义。(Bonilla-Silva，2019：15)"历史是如此惊人的相似，我们在第一章触碰的族裔之耻与国家赔偿话题又循环往复了。

三、种族刻板印象与模范少数族裔之耻

2020 年，美籍华裔作家游朝凯凭作品《唐人街内部》获该年度美国国家图书奖，这是继汤亭亭、哈金之后，第三位获得该奖的华裔作家。小说以剧目划分，是娱乐外表包装的严肃文学。单从每幕剧的名称提取"特型种类"、"种族"、"移民"、"功夫"、"消失的亚洲人"、"唐人街"等关键词，作者就开门见山地告诉读者，这是一本关于亚裔种族和移民生活的书。游朝凯祖籍中国台湾，是二代移民，毕业于加州大学柏克莱分校（UCB），是生物学专业的毕业生，辅修创意写作，此前的职业是一名律师。他此次获奖并没有爆冷，科班出身的他被誉为"科幻届的潜力股"，代表作有《三等超级英雄》(*Third Class Super Hero*，2006)、《科幻宇宙生存指南》(*How to Live Safely in a Science Fictional Universe*，2010)、《对不起，请，谢谢》(*Sorry Please Thank you*，2013) 等。早在 2007 年，他就因《三等超级英雄》被美国国家图书基金会评为了"五位 35 岁以下最值得期待的作家"（5 under 35）之一；《科幻宇宙生存指南》摘下 2010 年坎贝尔纪念奖的亚军。但是他更令广大观众熟知的身份还是他是科幻美剧《西部世界》第一季的编剧之一。由于《西部世界》大获成功，2016 年游朝凯辞去律师工作，全职写作。作为 HBO 鼎级剧场的专业编剧，他参与编剧的《此时此地》(*Here and Now*) 在 2018 年上映，《大群》(*Legion* Season 3)、《节哀顺变》(*Sorry for Your Loss* Season 2) 在 2019 年上映、《标准快乐包裹》(*Standard Happiness Package*) 和《美生中国人》(*American Born Chinese* Season 1) 在 2022 年上映，《唐人街内部》预定将在 2023 年上映。值得一提的是，HBO 目前有两位正值创作黄金期的华裔金牌名编剧，游朝凯与制作人胞弟游朝敏（Kelvin Yu）经常联手打造亚裔编剧界神话。

《唐人街内部》一反游朝凯惯用的科幻创作风格，开始严肃讨论种族和移民之耻。小说是名副其实的剧中剧，在剧目和现实的虚实之间切换场景，一个

亚洲男演员的进阶之路由此展开。威利斯·吴（Willis Wu）一路饰演的角色从"背景中的东方男人"到"死去的亚洲男人"，到"普通亚洲男人三号／送餐员"、"普通亚洲男人二号／服务员"，再到"普通亚洲男人一号"，他饰演的始终都是特型角色。

（一）亚裔"好莱坞"荧幕形象与刻板印象之耻

金惠经在 2006 年为韩国期刊撰文《种族、性别和好莱坞的亚洲人：1984-2004》（"Race, Gender, and Hollywood's Asians, 1984-2004"），她精确爬梳了 1984-2004 年间 20 年跨度的亚裔"好莱坞"荧幕形象。值得注意的是，这次梳理的结果令亚裔倍感羞辱：人类迈入千禧年之后，有色人种"好莱坞"形象居然还是由白人演员来饰演，化妆师按需为白人演员皮肤上色（黄色、黑色或是红棕色）。好莱坞给出的专业意见是，"有色人种演员演技拙劣，达不到相应要求"（106）。假如金惠经的取样和调研是准确的，那么小说中威利斯·吴作为华裔演员在好莱坞已是"成功人士"。即使偶尔有亚洲人饰演的一二角色，亚裔还承受着令人难以想象的羞辱：好莱坞摄制团队还是会"雇佣顾问，教会亚洲人怎么做更像亚洲人，比如给亚洲人怎么化妆才能使韩国人的脸看上去更符合'大饼脸'的标准"（106）。模仿带口音的亚洲英语和亚洲人的典型举止是对刻板印象的利用，反制亚裔的融入。刻板印象（stereotype）这个词来源于法语词汇"stéréotype"，最早是铅板印刷的意思，就是千篇一律的、模式化的印象，认为女性、黑人、肥胖、某地方人等好似板印印刷品都是一个模子刻出来的。刻板印象是无根据的群体印象的以偏概全的判定，属于出了差错的群体印象，对特定群体做了缺乏一定理据的描述。刻板印象想当然地认为群体中的个体不折不扣地拥有同一的特征，不考虑任何个体的差异。简言之，此种观点下的武断是：落入一个群体的每一个人都一样。看看上世纪 80 年代韩（朝鲜）裔和越南裔饰演的角色："服务员、妓女、战争伤亡人员、鬼祟的游击队员"（113）等。华裔的好莱坞基调基本上是由两个银屏形象奠定，并深入人心。一个是"黄祸"（yellow peril）的代表，阴险淫邪、诡计多端的大恶人傅满洲[5]（Fu Manchu），在西方社会被当作是撒旦的化身。西方势力通过创作傅满洲这

---

[5] 爱尔兰裔的英国人罗默（Sax Rohmer）在 1912 年时创作出的一个反派人物形象。这是一个来自中国、穿着清朝服饰、留着长辫子、八字胡和长指甲的恐怖犯罪分子，一个无情的、残忍的、恶魔般的"邪恶博士"，最擅长用恐怖的毒药和疯狂的魔法折磨他人。

一荧幕形象间接人为制造了某种种族恐惧，生产了一种"辱华"效果；另一个则是华人探长陈查理[6]（Charlie Chan），他聪明、肥胖、有一定能力。具有讽刺意味的是，这两个角色均由皮肤着色后的好莱坞白人演员饰演。长期以来，好莱坞影视产业给予亚裔的角色极端单一。帕特里克·霍根（Patrick Colm Hogan）在《情感叙事：故事的情感结构》（*Affective Narratology: The Emotional Structure of Stories*）一书中指出"一般趋势的认知似乎是先天的，或者是后天的，尽管构成这种划分的确切原因在社会上或语境上有所不同。将原型应用于外部群体时，他们会通常会产生刻板印象。暴力侵害诸如民族之类的群体暴力，这些认知和情感倾向可能会助长敌人，抑制同理心。（2011：25）"19世纪，华裔的荧幕小角色是洗衣工，洗衣工形象最早出现在一个名叫李楚（Lee Chew）的华人洗衣工的自传里，"直到第二次世界大战，洗衣业一直是美国华人的流行职业"（尹晓煌，2006：21）。与传统亚洲女性操持家务的刻板印象不同，到了美国，亚洲男性成为了家政主力军。"亚裔男性（在剧中）极少以丈夫、父亲或情人的身份出现。他们要么是呆板的花匠、仆人、厨子、冷酷的生意人，要么便是一个败于意大利裔少年空手道新手脚下的所谓中国功夫大师"（275）。除了早期的傅满洲和陈查理以外，"华人在美国的固定形象不外乎唐人街权欲熏心的暴君、嗜血的帮派杀手、性感歌妓，以及滑稽可笑的侍童"（137），活动场所基本上也都仅限于唐人街。从性别上看，中国男性被刻画成"好色或是狡猾的异教徒"（Kim，2006：110）。其他亚洲男性也多被刻画成"罪犯和外乡人"（108），以日裔的荧幕形象为例，"日本人奸诈、斜视（squint eye）、好色，并且能够进行恶魔般的残忍和折磨他人"（111）。威利斯饰演的无名演员功夫好，说带口音的、不合语法的英语（他本人没有口音），按照指令做出各种被羞辱后的表情，他还经常饰演不光彩、给家族蒙羞的亚洲儿子（Yu，2020：7）。好莱坞影视霸权的目的不外乎是要丑化、阉割亚洲男性，攫取、占有亚洲女性身上的资源。直到本书写作的今天，西方仍然拿亚裔眼睛形状大做文章，狭长的眼睛轮廓和相对窄小的眼球／眼白是亚裔天生的生物学样态，这是不可否认的基本的客观事实。西方媒体别有用心地创作出"眯眯眼"（almond eye）这样的术语辱亚，傅满洲的形象设计也采用了这样的吊眼梢的特殊处理方式（因为演员本人是白人，原生眼睛大且圆，需要用多层胶带将双眼皮紧紧贴合）。

---

6 美国小说作家厄尔·比格斯（Earl Derr Biggers）笔下虚构的一位华人警探。西方大约拍摄过49部关于陈探长的影视作品。

2018 年 11 月意大利奢侈品牌杜嘉班纳（Dolce&Gabbana）在一则广告片中使用"眯眯眼"的亚洲模特，故意丑化亚洲人的面部特征。这则广告背后的阴谋是西方媒体刻意塑造迎合西方审美的刻板东方形象，恶意污蔑亚洲人形象。这种商业风气甚至还影响到了中国的营销环境，中国国内食品品牌"三只松鼠"2019 年的产品宣传照也启用了"眯眯眼"模特，被认为是有意迎合国际资本，符号化中国人，在网络上引起轩然大波。再看女性方面，不是女仆，就是"艺妓"、"龙女"[7]（114）。小说中的威利斯的母亲同儿子一样，也是特型演员，饰演美丽的东方之花、亚洲引诱者、年轻的龙女、稍微年长一些的龙女、餐厅服务员、杏眼女孩、美丽的女仆一号、死去的美丽女仆一号、年老的亚洲妇人等等无关紧要的特型角色。在亚裔二代作家杰伊·凯斯宾·康（Jay Caspian Kang）在 2021 年出版的书籍《最孤独的美国人》（*The Loneliest Americans*），他创造出一个新词"职业亚洲人"（95）（professional Asian American），这个词汇内化（internalize）了所有关于亚裔美国人的刻板印象，并且把"亚裔美国人"作为自己最显著的身份（identity marker）。因此，堕入刻板印象的陷阱就会使人堕入僵化的模式思维，即看到他人，就给他贴上一个标签，然后从标签所属于的群体倒推出其个体特性，并不在实践中观察和修正先入的观点，即群体与个体特性有无差异。

亚裔在美国之所以很久都没有正面、积极的形象，是因为白人和其他少数族裔对亚裔刻板印象逐渐深化、固化、停滞。其中，好莱坞的电影霸权和宣传通过刻板印象特型角色羞辱亚裔，对亚裔形象的负面建构起到了推波助澜的作用。亚裔两百多年的移民史几乎可以占到整个美国建国后历史的半壁江山，而扁平化、畸形化的亚裔公众荧幕形象长期得不到纠正。这样的逻辑谬误在于考察为数不多的亚裔演员就简单覆盖相当大的亚裔演员群像，其推理的可靠程度极其低下。在此方面，华裔演员一直在以与众不同的方式寻求突破。像威利斯一样，众多华裔男性演员在做有益的尝试并努力打破角色边界（borderline）。其中最著名的代表就是来自中国香港的华裔武术高手李小龙（Bruce Lee），他在拍摄完成《精武门》、《青蜂侠》、《猛龙过江》、《龙争虎斗》等电影后，成为了好莱坞炙手可热的功夫大师（master of kongfu）。1973 年 3

7　1931 年好莱坞拍摄一部《龙女》（*Daughter of the Dragon*）将黄柳霜（Anna May Wong）邪魅的美和推理犯罪剧情结合，展现了白人对华人世界哈哈镜般的奇诡想象。黄柳霜以"眯眯眼"的形象勾引白人男性。

月，李小龙却因"受限于单一的种族主义角色离开好莱坞"（Yu，2020：129）。李小龙的继任者们，成龙（Jackie Chan）、周润发（Chow Yun fat）和李连杰（Jet Li）都是因为好莱坞对亚裔演员的"种族去势（racial emasculation）行为"（Yu，2020：129）而无法向西方观众传递亚洲男性的男子气概。"亚洲男人不被算在男人里"（提臧，2020：126），这是对亚裔男性的集体羞辱。女性方面，小说中威利斯的亚裔血统妻子产后便迅速拿到一部剧的女主角色（Yu，2020：176）。亚裔女演员的境况稍微好于她们的男性同胞，能拿到大一点角色的可能性稍稍高一些。倒不是因为好莱坞尊重亚裔女演员，而是亚裔女演员所得到的角色都会格外凸显亚洲女人的异域（exotic）魅力，在院线市场上投白人男性之所好。

可悲的是，上述的种族角色刻板印象主义在今日仍然在延续和升级。2020年初至今，新冠肺炎疫情肆虐全球，美国掀起了一波接一波的针对亚裔仇恨（Asian American Hate）浪潮。2021年初，美国亚裔，特别是老人、女性频频遭遇袭击，针对亚裔仇恨的犯罪数量激增、程度也更加恶性。相对于黑人"黑命贵"（Black Lives Matter）声嘶力竭的呐喊，亚裔始终保持沉默。除了害怕打击报复以外，亚裔深知维权的成本之高。2021年2月7日，好莱坞著名华裔影星吴彦祖（Daniel Wu）首先在社交媒体上发文，联合韩裔影星金大贤（Daniel Dae Kim）以2.5万美元悬赏寻求种族仇恨犯罪线索。紧接着，包括著名女星奥利薇娅·玛恩（Olivia Munn）在内的好莱坞亚裔演员纷纷站出来为反对种族歧视发声，呼吁亚裔不要分裂，要联合，要团结，一致对外。《唐人街内部》中出现了一幕叫《黑与白》（Black and White）的剧中剧，主角是黑白男女警察，"剧目宣传海报上仅放一个拉丁美洲裔在边缘作为点缀，头像比黑白男女主角小很多，以吸引拉丁社区目标受众"（Yu，2020：38）。亚洲人则是扮演死者和"看不见"的人，"亚洲老人出现了，没有台词"（43）、亚洲人"一句台词，没有口音"（44）。好莱坞秉承惯例，一味兜售关于亚洲人的陈词滥调。在威利斯逐梦好莱坞的进程中，他没有成为例外，不断遭受压制，事业上升的通道被牢牢堵死。美国是一个黑白之外没有其他颜色，也不准许出现其他颜色的国家，长期存在针对亚裔的文化上的系统性的种族主义仇恨。亚裔的种族刻板印象之耻和对亚洲男性深刻成见永远无法被低估和忽视。种族刻板印象在美国恶性循环，亚裔总是被停滞不前的老眼光看待，亚裔自己再循环进入刻板状态，对号入坐代入自身的刻板印象，所以很难从根上实现自我发展。受到功夫明星的影响，威利斯从小的梦想和职业规划便清晰且固化，即功夫小子-功夫明星-功夫大师这样的职业路径，刻板印象运用极其粗糙的逻辑归纳在无形中根深蒂固地形塑了华裔少年，甚至是华裔幼儿的价值取向和职业选择。威利斯感叹道："总是饰演同类型角色，久而久之你自己也忘了自己是谁了"（130）。他不想成为他人，却变得越来越不像自己。

（二）唐人街的模范少数族裔羞耻

1849 年华裔劳工和矿工因淘金热在加利福尼亚州旧金山市择地逐渐聚集、聚居，"主要集中的区域是萨克拉门托街的上半部分、整个杜邦街以及上述街道附近的几条街道的部分地区"（吴景超，1991：141）。在华裔移民美国早年间，唐人街的概念基本等同于华人社区。华人与主流社会的地理区隔很明显。穷困潦倒的华人移民蜗居在唐人街，仅仅在同胞、同乡之间交往。"对我们大多数人来说，生活在亲友之间比生活在陌生人中更温暖、更自由、更有人情味……华人与唐人街之外的美国人只是生意关系，人情淡漠"（转引自尹晓煌，2006：156）。并非说是华裔没有与其他族裔交往、交流的交际意愿，而是白人和主流社会率先主动关闭了互动的大门。

唐人街作为华人的赖以生存的聚居区，拥有许多平民窟和地下暗室。黑帮林立、暴乱频发、社会治安差是涉及唐人街影视剧里面的常见画面。"洛杉矶唐人街的地理位置和环境外观都很不好，而对外声誉就更差了。（吴景超，1991：145）"小说中的唐人街具象到一个鱼龙混杂的名为 SRO（Yu，2020：46）的社区（相当于现下国内的廉租房或者低保楼区域），嘈杂，混乱，吵闹。社区非常显眼，在一众非华裔社区中清晰可辨，华裔移民延续了许多自己在国内的习惯，对空间实行最大程度的利用。唐人街上的住客更是对 SRO 空间的利用达到极致的效率，无论多么狭小、逼仄的空间，他们都能想出意想不到的布置和装潢办法。窗户外、阳台上挂满需晾晒衣服，构成了唐人街特有的街头风景。

> 在 SRO 中，您会从所有三个维度进行思考。一个房间不是一个布局，一个足迹，它是一个空间，一个体积，当你开始理解这一点时，你无法相信这里有多少体积。你挂东西，你把东西挂在那些东西上。你堆叠、堆积和填塞，你利用你生活中每一个可用的立方体，而不仅仅是平面图或示意图。你会在一个空心物体、一个篮子或一个洗衣篮、一盒干茶叶、一个饼干罐东里面的里面找到隐藏的空间。

（52）

空间的局促也是美国对华裔的情感羞辱。威利斯的父母也曾经尝试在唐人街以外的地方定居，但是他们不但买不起房子，还租不到房子，房东光是看肤色就不租给他们夫妇，即使违法，房东也不在意，最终他们只能找到唐人街SRO区居住下来（152）。威利斯住在楼房的8楼。房屋年久失修，居民们也无法负担得起一笔价格昂贵的修缮经费。洗澡间整日滴答漏水，大家认为"水恨穷人，水和穷人有仇"（60）。住在这里的人也是一种缺爱的冷漠状况，老方死了，警察只能等孝道缺位的儿子小方的电话，了解他何时来收拾遗物。另外，即使在如此压抑的空间里，住在唐人街上的街坊邻居对"风水"（feng shui）的空间布局还是非常讲究。唐人街上的居民完成终身大事都在这里，威利斯的父母在中餐馆结婚，威利斯夫妇也在唐人街结婚、定居，威利斯和女儿菲比（Phoebe Wu）都是出生于此。

我们在第一章中提到，日裔是最早的"模范少族裔"，紧接着便是华裔，他们勤劳、能干、不怕吃苦，相对于日裔是有过之而无不及。亚洲人，包括菲律宾裔、越南裔、韩裔、印度裔等在内各支都被美国主流媒体大肆宣传成"模范少族裔"。这场政治吹嘘和宣传目标是打击非裔人士和民权运动，其背后的用心颇为险恶。"60年代中期，亚裔被主流社会誉为'模范少数民族'（model minority），成为抑制民权运动和黑人权力运动影响的政治策略，亚裔美国人运动在这样的社会环境中被别有用心地隐匿于赞誉的光环之下"（董娣，2002：82）。吴辰明（威利斯的爸爸，又名四福）20世纪60年代因为在中国台湾的二·二八事件[8]遭到迫害而作为政治难民移民美国，吴辰明读书的天分极高，在大学的绩点（GPA）高达3.94，读研究生的时候已经给老师当助教挣钱寄回家了。他还曾被加州大学洛杉矶分校（UCLA）博士项目录取。因母亲突发疾病，辍学养家。母亲病好转之后，辰明在社会上却找不到工作，只能在唐人街后厨帮佣。"从功夫大师到厨子，像是得健忘症"（Yu，2020：89）。"亚洲人的工作空间不是厨房就是中餐馆，职业一般是给饭店打下手或是洗碗。（88）"辰明的大学同学陈艾伦学术成绩更好，是麻省理工学院的博士毕业生。即便是这样的成功人士在美国还是整天惶恐不安，他感到进不可融入美国主流社会，退不可回到台湾老家，生存空间只能挤压进狭小的唐人街。在唐人街，艾伦倒是

---

8 又称"二·二八起义"，发生于1947年2月28日，是台湾省人民反专制、反独裁、争民主的群众运动。

还算是个名人。不过，悲剧最终还是发生了，他 58 岁的时候吃安眠药自杀了。在美国的亚裔人群"向上的流动性（upward mobility）陷入僵局"（Berlant，2011：204）。无论是读完博士的陈艾伦或是未读博士的吴辰明，大部分亚洲人的职业命运显示出同质化特性：即优等无用论，永远跳不出"一般亚洲人"的刻板印象。亚洲男性甚至不敢与白人女性对话，他们为自己的身高、体格、身份和地位等方面感到天生的羞耻。

作为男性尚且如此，亚裔女性在美国的生活境况更为不堪。陈艾伦的女儿，即一位华裔二世女性，毕业于斯坦福大学物理学专业。太阳底下无新鲜事，当年的亚裔仇恨和今日疫情期间的美国一样猖獗，他女儿当街被人用啤酒瓶袭击，送急救之后，头上缝了 11 针（Yu，2020：150）。职场上的亚裔女性更是被剥削、被压榨的主要对象。辰明的妻子经历过早期移民的各种苦难，年轻时找到一份在医院当护士助理的工作，给病人洗澡，拿着一小时 2 美元的微薄收入。"你以为来到美国到处都是机会，其实根本就是故国的另一个版本"（58）。不管是亚裔男性还是女性，"模范少数族裔"这个词用在他们中的任何一员身上都带有歧视的色彩，谁是少数？多数又是以何人为首的哪个群体？为何要用美国的主流体系评定"我"是不是模范？"模范"评定的标准是谁制定的？有哪些具体标准？之于亚裔和其他少数族裔，这到底是一项种族荣誉还是种族耻辱？这一系列的拷问发人深省。

威利斯一家在好莱坞职场打拼尤其心酸。威利斯为了角色装得说英语有口音，削足适履把自己装进亚洲人的盒子里。剧中剧里有个很有意思的细节，好莱坞对亚裔演员的演出有个不成文的规定：亚裔演员在剧中一般"死"45 天，即 45 天以内不能再次登台出演下一个角色。因为大概需要经历一个半月观众才能忘掉演员在剧中已死，但是演员要吃饭啊，所以他们又开始演快递员、餐馆工、神秘的东方人。这 45 天被称作是强制休息期（mandatory cooling-off）。"虽然亚裔出演的都是路人，但是经常"领盒饭"[9]可能会让观众记住你的脸，影响观众的观影体验，容易串剧"（129）。威利斯终其一生都在妄图逃离饰演特型角色。为了实现阶层跃迁，他必须打造攀登的抓手。他学习李小龙，把武术当作华裔演员突围的主要手段。他苦练武艺，不仅精通中国功夫，还练习泰拳、柔道、跆拳道、巴西柔术等五大功夫类型等待在好莱坞大显身手的时机。却不曾想到他的这些本领只是在为婚礼、新年等提供功能性和工具性的表演

---

9 演员在剧中、影片中死亡或退场。

（30）。玻璃天花板（glass ceiling）的效应在华裔几代的身上上演。"向上移动已被我们称为横向移动或侧向移动所取代（Berlant，2011：222）"。威利斯主观上坚守的向上移动路径已经向周边偏离。虽然经过千辛万苦的努力和等待，皇天不负有心人，最终拿到一个功夫明星的角色，仍然不是主角。妻子告诫他这是个"陷阱"，演不了主角一直都是美国和好莱坞在制造"陷阱"（trap）（180）。亚裔演员职业上升的悖论性揭示了他们努力反抗刻板印象的无效性："在系统里晋升并不意味着你打败了系统，你反倒是加固了系统。这就是系统赖以生存的法则"（95）。他们的生命像推石头的西西弗斯一样，在一片无效又羞耻的"模范"呼声中消耗殆尽。

（三）从代际幻灭到羞耻共同体的初现端倪

同他的父母一样，纵使威利斯十八般武艺精通，他只不过是"从普通亚洲人（generic Asian man）到平凡普通人（plain generic man），建立一种沉默、负责任、集体失语、有色且无害（Yu，2020：210）"的美国需要的少数族裔形象。作为二代移民，威利斯的功夫梦和主角梦在他不断奋斗中幻灭，他开始"怀疑自己一直追寻的意义（244）。"无论华裔如何努力，结果仍旧是徒劳。威利斯等不同行业的亚裔的不成功之耻使得他们系统、客观地看待美国社会制度不公正、不公平的运作系统。这种所谓的"人种之耻"、"出生之耻"不是像威利斯这样的年轻人在幼年时期能够轻易跳脱的。但是威利斯在小说结尾的时候已有所感悟，他"承认自己也是这个统治系统的一部分，我也是有罪，让错误的系统定义我，是我先承认了这个错误的系统。（246）"

小说在尾声中对华裔三代的移民的描写充满了作者对移民代际发展的思考。威利斯因没有主角光环而无力负担 SRO 以外的住宅，妻子与之离异并带女儿搬离。他可谓是承受了一般男人所不能承受的耻辱。离开嘈杂唐人街以后，菲比的生活环境改变，身边没有亚洲人的元素，却有照顾小孩的社群共同体，"她成长成一个完美的美国女孩"（Yu，2020：208）。到了菲比这里，华裔第三代已经完成了文化适应（acculturation）。文中出现大篇幅描写的菲比盖儿童城堡、自己演戏、沉浸在自己的世界，反衬父亲在现实世界里不自由的尴尬境地。女儿的游戏还形成一种寓言式的结尾"一层一层搭建空中城堡"（198）象征父亲不断地向上攀爬，"哪天梯子撤离，城堡漂浮在空中，成为空中楼阁"（199）。父亲的一切奋斗都是空，因为亚裔种族的梯子抓手从未搭建起，父亲和祖父母的"美国梦"一朝幻灭了。游朝凯还敏锐地指出"儿童在儿童的世界自由成长，一旦感知种族的存在，它的人生就变样了"（202）。一辈子唱不好英语歌曲的老年吴辰明竟然对一首手到擒来，即由约翰·丹佛（John Denver）创作并演唱的著名乡村歌曲"乡村公路，带我回家"（*Take Me Home, Country Roads*）。"此心安处是吾乡"，"怀旧与还乡"是老年吴辰明的精神信仰，他憧憬的归途还是他年幼时家乡——中国台湾。返乡的诉求，就连对林语堂这样的文化名人"也不是一件简单的'落叶归根'的事情"（钱锁桥，2019：371）。客死异乡，是吴辰明们的宿命。如果说菲比是一个完整意义上的美国女孩，吴辰明还有中国认同感，那么出生在美国的威利斯作为二代移民确是没有任何归属感的"浮萍"一代。

小说的珍贵之处还在于游朝凯给亚裔的同族／同胞留下了很多守望互助的笔墨。首先，在法庭庭审的剧目中，威利斯饰演的亚洲人作为被告出现在法庭上，唐人街的老大哥（Older Brother）主动担任他的辩护律师。他们一起挑战美国的立法和司法审判系统。老大哥的法庭陈词慷慨激昂，他质问法官"为何华人自 1815 年至今来到美国 200 多年，为何还没有被当作美国人？（228）"；"华人为何有低人一等感觉，从没有完全融入美国主流社会和白人文化之内？为何与历史上和现在正在被压迫的种族没能团结成一体？（232）"；"与黑人的被压迫不一样，黄种人的被压迫是次等被压迫的羞辱（233）"；"黄种人不等于黑种人，亚洲人需要重新自我定义（235）"。老大哥先声夺人，在气势上赢得了官司，种族正义深入人心。吊诡的是，陪审团最后判罚了有罪。本案虽是虚构的，但是它的审理借鉴了历史上著名的世纪大审判——猴子审判案（Monkey trial），又名宗教与科学之争的斯科普斯案。1925 年 7 月 10 日到 21 日（实际审判天数为 8 天），律政天团在田纳西州的小镇代顿（Dayton）参与双方诉讼和辩护，轰动一时。法律也是最终裁决教授进化论的中学教员约翰·斯科普斯（John Scopes）有罪，原告基督教原教旨主义者威廉·布莱恩（William Jennings Bryan）胜诉。斯科普斯虽被判了 100 美元罚金，但是科学的风气却自此传扬开来。案件引起的社会反响经久不衰，其中在科学界"许多科学家仍然相信某种形式的自然选择，但他们对进化的方式和原因的看法却大相径庭。他们中的一些是渐进主义者，他们相信进化是在很长一段时间内发生的，并伴随着渐进的变化。另一些认为为了让进化取得如此成功，必须有突然的爆发来加速这个过程。还有一些相信两者的结合（Crompton，2010：95-96）"。这两次庭审有很多相似之处，但是最显著的不同点"猴子"案是人类普适性的问题，必然会引发社会热议和思考；而"威利斯"案是种族主义案件，少数族裔之耻势必得不到全人类的瞩目。试想，如果政客和社会改革家能够像科学界思考"进化论的教授"问题一样关注如何避免亚洲人的种族之耻，采用骤然革命或是渐变改良的方式应对种族的不公正、不平等，那么乐观地说，这个问题迟早会得到解决。

从台湾刚到美国的时候，吴辰明的同乡陈艾伦经济拮据，一度靠吃猫粮度日。辰明主动给他买吃的，还给他钱。众所周知，辰明自己手头也很不宽裕。其次，在族裔与族裔之间，互动和交流也频繁起来。珍珠港事件以后，美国高校里的政治环境收紧，仇日情绪抬头，艾伦曾经被误认为是日本人而遭到殴打。类似这样的案例很多，只是主角可能替换成越南人、韩国人、朝鲜人或是菲律宾人。联合不仅发生在同宗、同胞和同族内部，越来越多亚裔普遍认为这种被殴之耻已经不是单单针对日裔的犯罪行动了。从华裔和日裔的日常交叉和交往观察，特别是珍珠港事件以后，"很少有华人参与到1941年后的美国反日运动中去，许多华人对二次世界大战后返回西海岸的日裔还尽力施予帮助。早在20世纪20年代，威廉·史密斯就注意到，第二代亚裔华、日两个群体彼此非常认同。到20世纪60年代末"美国亚裔"一词出现之前，美国的亚裔移民就彼此认同了"（尹晓煌，2006：157）。民权运动及美国多元文化主张的推动让包括日裔在内的亚裔确立了自我亚裔美国人的身份。在当时纷繁复杂的美国国内环境中，任何族裔都不能独善其身。"美国华裔非常清楚，反日情绪不会为他们带来任何利益，因为一旦国际政治局势或中美关系发生变化，这种敌对情绪便会转移到华人身上"（同上）。

第二章　地域的忧郁情结

　　1972 年，华裔文学批评届代表人物赵健秀（Frank Chin）等人最早开始使用"亚裔美国感性"（"Asian American Sensibility"）的概念，阐述了亚裔对双重族裔身份的情感反应，展示了亚裔情感的特殊性。"感性"笼罩着一层移民社区的悲情，勾连起忧郁、自卑、自怜、愧疚和孤独等一系列负情感症候。到 20 世纪 90 年代，林玉玲（Shirley Geok-lin Lim）继承和发展了赵健秀等人关于"亚裔美国感性"这一概念的理论，并在首次在种族竞赛范畴阐释。她在《新文学历史》（*New Literary History*）发表文章"鉴金或争夺亚裔美国文学的地盘"（*Assaying the gold: or, contesting the ground of Asian American literature*, 1993），对《<啊咦！>导论》中所提出的"'亚裔美国感性'的竞赛描述为美国出生的亚裔美国人与亚裔移民之间，以及移民男性作家与女性移民作家之间的斗争。通过对亚裔美国人的接受，白人生产了'白人至上'主义：即亚裔人普遍拥有"友好 / 忠诚 / 驯服遵纪守法 / 有文化修养"的属性。（155）"2009 年，罗宾·多恩（Robyn Warhol-Down）和赫德尔·皮拉斯（Herndl Diane Price）联合出版了《女权主义还原：文学理论与批评选集》（*Feminism Redux: An Anthology of Literary Theory and Criticism*），他敏锐地指出"亚裔美国感性"概念和构成是具有暂时性的。在其中一篇文章"亚裔美国文学中的女性主义和民族文学理论"（*Feminist and Ethnic Literary Theories in Asian American Literatures*）中，他们直接运用了"亚裔美国感性"这一概念讨论了在父权社会里，亚裔女性在性别身份和种族身份的双重挤压下形成了一种新型的"感性"（358）。那么，亚裔东方感性如何异同与美国感性呢？首先，二者的共同

之处在于都属于情感范畴，蕴含文化混杂性概念并都涉及对双重文化身份的
摈弃；其次，二者的区别主要在于：在《感性与美国革命》（*Sensibility and the American Revolution*，2009）中，莎拉·诺特（Sarah Knott）认为感性赋予了美国人自信和民族凝聚力，引发了横跨大西洋的信任危机（184）。美国感性是美国人的精神建国动力，属于文化外向力和凝聚力，需要对手和敌人等参照系，含有一种浪费和奢侈的男子气概；而蒲若茜在《亚洲感性："美国亚裔感"溯源》（2013）这篇文章中指出亚裔美国感性是对林语堂、黎锦扬等迎合西方的创作倾向的反拨，是内向、真确的（authentic）、缺少男性气质和文化整体性的（98-103）。

从"亚裔感性"到"忧郁情节"的生发，记忆、情感与家国叙事在亚美文学中淡然呈现。忧郁情感的抒写与亚洲相对传统的儒家文化氛围和亚洲民族相对保守的民族性相关，情感发源于东方文化和民族主义的土壤，"忧郁"情感主体在情感的走向中不断切割、拉锯，情感呈现制度化、结构性的胶着状态。"忧郁"负面情感表征了亚裔处于"去国家化"、"模范少数族裔"（model minority）（Wong，1993：6）、"种族影子"（77）、"种族阉割"（134）、"身份操演"（206）、"后殖民主义"等语境下含蓄、内敛的"感性"精神生活，其运作又揭示了亚裔经济地位相对不平等的问题，战争和与之相关的难民、移民带来的美国社会内部的政治和文化问题。

一、难民叙事中的忧郁

（一）忧郁的缘起

从早期生物学上讲，古希腊科学家曾经将人的肉体划分为四种体液：黄胆汁、黑胆汁、血液和黏液。"忧郁"情节（melancholia）的"字面意思是黑胆汁，源自希腊语 melas（黑色）和 chole（胆汁）"（鲁德，2019：95）。直到欧洲的中世纪，人们还是认为体内各种体液保持均衡的状态，人的身体才能健康，一旦出现倒错，人体是要出毛病的。"忧郁是黑胆汁过多的结果"（同上）。英国牧师罗伯特·伯顿 1621 年出版了他的唯一一本长篇著作，即《忧郁的解剖》（*The Anatomy of Melancholy*）。伯顿继承了体液理论，同时他还完整给出了忧郁的成因、症状和建议疗法。他认为忧郁是"性情中的，是指由一次的不幸、困顿、病痛、惊吓、苦难、激动，或心绪不宁、任何形式的在意、不满或念想引起的短暂的意气消沉或伤感。（伯顿，2012：42）"另外，按照伯顿的分

析，忧郁的症状主要包含"恐惧、悲伤、厌世感等"（140-145）。郑安玲（Anne Anlin Cheng）在《种族的忧郁：精神分析、同化和隐藏的哀悼》（*The Melancholy of Race: Psychoanalysis, Assimilation, and Hidden Grief*，2000）中借用弗洛伊德（Sigmund Freud）1917 年发表的文章《哀悼和忧郁》（"Mourning and Melancholia"）里面对忧郁的定义，认为忧郁与失去（loss）相关，"是一种心理内陷……一种无尽的自我贫乏状态……一种消耗"（8）。如果从人类的种族忧郁来看，"种族主体对忧郁症的理解，必须从对悲伤的肤浅或仅仅情感的描述，延伸到对这种悲伤的深刻理解，这种悲伤是一种绝望或躁狂的情绪，它如何影响被剥夺权利的人们的生活，实际上构成了他们的身份并塑造了他们的主观性"（23）。白人主流社群一直以来都秉持亚裔、非裔等少数族裔是"不可同化的种族他者"（10）。后殖民语境下的忧郁与弗洛伊德笔下的哀悼（grief）和自恋描述有一定的初步联系，但它更主要涉及新帝国主义社会的政治病态和社会顽疾，集中体现在难民（移民）的情感结构的反馈系统里。在战后特殊的情感形态里，忧郁的感受覆盖了创伤恢复、身份认同、经济赤贫和心理参与等诸多涵化、适应议题。

我们现在把眼光看向美国越南裔难民群体的忧郁情节。这一群人的母国是东南亚小国越南。越南位于印度洋和太平洋交叉的战略要害位置，海岸线狭长，优质港口众多，自古以来便是地缘政治要冲。在历史上越南曾经是中国的藩属国。清朝没落以后，它相继成为法国和日本的殖民地。1955 年 11 月，越南战争全面爆发，南北越在美国和苏中的分别操纵下形成长达 20 年的军事对峙。"作为'美国历史上最漫长的战争'，越战是二战后美国最大的一次军事行动，同时也是损失最惨重的一次，有 5.8 万多人死亡和超过 30 万人受伤，军费开支超过 2500 亿美元。它是美国有史以来在军事、经济、政治和道义上最大的失败。"（李连广，2018：1）。这场旷日持久的战争，是自美国建国以来，被消耗的最严重的一场域外战争。"尽管美军炮火猛烈、还实施了一系列平叛计划，但南越（Government of South Vietnam—GVN）和美国始终无法将军事胜利转化为政治胜利"（Opper，2020：205）。1975 年，以胡志明为首的北越（National Liberation Front—NLF）占领西贡，美军和南越部分高级别军事官员大撤退至美境内。另外，逃亡美国的还有南越少量"真实"难民。换而言之，第一波越南难民由反对当时国家政权的军队和城市精英构成，但紧随其后的越南、苗族和老挝移民则是为了逃避新政权暴力和经济困难而移民，经济条件也相对较差。

在阮清越的文学实践中，难民叙述探讨了前殖民地国家难民与母国千丝万缕的情感联系。作为美国公民的合法定居者越南裔难民群体对收容所提出的要求一直在被忽略，难民忧郁的情感状况一直维持在一个高水准的状态。在探讨大不列颠帝国的殖民问题时，保罗·吉尔罗里（Paul Gilrory）在《后殖民忧郁》（*Postcolonial Melancholia*）里以大不列颠前殖民地的移民为例，试图论说只要难民们"对公平的要求增加，就会不可避免的得到拒绝，这进而催生了进一步的循环暴力和内疚情绪。面对与殖民他者公开互动的前景，怨恨、拒绝和恐惧感本身就加剧了这种忧郁的情绪，这只能被想象为损失和危险（2005：103）。"与后殖民时代的大英帝国一致，二战后宣拥多元文化主义的美利坚民族对待难民的态度也是如此。概而言之，对故国家园的缅怀，现实的不确定性和公民身份权利的不完整性构成了难民忧郁的情感特质的起源。对于一向标榜器物和制度先进的美国，由于长期缺乏分散注意力的制度措施和经济刺激的手段，新移民的忧郁情绪长久挥之不去，而越战难民的情感特殊性尤甚。从心理治疗的角度看，忧郁还是轻症，不安全和双轨文化差异所揭示的长期焦虑更令难民们煎熬。在美国社会，他们已经对各种各样的失望习以为常，而一部分患有战后创伤应激综合征（PTSD-Posttraumatic Stress Disorder）[1]的人必须接受正规的医学治疗和心理干预。

（二）难民的忧郁表征

阿多诺说"奥斯维辛以后，写诗是野蛮的"，文学和艺术对战争的反思远比政治领域深刻。在美国的越战难民们是一个特殊的忧郁情感主体。首先，忧郁主体感怀失去，以失去自居，对家园的"复归"（homecoming）极其渴望；其次，忧郁主体将自我与失去的对象"合并"（incorporate）（Boulter，2011：170），产生你中有我，我中有你的混淆假象，甚至成为失去对象本身；再次，他们普遍充满"厌世"（misanthropy）（Shirilan，2015：65）的情绪。难民也是普通人，也有普通的人性呐喊和情感诉求，难民的特殊之处在于受"难"之后，来到异国他乡，普通的生活是否还能平静、"普通"呢？《同情者》中的主人公是军人身份，在南越他是无所不能的军队特权人员，到了美国他还是与军事

1　是指个体经历、目睹或遭遇到一个或多个涉及自身或他人的实际死亡，或受到死亡的威胁，或严重的受伤，或躯体完整性受到威胁后，所导致的个体延迟出现和持续存在的精神障碍，多因战争。

活动脱不了干系，但也是在日常生活摸爬滚打的"普通人"。与《同情者》相比，《难民》的题材更加平民化、个性化。作者从自身在越南和其他族裔难民群体中的几十年田野调查取材，7 个案例中的人物各异，却大多是为忧郁情节所困扰的真正的普通人，他们的共同特点是难以摆脱战争经历的记忆和现实的磨难的困扰。

《同情者》的主人公"我"的忧郁最早源自于越南原生家庭的伤害。"我"是一位法国天主教牧师和他的越南年轻女佣在无婚姻状态下的私生子，书中没有交代"我"的名字，可见其无关紧要或是可指称任意一个战争中的越南人。人们称呼"我"为"杂种"，小时候周遭的成长环境是无止境的贫穷和嘲笑，小说中曾经多次提到法国神父父亲只有大的节庆才会给越南女佣母亲一些"法式饼干"，平时母子俩捉襟见肘，朝不保夕。小说中有一个极端的例子，"我"童年最为憎恨一位亲戚，新年时，"因为她没有赏我红包"，并且因我"杂种"的身份分外歧视我。小说中写到，"越南人家庭结构复杂，关系微妙。我母亲在世时，受人冷眼，生活孤苦。我是她唯一的儿子，有时很想要个越南式的家庭，但看现在情形，可没有这念头了（阮清越，2018：10）"。主人公幼年时代的爱全部来自母亲，一个表面弱势心灵强大的瘦弱女子。"我"没有得到一丝来自父亲和其他亲人的关怀和温暖。1975 年后，主人公初到美国，脑子里萦绕的都是越南的美食"河粉、鱼露、米酒等"，情绪上始终很低落。他和同乡们心灰意冷忖度世人"会忘记这场战争；关于这场战争，教科书里只有片言只语；学生们甚至懒得去了解这场战争；幸存者不复在人世，尸体化作了尘土，对他们的回忆少而又少，对他们的情感归于冷寂（阮清越，2018：207）。"首先，他并非在行动上哀悼逝去的故人，而是长久停留在情绪的谷底。"忧郁（就像我们现代对抑郁症的理解一样）通常指的是一种停滞状态，而哀悼（甚至作为言语的一部分）则暗示着运动（Sprengnether，2018：192）。"如果哀悼是与逝者和过去的积极动态交流，那么忧郁只是被裹挟在自我的静态的情绪里，是一种沉浸式的无法自拔的自我体验。忧郁一旦进入心灵的肌理，便开始自我繁殖，弥漫到看不到边界。逝去者也反过来以"失去"对抗宏大叙事的空白点，以某种扭曲的变形方式展示权利话语、记忆和创伤。第二，忧郁还具有一定的伪装性，用静态情绪掩盖某一将来的否定状态。忧郁主体试图自欺欺人"何况，快乐装久了，不定还真就快乐了哩（46）。"试想，这样一个假想式的乐观结果如何能引领静态的负面情绪走向正向思考呢？更有甚者，忧郁情绪导致忧郁主体走向生活理想幻灭的虚无和厌世情绪。"'希望很稀。'他说道，'绝望很浓，像血'。（40）"作为双面间谍，主人公回到北越以后，遭到惨绝人寰的军事甄别。他悟出了"空"（nothingness）的终极答案。

> 是我在尖叫。我叫着一个字。这个字，自政委第一次提问。便一直在我眼前晃悠——空——然而，直到此刻，我才看清它的形，听到它的音——空！——这个我一遍遍叫着的答案空！——谢天谢地，我终于开窍。（576）
>
> ……
>
> 听到这些，我们起始缄默无言。他们死，为了什么事业？还有数百万人，在统一越南、解放自己的旷日持久大战中，往往在不能自己选择的情形下，付出了生命，为的又是什么？跟这些人一样，我们也牺牲了一切，不过好歹还有一分幽默感。无论谁，只需稍稍超然事外，认真思考前述问题，即便再怎么迟钝不懂讽刺，都会因我们——一个曾多愿牺牲自己与他人的人——着实被愚弄了一场而大笑不已。想到这里，我们笑了起来。我们大声地笑，不停地笑。邦当我们是疯子似的看着我们，问我们究竟在笑什么。我们指去眼睛上的泪水，答道："空。"（591）

对北越信仰的破裂、对南越的残余势力的失望和对美国好莱坞电影霸权的弱势回应使得主人公成为无权自我辩护的厌世类型，他产生了对人类个体或整体的真正仇恨，即人类在道德上是"坏"的认知判断。他还对自己的同胞产生过怀疑"这群船民如果真的安全抵达彼岸，他们中有人很可能忘了自己的苦难，反过来排斥别的遭受苦难的人（597）"。他经常采取合并"同类项"的行为，设想自己"成为"（Becoming）失去对象，包括成为去世的母亲、未能成功营救的女共产党员、被他暗算的替罪羊"酒仙"少校和桑尼。此时，忧郁主体的认知是偏颇的，他无法拥有失去对象的真实经历，他拥有的只能是自己的幻象和幻想。正如朱莉娅·克里斯蒂娃所说的忧郁症是"深渊苦难"（abyssal suffering）（Boulter，2011：170），死亡在军事集权体制下被认为是一种官僚主义的遗忘，死者被分散到文本的各处痕迹中。悲伤是短暂的，忧郁是持久的。赫尔曼·施密茨还认为忧郁是严肃的，人类的悲伤是需要受到高度重视的。他在《身体与情感》中驳斥了康德的人人生存都要"追求幸福"的论断，他坚持康德"错在没有看到为严肃而深沉的忧郁所把捉者典型的追求，他们顽固地沉入自己的不幸，陷于悲伤而拒斥安慰（2012：125）"。忧郁者的同伴不可试图安抚他们，安慰对忧郁者是一种约束，"只要他的悲伤是真切的，他就很可能感受到了侮辱"（同上）。邦在妻儿去世后一直是拒绝走出忧郁的精神状态中，他选择成为行尸走肉，要么和妻儿同去，要么沉溺在悲伤的海洋，展示自我的濒死样态。

《难民》中的 7 则小故事在情节设计上都非常巧妙，从侧面验证了作者"我手写我心"的真实普通难民身份。有别于《同情者》里军事人员的忧郁感伤，小人物的悲哀更加触动人心。第一章"黑眸女人"讲述了逃难中变成"鬼魂"的哥哥以"魂魄"的身形在若干年后造访自己的母亲和妹妹。当年妹妹只有 15 岁，航船上遭遇海盗，被强奸；哥哥为救妹妹惨遭杀害，未能到达美利坚。哥哥的魂魄回来"只是好奇地看着，看我为哥哭，为自己哭，为我们之间失去了那么多本可相伴的岁月哭，为母亲、父亲与我三人之间从未说过的东西哭。我更是为那些一去不归、杳无音讯的女孩哭，包括我自己（阮清越，2020：18）。"女孩在美国成长到 38 岁，而她的人生的所有记忆和情感认知始终都停留在哥哥成为"新鬼"的那一天。母亲还给她讲述一对造化弄人的夫妇"在这伤感的重逢场合，其实还有两个鬼，他们便是当事人业已模糊的往昔的自己（20）"。父亲去世后，母女二人的思维和情绪始终停留在逃难的那艘航船上，妹妹受辱的地点和哥哥死去的时刻。航船上是渡劫，来到美国以后的人生是劫后余生，更是苟活于世。感伤的静态停滞将忧郁的情绪发展到顶峰，却无处消耗。失去或者是弃绝，意味着永不再来。第二章"另一个男人"中的难民廉，受尽苦难来到美国，在挫折中融入美国社会生活的方方面面。即使在一条街道，一个相似的场景，"弥望到处都是亚洲人的面孔，廉有一种归家之感"（36）。在第七章"祖国"里，一位在美国长大的越南裔女孩，访问自己的原生家庭，回到美国后"费雯写的是越南期间的美妙回忆，比如，在浮在西贡河上的一家餐厅吃饭，穿定做的合身奥黛，在大叻坐矮种马车环游春香湖。我一直望着飞机舷窗外面，直到再也不能望见这个国家。她写道。一切那么苍翠。在云层遮住底下碧绿世界的时刻，我只想着再回到这个国家（178）"。费雯在美国的生活并不如她宣称的那般好，她母亲欺骗越南家人女儿是医生，其实她只是一名被解雇的接待员，她的母亲和继父甚至没有自己的房子住。复归从未谋面的家园是费雯尝试配合自己长期不得志的忧郁情绪的一种体现。在第四章"我想要你爱我"中，越南人聚居区的"小西贡"成为一个很有特色的地理伪装复归点。"小西贡就在附近，图书馆会专为住在那里的越南人采购大量的越南书籍和影片（83）"。小西贡的概念提供的是一种情绪价值，来这里人可以将忧郁藏身于片刻的精神家园里。第二章"另一个男人"是关于三个年轻同性爱人的故事，"父权精神分析理论通常将同性爱欲等同于忧郁（何磊，2017：84）"。三位年轻男子形成三角恋的同性关系，与同性爱恋的社会排他状况相同，忧郁的同性恋男子也是被排除在主流社会之外的。难民廉在西贡和关岛难民营经历了非人的待遇，以至于多年以后"廉以为，已经忘了那些夜晚，终于逃离了那样的生活。然而，廉此刻怀疑，那证据是不是仍留在他的掌纹之中（阮清越，2020：29）"。没能出逃的男孩子在越南过着悲惨的生活"在酒吧扫地，或是替美国人服务；年龄大些的运气好些的逃脱了兵役，当贼、皮条客或有钱男人的跟班；倒霉的当了兵；最倒霉的要么当兵一去不复还，要么，即便或者回来了，也沦为了乞丐，拖着残肢伤体，在路边讨生活（39）"，他在美国"下班的时间似乎遥遥无期（39）"。无论是在越南，还是美国，越南人都是无法容身的。越南人的忧郁是家园回不去，眼下的生活也难以为继。从传统的父权制精神分析认知角度出发，廉、帕里什和马库斯自然形成的同性三角关系原发力来自"投向同性客体的爱欲本身"（何磊，2017：84），统摄在忧郁的排他和拒绝认同的属性之下。廉的加入是对帕里什和马库斯同性关系的两两交叉，是人性的平和和温度的延续，也是忧郁情感的三人三重叠加。

（三）忧郁的积极向度

首先，台湾学者刘人鹏、郑圣勋、宋玉雯 2010 年编纂的专著集《忧郁的文化政治》中收录了麦克斯·潘斯基（Max Pensky）的《忧郁的辩证·序》（*Introduction to Melancholy Dialectics*），该文延伸了对忧郁书写的关注，认为忧郁主体沉浸在自我的世界，援引弗洛伊德的忧郁是被"过于强大的超我（super ego）"（刘人鹏等，2010：8）占据，"这样的超我残虐地攻击自我（ego）"（同上），其良知和内在判断远超对现实的关切，留下一片"精神卫生 / 洁癖"（spiritual hygiene）（Shirilan，2015：78）的空间。忧郁主体在精神上不滑动，避免了其尽早或提前进入绝望（despair）状态的可能，从生存状态上保证了自我的精神洁净。另外，根据伯顿的说法，"胆小和忧伤能让忧郁者保持平和和清醒，不会因得意忘形和胆大妄为而行放纵之举"（伯顿，2012：203），假使他 / 她不产生绝望的情绪，忧郁症患者的精神状态还是相对积极和稳定的。忧郁的"精神卫生"的能动性在于它保留的是精神上的"社会自信心和复原力"（80）。《同情者》中的主人公虽一再感怀失去，让悲伤肆意侵淫，却能守住自己的情感立场，没有在南越、北越和美国中的任何一方中站队，留下了宝贵的独立思考的时空。在叙述话语上，忧郁叙事抵御了官方对战争的宏大叙述和构建，集结了所有"拒绝被收编的原始力量"，保持了"对抗单一论述的能动性"（刘人鹏等，2010：136），将确定性悬置，开启了对意义的讨论。它不轻易定论和定性，为关于历史和真相的阐释和思考提供一种开放式的留白和可能。在传统行动力上，忧郁者也会不自觉地选择静止、不合作的态度应对外界的变化。忧郁者将战争埋藏在记忆里。在访谈中，阮清越谈到"所有战争都会打两次，第一次是在战场上，第二次是在记忆里"（谷雨、阮清越，2017），他呼吁运用公正的叙述话语构建公正的记忆伦理。

其次，压抑的忧郁情感是具有政治性的，而"福科关于'自反性语言'（reflexive language）[2]思想资源，提供了很多关于沉默、话语的政治（2010：xvii）"的思考。"现代意义上的忧郁已经成为具有社会意义与现实影响的政治思维、文化心态"（何磊，2017：88）。弗洛伊德"对忧郁症的病症'瘫痪麻木'的诠释，其实正是历史的新的可能性，哀悼的过程里可以赋予主体战斗力、能动性（xx）"。种族忧郁的实践主体对失去的关注必然会涉及到理解"失去"和系统化的不公正之间的关系。忧郁的情感结构是作为一种病态的、被强制或非强制的移民、种族同化和融入美国的难民身份而加剧的情感体系。种族的忧郁症可以是物质、经济不平等而导致的情感状态。以越南裔美国人的经历为例，他们认为"模范少数族裔的神话"、语言差异、家园丧失，文化空间缺失和排外的本土法律等都与无法融入"美国白人主流社会／标准白人性"的理想有关，忧郁症状很容易就能影射出亚裔美国人的自卑和创伤。忧郁是一种"他者"的疾病，难民或移民或多或少均有被白人性所同化的意愿或现实，忧郁的状态是他们在思考同化的必要性和考虑同化失败的可能性。小说《同情者》里的亚裔难民皆是面临各种的生存危机和生活障碍，歧视和反歧视的问题始终是少数族裔需要直面的主题。作为摄影师的中-越裔桑尼被当成"替罪羊"杀戮，日裔模范莫莉女士遭遇职场的天花板，一大帮南越遗民更是食不果腹，在社会底层流浪。

再次，忧郁催生了治愈的欲望。忧郁症不具有传染性，忧郁情感是一种情绪的中间状态，介于烦躁和抑郁之间，而狂躁症和抑郁症的合并症状就是双向

---

2 福柯认为某些状态的言说，其实是一种朝向虚空的叙述，这既是喧嚣也是沉默，因为文字是为了将语言和主体一同抹拭，它们终究只存在于纯粹的域外。

情感障碍——躁郁症。如若忧郁症不再发展，它会自动成为保护主体的缓冲地带，形成一个相对舒适的区域。忧郁产生的厌世情绪让主体远离享乐主义的漩涡，也不必跟随激进主义的步伐，他们执着于眼前一事，却在人生大部分的重大节点上豁达通透。《同情者》中的双面间谍"我"，如前所述，作者全文没有赋予姓名，其实际目的直指经历越战的所有人，"我"是我，也是你们每一个人。赴美后思念家园的忧郁和厌世情绪没有让"我"稀里糊涂地生活，相反，我没有在资本主义的糖衣炮弹中失去斗志，也不会因为南越的军事行动而贸然进攻。"我"躲在暗处，不失时机地精准杀害两个自己的替罪羊，成功地解救了自己。事后，在现实里、梦境中，"我"都被杀人后的忧思困扰，不免对受害者产生了同情心、同理心和共情力，将自己带入受害者家属的处境。"我"谋划把好莱坞爆炸案所得的赔偿金的一半赠予替罪羊"酒仙"少校的遗孀也是一种精神上和情感上的自我救赎。"祖国"中生活在美国最底层的费雯"得还清四张信用可透支的钱、上学贷款，还得操心房子别给收走"（阮清越，2020：177），即便她没有到过越南，也是要通过造访越南寻根，通过给箱子填满越南纪念品"给母亲穿的丝质奥黛的瓷娃娃，给两个弟弟的手工雕刻的柚木帆船，给继父的泡有眼镜蛇的米酒，给朋友的印有亲切此项的胡志明头像的 T 恤"（169）来满足自己复归家园的愿望。访越期间的美好回忆以及和越南家人的短暂接触立刻具有了实用主义意义上的功能，费雯回国后收获了一丝真实的故国文化自信心。

忧郁的治愈希望寄托在良好的人际关系交往实践之中。在《1844 年经济学-哲学手稿》里，马克思写到"国民经济学家眼中的社会是，市民社会，在这里任何个人都是各种需要的一个总体，并且只是就人人互为手段这一点而言，一个人才为别人存在着，而别人也为他存在着。（1979：97）"按照这一逻辑，除了在经济领域以外，还可以推倒出人类社会的政治、文化和情感生活等领域也依赖人与人之间的多维度性和交往的普遍性的观点。在伽达默尔看来，友谊"包括了人类共同生活的所有形式，包括商业关系，战争中的同志关系，工作团体，婚姻形式，社会团体的构成以及政治党派的组成。简而言之，它包括一切人类的共同生活（1988：134）"。在《同情者》中，作为忧郁的懵懂少年，因为共同抵抗校园霸凌，"我"和敏，邦歃血为盟，义结金兰之好。伽达默尔认为人类"于友谊中才会达至团结，才会真正使人形成和拥有人类的共同意识和普遍价值、道德观念（张能为，2016：111）"。这场越南版本的《三国演义》里的"桃园三结义"式的友谊使得三人之间形成了互通、互联、互助的精准帮扶小组，属于类社会团体形态结构。诚然，在现代文明社会中，社会公共生活的温度不在于如何羡慕强者，而在于怎么真正关心弱者。在亚洲族裔内部，"我"也与将军一家、莫莉、越南同胞们抱团取暖；在与白人的交往中，美国军人克莱德、大学里的导师等也从普通人的角度，抛弃种族和战争的陈旧观念，平等、热心地帮助"我"。忧郁的日子因社群的扶助和温暖日渐开朗。"我"在美国大学的东方文学系工作，研究东西方人和文化的异同之处。这正契合了马克思提出的"从实践的唯物主义向以真实的社会实践、社会关系研究为主线的交往实践观"（穆艳杰，胡建东，2021：75）。正如圣经里所说"慈善始于家庭"（charity begins at home），在《难民》的小叙事里，通篇充斥着忧郁的难民生活基调，平凡人围绕着兄弟、父母、子女、亲密爱人、同族和异族间的社会交往实践展开。其中有两则故事很特别："另一个男人"里跨越传统异性恋的爱情，三个不同种族的青年男性共处一室，在忧郁的延展度下，互相抚慰忧伤的心灵。同性之爱的重点从来都不是同性，而是关乎一切真实、友谊和爱的真谛，是治愈的力量；"美国人"里真心在越南支教的女儿不顾当地条件的极端艰苦和父母的反对声，执意永远地在越南待下去，只是因为那里的孩子爱学习英语。要知道，因为拥有亚洲血统的关系，她在美国曾经被"她的同班同学或其他不认识的同学瞧不起"（阮清越，2020：108）。抚平伤口，治愈忧郁的良方在于主体摆脱社会方方面面的限制，冲破性别和种族的牢笼，以温馨的情绪氛围应对生命中的意外和不测，产生对性别他者和族裔他者的同情心和同理心。人类在面对忧郁情绪的侵袭时，需要强大的来自内外的力量与之对抗、与之和解。

二、忧郁的负情感经济学

（一）忧郁的类资本流通

关于情感的经济（学）论述学界也有过很多观点。瓦尔特·本雅明（Walter Benjamin）在论述左派忧郁的时候，对于左派忧郁（症）主体而言，"某些情感已经转化成为物……因为物过往精神财产（spiritual goods）所留下的痕迹而引以为傲，就如同中产阶级也同样以自身拥有的物质财产为荣"（转引自刘人鹏等，2010：143-144）。爱娃·伊鲁滋（Eva Illouz）2007 年出版的了专著《冷亲密：情感资本主义的形成》（*Cold Intimacies: The Making of Emotional*

Capitalism），就情感场（emotional field）的形成和运作做了专门讨论。"不同的参与项汇聚在一个行动领域的创造中，其中心理和情感健康是流通的主要商品"（73）。美国作家阿莉·拉塞尔·霍克希尔德（Arlie Russell Hochschild）在《心灵的整饰：人类情感的商业化》（*The Managed Heart: Commercialization of Human Feeling*，2012）一书里，论述了情感作为一种重要的劳动力资本要素参与现代服务业中，以 20 世纪的空乘为例，提出伪装情感是可批量生产的商品（89-91）。到了 21 世纪，对于情感作为一种资本的讨论甚嚣尘上，情感经济学研究迅速成为一门显学，成为讨论社会发展形态和变化的工具。

在众多情感经济理论的讨论者中，最具有影响力的是英国学者萨拉·艾哈迈德（Sara Ahmed）。她在《情感的文化政治学》（*The Cultural Politics of Emotion*，2004）一书中创造性地提出一种新的情感经济学模式，她认为情感是一种流通资本（circulation），是在流通的过程中生产的，情动（affect）并不从属于任何个体或符号系统（sign）。她主要借鉴了马克思主义经济学的"金钱-商品-金钱"（money-commodity-money）的流通从而创造剩余价值的模型，认为情感在流通的过程中积累了情感价值增值（11）。艾哈迈德认为情感也可以放置在商品拜物教（commodity fetishism）的类比下去理解。马克思在资本论中提到："商品形式的奥秘不过在于：商品形式在人们面前把人们本身劳动的社会性质反映成劳动产品本身的物的性质，反映成这些物的天然的社会属性，从而把生产者同总劳动的社会关系反映成存在于生产者之外的物与物之间的社会关系。由于这种转换，劳动产品成了商品，成了可感觉又超感觉的物或社会的物"（马克思，2004：89）。商品，或者说物的存在，作为一个外壳遮挡住了社会关系。情感在不同的主体或物体之间运动和流通，在界面粘附（stick）、滑动（slide）（8），产生情绪感染。情感在流通的过程中，个体融入集体，情感成为调配个体与集体间社会关系的要件，作用于主体的集合，不从属于任何物体。某些符号，在和别的符号产生关联的时候，会增加所包含的情感价值。她在 2004 年发表的一篇文章《情感经济学》（"Affective Economies"）里重申了上面专著里面的观点，并试图推翻常规观念中情感的个体性和私密性。她开门见山地指出"情绪通过情绪在身体和符号之间循环的方式在个体和集体身体的"表面"（界面）中发挥着至关重要的作用。这样的论点显然挑战了一些假设，即情绪是私事，它们只是属于个人，甚至是它们来自内部然后向外传播到他人。它表明情绪不仅仅是"内在"或"外在"，而是它们创造了身体和世界的表面或边界的效果"（117）。本节将以东南亚菲律宾裔作家卡洛斯·布洛桑的小说《老爸的笑声》为例，剖析忧郁情感经济的类资本流通、增值（appreciation）和情感异己性、忧郁的情感殖民经济等状况。

菲律宾裔作家卡洛斯·布洛桑半自传体小说《老爸的笑声》终篇以戏谑的口吻回顾了在菲的情感经济生活和初入美国的菲裔移民生活状况。卡洛斯·布洛桑（Carlos Bulosan，1911—1956），著名菲律宾裔作家、诗人、社会政治活动家。布洛桑出生和成长于吕宋岛邦噶锡南省比纳洛南乡下。1930 年，迫于生计，他离开当时仍属美国殖民地的故土，以侨民身份去到宗主国，直到去世也没有返回故土。《老爸的笑声》是布洛桑的代表作之一，部分篇章曾发表于《纽约客》等杂志。读者在初读《老爸的笑声》时，感觉风趣诙谐，每一个小故事都有一个欧·亨利式的结尾，可读性非常强；再读感受到老爸一样的底层人士拥有无穷的智慧；三读渐渐领略这个东南亚国度的人民在特殊的历史时期经受的压抑的殖民经济统治和弥散的忧郁情感。标题中"笑声"极具反讽意味，小人物苦中作乐，笑面人生，这种笑是苦笑，无奈的笑，哭而不得的笑，却又是对严峻生活的不屈不挠的达观。值得一提的是，老爸的"笑声"被精心编排进每个章节，与殖民统治下菲律宾全民忧郁的氛围形成强烈的反讽张力。忧郁在不同的主体或物体间流动或者流通，在主体或物体的界面接触、粘附。不同的主体和物体之间流动和流通再分为两大类：一类是人与人之间的流动／流通；另一类是人与物（物与人也可）之间的流动／流通。老爸、老妈以及哥哥姐姐们经济窘迫，就连生活的自然环境也相当恶劣，家庭的内部的生活忧郁情绪在亲人之间的接触界面流通，阶级压迫环境下的忧郁情绪也流通到阶级的对立面，当地法官、警察局长、当地首富和殖民者等。退伍军人因战争发愁，老爸遂开设了"退伍军人专用"酒铺安慰他们，当地首富唐·瑞可因身份不符买酒遭拒将老爸的酒铺付之一炬。军人们闻讯聚集在唐·瑞可的大宅门前日夜唱歌，搅得这个恶人不得安宁，忧郁的情绪在退伍军人-老爸-首富-退伍军人之间流通，形成情感流动的闭环。被压迫阶级的忧郁情感对压迫阶级对反作用力不可小觑，小人物不痛快，一部分有同理心的统治者自然也忧愁，他们的工作也难以开展。忧郁情感从人的层面还流通到水牛（carabao）、高脚屋、吕宋烟、椰子和斗鸡等当地的象征性物件。在当时的菲律宾，水牛是当地人的圣物。"对贫穷的农民来说，它甚至是一项重要的财产"（布洛桑，2019：25）。老爸被迫卖掉了家里的水牛，老妈产生了忧郁的情绪。老妈将家庭的希望寄托于水牛身上，水牛的出售是老妈的忧郁的起点，水牛对喂养自己多年的老妈依恋，老妈的忧郁在自己和水牛的边界附着并转喻式滑动（metonymic slide）（"Affective Economies" 2004：119）到了水牛身上。水牛也在与老妈的"情感互动"（affect interaction）中产生了拟人化的感受："

> 有个男人跑到家里来，说要牵走我们的水牛。老妈紧抓着绑水牛的绳子，试图把水牛拖回谷仓。男人朝老妈挥舞手上的棍子，老妈只好放开绳索，那个人一个不稳跌坐在地上。他立刻起身要将水牛拉走，但是老妈死命抓着牛尾巴不放，不让男人带牛走。这头可怜的水牛卡在中间，一边有人拉扯它鼻子上的绳索，另一头则有人揪住自己的尾巴不放。它伸长头上两只角朝男人刺，他赶紧放手。水牛同时也甩开老妈紧抓的双手，朝河边狂奔而去"（布洛桑，2019：17）。

忧郁在老妈和水牛中间的滑动构建了老妈和水牛的相似点（resemblance）。情感转喻滑动意味着二者（人-物）跨越人类和动物界别而提炼出了情感本质意义上的相似之处，"在人或物体界面的拉锯中，我们可以清晰看到情感（憎恨）在人或物体之间一侧滑动，向后拉扯，重启过去的情感的根源的相关联系，人或物体变成被某种情绪（憎恨）的。（"Affective Economies" 2004：120）"同理，情感的转喻式滑动用于生成近似（likeness）（134）。老妈、水牛和抢走水牛的男人之间，忧郁情感一直在根据力的大小向三方倾斜，此三角关系在情感互动之间互为忧郁的主体和被"忧郁"的对象。仍然依据艾哈迈德的分析，情感符号的流通如何塑造集体的具体化，例如"国家的身体"。我们已经看到情感（仇恨）如何在不同的人物之间蔓延，并将它们构成为"共同威胁"（121）。观察彼时的菲律宾：美西殖民史，对菲律宾传统的改变和定型；官员各种恶习、谎话连篇；乡绅欺行霸市，巧取豪夺。忧郁的情感在流通中塑造了殖民时期的菲律宾，农民、部分殖民者、乡绅和物件之间互为忧郁的主客体。忧郁"并不存在于特定的物体或符号中，正是这种缺乏住所使得情感滑过符号和身体或物体之间。这种滑动只是暂时地被卡住，在符号与身体的附着中。符号通过以下方式粘附在物体或身体上把它构成情感的对象，物体或身体承担了一种构成，用一种成为它自己的情感包围着它"（127）。忧郁情感的本身不是本节研究的中心，本节试图透过忧郁情感观察主客体如何对身体和物体作出相应反应，忧郁的运动状态和分布如何塑造界面暨界面和边界如何通过情感接触得以形成。忧郁一直在人或物的界面流通，短暂粘附在其中之一，但不作停留，迅速滑动。直观上看，忧郁情感包围在身体或物体的边界上。忧郁聚集不仅产生情感增值，而且在人和人，人和物之间的流通同时形成一定的、非固化的情感界面形态。

（二）忧郁的类资本增值和异己者的识别

情感不存在于物体或符号中，而是物体和符号之间循环的影响（=随着时间的推移情感价值的积累）。一些符号，即作为符号之间运动的效果而增加情感价值：它们传播得越多，它们变得越有情感，它们就越似乎"包含"情感。（"Affective Economies" 2004：120）仿照马克思的资本流通-剩余价值增值原理，情感在流通过程中积累了价值增值。大哥波隆从一战欧洲战场返回，变成酗酒的"忧郁男"。残酷的战争对青年人的教育和警示作用效率远高于生活的苦难，"我们村庄里有十一个年轻人自愿参战，最后仅剩三个人返乡继续与我们一起生活。一个战死沙场，两个在船上染病身亡，三个受重伤的则被迫留在大城市治疗……（布洛桑，2019：15）"大哥从自愿前往欧洲参战的热血青年经由战争的洗礼慢慢蜕变成了开始思考世界的运行规律和强者的游戏规则的成熟退伍军人。返乡退伍三人组被生死场面震慑，他们患有战后创伤应激综合征（PTSD）。"三人成天坐在公所前的草皮上。他们从早到晚一语不发地坐在哪里，折草叶、看天空，只有蚂蚁咬了他们的耳朵，活着苍蝇停上鼻头，才会稍微一动"（15）。假设大哥和两位同伴的忧郁情绪基本是等量的，忧郁在传递、流通到老爸、老妈和兄弟姐妹身上的过程中，就得到逐渐强化和增加。其他人未直接感受到欧洲战场，大哥的非直观战场忧郁传递，更加重了他人对未经历的忧郁的无限好奇和不确定理解，爸爸评价大哥"打过仗的男生总是早熟"、"好好的一个人完全变了样"（16）。显然，家们人需要消化的忧郁情绪比军人本人还要强烈。大哥等退伍三人组的忧郁不仅影响了家人的情绪，还间接影响了家中的物和整个村里的氛围。大哥无所事事，没有时间限制地消磨战争中的情绪，也不参加任何实质性的工作和劳动实践。忧郁的情绪在大哥、被迫卖掉的水牛和疼爱水牛的老爸、老妈之间流通，负面的悲伤在家人和被烹煮的斗鸡布锐客之间传递，大哥反馈给爸妈，反馈给兄弟姐妹，爸妈反馈给水牛和斗鸡，反之亦然，加之其他的忧郁情绪叠加，无限循环的忧郁情绪浸染到家人和村子里邻近人生活的每一个角落。在人与人、人与物、物与人的多维交叉中，情感交互的效率高涨，忧郁呈现指数式繁殖。艾哈迈德在分析情感价值的生产与积累时，又主动揭示出情感价值与资本价值明显不同之处，即：当情感劳动得不到补偿时，情感劳动者不仅没有改变生产或退出竞争，反而矛盾地将无补偿本身视为一种补偿，维持了情感价值的积累与再生产。（Ahmed *The Cultural Politics of Emotion* 129）在"老爸的悲剧"一章，遭受自然灾害的一家人又遇到火灾，"水牛都饿瘦了"（布洛桑，2019：220），全家人深陷贫困的忧郁中。在艾哈迈德的研究基础上，有学者肯定了"情感通过差异和位移实现流通,在某些身体和社会群体上积累"的模型，并强调"在情感流通中,情绪是表演性的,并以行动为导向"（Siapera and Papadopoulou，2021：1268）。老爸将最后的希望寄托在不切实际的"斗鸡"游戏身上，老妈明白老爸赌徒的心理会害了全家人，不得不果断地将斗鸡布锐客烹杀。忧郁在全家人和人、人和物之间的流通形成了一定的闭环，忧郁的价值增长和生成性呈现出一定规模，所有参与方没有能力退出该流通-增长-生长机制，也没有使用其他忧郁的情感附带补偿机制进行代偿和消耗的方法，只能维持情感价值的类资本高速积累和运转，出现无处排遣的过积状态，类似于经济学上的股票／期货长线持有后被套牢的状态。情感推动了资本的积累：资本家对商品的使用价值不感兴趣，而对"占有越来越多的财富"感兴趣（"Affective Economies" 2004：120）。因此，忧郁繁殖模式的核心要义在于情感的积郁和累加。菲律宾当地人的忧郁情感蕴含一种情绪的传染和外溢，是一种"由外向内"模式，主客体在情感界面的粘附中不断被感染。忧郁情感在人与人的接触过程中得到了一再的植入、附加、增值、强化和深入，情感的生产能力和再生产能力剧增。在身体或物体的界面，"忧郁"作为一种情感符号（sign）在不同人-人、人-物或者物-人之间流动、感染、传递、增值，它不隶属于任何人的身体、单一种族和社会关系，它涵盖了错综复杂的种族与种族、人与人、人与物之间的社会关系之总和，具备生产和再生产性，从而具备改造客观世界的能动性。

考虑到忧郁情感流通的方向性，此处需要指出的是情感的粘附是具有一般意义上的随意性的。本研究只关注情感流通和形塑界面面貌，至于如何定量讨论忧郁的流向不在本研究的讨论范围之内。在艾哈迈德之后，2021 年有学者就"仇恨"的情感经济学发文，论证情感通过流通将人分为不同的群体。他们认为艾哈迈德笔下的"粘附"制造了转喻式的连贯（metonymic coherence）。为了实现这种连贯性，"仇恨"话语使用符号（sign）化的差异（difference）和转移（displacement）。"寻求庇护者"或"恐怖分子"成为差异的能指，分属于不同的群体。(Siapera and Papadopoulou，2021：1259) 同理，情感符号的流通将忧郁的主客体与无同理心的情感异己者区别开来。具体到小说中，这些异己者就是不具备同情心的阶级他者和同阶级内部人员。小说情节发生在一个殖民统治下赌博、诈骗蔚然成风的小镇，这与小镇的偏远位置和本该淳朴的民风毫不相称。在东南亚最贫穷的农村，入眼的不是以家庭为单位的自给自足的小农经济结构，而是畸形的社会生产结构、分配和再分配体系以及这之下的悲惨农村生活。村民们的忧郁和悲伤对部分外来者具有一定的可传导性和感染性。外来者也分为两种，一种是具备基本良知、拥有同理心、感受到忧郁并遭受良心谴责的人；另一种则是竭力搜刮民脂民膏、对身无分文的当地农民的悲剧熟视无睹，被忧郁识别为异己者的阶级他者。主体无视他人经受的苦难，忧郁便无法在不共情的主体（人或物）的界面粘附和流通，任由这些主体是阶级的对立面或是人民内部人员。新移民入侵后采取巧取豪夺的方式侵占土地，"那群新移民把村子搞得天翻地覆，强占许多土地，害得众多先移民者的后代失去归所（布洛桑，2019：65-66）"。侵略者进入村庄，此前本土土地法瞬间失效，"他们掠夺了村里大片土地，稍微耍个手段就变得有钱有势"(66)，对于个人私有财产，他们也不放过"那家伙仗着会一点英语和西班牙语，就运用一些乱七八糟的学问来剥夺他人的财产(66)"。殖民者及其当地追随者、依附者并不顾及赤贫阶层的"忧郁"，民"怨"沸腾也无法唤醒当权者泯灭的良心。镇上的公务员、法官、警察几乎在顷刻之间一边"倒"，沦为强权的得力帮凶，主动维护起殖民者建立起的统治体系和管理秩序，他们内心剩余的一丝对同胞的怜悯也不复存在。"人口税"是入侵者的发明，老爸讽刺这一不人道的征敛赋税的方法"报告法官，他（九岁的孩子）迟早要缴税的"(93)。中国古代也曾经使用"头会箕敛"的方法横征暴敛，即用畚箕装取所征的谷物按人头征税的说法。官多民少，赋税苛刻繁重，百姓的日子煎熬。检察官、书记官、警察局长等叫不出名字的官员协助殖民者治理村镇，他们所谓的"按章办事"都是层层加码，中饱私囊。

人民内部的忧郁情感异类大有人在，甚至发生在至亲的圈层里。欧宋哥哥就是典型的一例，父母及家庭的艰苦生存境遇没有成为他同情父母和兄弟姐妹的理由，忧郁的流通不发生在家庭成员之间，因为忧郁把欧宋识别为情感异类。更有甚者，家中的忧郁流通抵达"物"也与欧宋成为异己。欧宋偷卖家中的米、水牛、羊等贵重物品，忧郁在物与人之间断流。"爸妈从来没有责备过他，他们相信最好的惩罚就是让对方良心不安。但我哥（欧宋）可从来没有良心不安过，他根本没有良心"（77）。欧宋以"欺诈"谋生，受雇于西班牙烟草公司，替殖民者鱼肉乡里。无论是在最亲密的家庭环境内，还是一朝成为阶级他者的附庸品，欧宋的身份转换并没有改变他情感异己者的身份，他从来也没有成为忧郁的流通客体或主体，"老哥向村里的农夫采购烟叶，却用假的称重方式欺骗他们"（78），"欧宋哥哥靠欺诈农民赚进大把钞票，同时也没有放过那些用推车运烟草回省会的工人"（79）。欧宋的情感差异行为遭到同胞的强烈谴责，老爸巧妙设计教育并以"情"动之。在得知老爸从他那边赚来的钱其实是给他买了种植烟草的地时，他感动地说："我真不敢相信我们家会有这种好事。也好，我老早就想要金盆洗手，干些老实的活了。我想种田很久了呢"（84）。同类的情感主体尝试向欧宋发送和流通忧郁，对欧宋情感的唤醒起到了触发的作用。作为人民内部的情感异己者，欧宋没有主动融入忧郁情感集体的意向，却具备被动吸引和最终被转化的松动条件。从欧宋的例子可以发现一个情感吸引和唤发的趋势，即忧郁在情感集体内朝向异己者发力，将大量的情感势能转化为改变情感他者的动能。

情感通过转移来运作，也就是说，作为情感（恐惧或憎恨）对象的替身或替代品（stand-ins or substitutes），对于差异和转移以及最终对于某些群体的'仇恨'而言，所使用的话语必须唤起群体（community）成员默认的差异和转移关系的历史。从这个意义上说，他们必须映射现有的和熟悉的标志、话语和实践。（Siapera and Papadopoulou，2021：1259）籍此，在社会政治话语和实践层面上，忧郁的识别功能有利于最大限度的团结类己者，尽早识别出差异者和不同方，将异质性标注出来，通过吸纳和包容的态度找出团结他们的方式和路径。忧郁在转移的通路上识别同类项，排斥异类的行径，将主体与主体，界面与界面的联系和区别加强，进而塑造主体的外界情感形态，使得情感更好地介入同一圈层并具备构建更大有机整体的可能性。

（三）忧郁参与塑造情感殖民经济

以下先从东南亚的实体殖民经济回顾入手，再结合殖民政治和权力话语讨论忧郁的情感殖民经济学。东南亚地区位于赤道两侧，由马来群岛和中南半岛构成，处于亚洲和大洋洲、太平洋和印度洋的十字路口，战略位置显要；主要包括：新加坡、缅甸、泰国、柬埔寨、老挝、马来西亚、越南、菲律宾、文莱、印度尼西亚等国家；该地区属于热带，地形复杂，河流众多，经济作物种

植发达，矿藏丰富。"华人把东南亚称作'南洋'"（钱锁桥，2019：358）。下
南洋是近现代历史上中国人外出经商、务工的一种经济行为。下南洋活动在一
定程度上助推了当地的经济建设和儒家文化的传播（古代东南亚地区是印度
文化主导）。前殖民时期的东南亚有着丰富的经济活动，该地区的国家是海上
先驱，有着复杂的海上经济贸易。以马六甲为例，在 16 世纪被葡萄牙殖民之
前，它早已是著名的港口贸易集散地。在世界近代史上，东南亚地区国家和中
国的命运相似，积贫积弱且长期受到外强的侵犯。16 世纪到 19 世纪，"西方
殖民者逐步控制了除泰国之外的所有东南亚地区，将其控制地区的政治和经
济殖民化，并依据源自欧洲的'国际法'规范，划定了东南亚各国家间的边界"
（奥斯本，2020：IV）。西方对东南亚地区的殖民历史，尤其是经济殖民史是
以剥削当地廉价劳动力和榨取当地人的剩余劳动价值，为本国发动战争输送
物资为基调的。到了 20 世纪，欧美列强的占领对东南亚经济结构的转型起到
了决定性的作用，特别是 19 世纪末还尚不发达的橡胶种植园数量大大增长。
"东南亚的水稻种植业是东南亚地区自 19 世纪以来因欧洲殖民统治而发生巨
变的另一个典型例子"（112-113）。比如，法国在 19 世纪末期到 20 世纪初期
就从越南的水稻种植业当中攫取大量经济利益和战略补给。对于邻国菲律宾，
"菲律宾人很失望地发现，靠出口赚取利润地机会是很少的，至少在西班牙殖
民统治地早期，确实没有什么有利可图地贸易机会"（奥斯本，2020：114）。
"欧洲人希望缅甸、越南、菲律宾等地的东南亚人无怨无悔地为他们提供原材
料，不计报酬"（奥斯本，2020：116）。

在殖民和被殖民的政治权力和情感较量中，忧郁的流通参与重塑菲律宾
当地的情感殖民经济模式。首先，我们需要严密关注殖民下的菲律宾实体经济
状况，因为实体经济的现状反应了情感殖民经济的殖民程度和情况。自 1565
年开始，西班牙占领并统治菲律宾长达三个多世纪。1898 年美西战争后，西
班压战败，菲律宾落入美国手中。1898 年 12 月 21 日，麦金莱（William Mckinley）
总统发布了 1899 年 1 月 4 日在菲律宾宣布的道貌岸然的"仁慈同化"
（Benevolent Assimilation Proclamation）宣言，其中虚伪地表明美国在收购菲
律宾方面的"利他"使命。美国"来了，不是作为入侵者或征服者，而是作为
朋友来保护土著人的家园、就业以及个人和宗教权利。"麦金莱总统的"仁慈
同化"政策在意识形态上变得温文尔雅，美国在这场有系统的种族灭绝和平运
动中制造了"第一个越南"。这是一项旨在将当地人"基督教化"的长期"文

明使命"，这是一个前所未有的"杀戮场"（Juan，2008：106）。实际上，在美、西殖民时期，菲律宾当地人遇到非人的不平等、压迫或算计等等。所以，作者在小说的后记里写到"这是第一次菲律宾人民以'人'的身份被书写下来"（布洛桑，2019：85）。殖民者的政治压迫在当地随处可见，经济剥削更是资本主义完成原始积累的助动力。列强在菲律宾的经济殖民系统可分为两个层次，一个层次是美、西的直接经济殖民，利润主要来自当地人种植椰子、甘蔗、马尼拉麻和烟草等菲律宾的四大经济作物。以烟草的种植为例，烟草始自十六世纪西班牙殖民者带入吕宋岛，也是殖民者最为看中的经济作物。"吕宋岛北部的卡加延谷地则是亚洲著名的烟草产区，这里生产的吕宋雪茄在世界上享有盛名，被称为吕宋烟"（布洛桑，2019：85）。西班牙统治时期的烟草公司独霸一方，1921年后，美国人借助美"援助资金"的噱头将这些烟草商收购，当地人辛苦耕种的烟草产业皆是列强的利益。第二层次是本土高阶层对低阶层的间接盘剥，以乡绅、土豪为代表的地主和小资产阶级对赤贫农民的巧取豪夺，以警察局长、法官和检察官行为为代表的基层司法和执法状况混乱，法律制度的无效性随处可见。殖民和权贵阶层经济本质上是一种"寄生"（parasitic）（Juan，2008：112）经济，寄生在无数佃农和日工的血汗上。权力和经济实存联系，情感与权力之间也存在一定的关系。忧郁的对象指向自己遭受非议的种族身份和经济地位。斯宾诺莎认为权力有两种形式，一种是实体权力，个体与他者、国家和个人之间的强制力；另一种是权力存在于想象力和情感之间，由人类的情感操纵。（qtd. Yang，2013：6-7）在美、西统治的近代殖民时间内，菲平民阶层一直保持一种"敢怒不敢言"的沉默和忧郁状态。米歇尔·福柯曾把现代描述为"生命权力"的时代，即实现了征服身体和控制人口的众多不同技术的爆炸式增长的时代。（Foucault，1978：140）一些处于劣势的身体变成社会生产的集中剥削点（Yang，2014：140），菲律宾人被认为是市场化的"忠诚、守规矩和服服帖帖的"（146）情感劳动力（affect labor）。忧郁是当地人对殖民系统的情感反馈，忧郁在农民阶层、一部分殖民者和本地中上层社会阶层之间流通、粘附、增强，旨在形塑忧郁的情感殖民经济。

"边界、固定和表面的影响"涉及一个强化的过程。换言之，情感价值形态的积累形塑了物体和世界的表面。（"Affective Economies"2004：121）忧郁以动态的流动在农民、殖民者和本地中上层人士以及动物和经济作物中重新定位分布，确定边界，塑造疆界。在这样的情感经济中，根据艾哈迈德的观点，情绪会行动，它们通过个人依恋的强度将个人与社区——或身体空间与社会空间——联系起来。与其将情绪视为心理倾向，我们需要考虑它们如何以具体和特定的方式发挥作用，以调解心理与社会之间以及个人与集体之间的关系。特别是，展示情感是如何发挥作用的，这种粘合会产生集体（连贯性）的效果。（"Affective Economies" 2004：119）忧郁的粘合性开启了人与人、人与物、物与人、物与物之间的连锁效应，以一种非消耗、不抵消的增长方式将主体连接起来。个人与集体、私人空间与公共空间通过忧郁情感的分配划分调节界面的边界，完成部分与部分、整体与部分、部分与整体之间的连接。以"马努尔叔叔返乡记"为例，在情感的叙事脉络中，以马努尔为代表的底层农民和狗贩、狗以及以警察局长、镇长为代表的官僚阶级上演了一场情感流通和博弈。此故事蕴含四对情感关系。第一对是马努尔与狗：经济困顿的失足青年马努尔是监狱的常客，他为生存发愁，一个偶然的契机，他开始打起狗群的主意，其中包括法官的贵宾狗和学校管理人的大丹犬。狗儿们被他抓住成为交换的工具，动物也产生了哀怨的情绪；第二对是马努尔和狗贩：马努尔想用骗来的狗换狗贩的金子，狗贩讨价还价，只愿意用低价的农产品交换。狗贩以狗不够干净、不够胖逼迫马努尔去动法官等权贵人士的狗。马努尔和狗贩对镇上的官员均怀有强烈的不满情绪；第三对是马努尔和警察局长、镇长：官员们的狗们丢失，马努尔成为嫌疑犯被追捕，二者明显是处于对立的情绪之中；第四对是以上人、物和小镇：这是一个光是一个制糖坊就使用"整整十七个童工助手"（布洛桑，2019：175）的小镇。民不聊生的悲惨生活让底层人选择"窃狗"的方式营生，忧郁的情绪在马努尔到狗，马努尔到狗贩，狗到镇上官员，马努尔到镇上官员之间流通、传递，重塑了小镇上的人物关系。伴随"窃狗"事件，"不快乐"的基调在镇上不断扩大、加深。无论是殖民者抑或是被殖民者，只要是生活在殖民的情感经济模型下，忧郁就是他们生活的底色。并且，随着殖民程度的加深，这种情感经济现象会日益显著。

艾哈迈德的情绪经济模型还表明，虽然情绪不会积极地存在于主体或人物中，但它们仍然可以将主体联系在一起。确实，更强烈地说，情绪的不驻留使它们"具有约束力"。（119）忧郁的约束力也正是来源于此，忧郁在界面的不停留，一方面制约了某一界面的情感积郁基数过大，控制了单一界面的量，致其量控制在在一定的范围内；另一方面，忧郁的移动性也促进了忧郁的传播职能，普遍的分布性可以扩大忧郁的集体范畴，使得忧郁具备一定的囊括和包容的功能。忧郁的形成进一步构成社会生产和意识形态传播的媒介，在多主体界面暂时停留，调和、控制情感分配的不确定性，成为挽救殖民高压政治氛围"一边倒"的情感工具。忧郁的流通表明，整个人类社会是一个有机整体，恐惧和忧伤不只留存在底层社会。一旦底层社会被忧郁覆盖，忧郁会以流通的方式向上流动，形塑社会情感结构，全面参与情感财富的分配和再分配以及社会关系的生产和再生产过程，并在不定数量的重复和往返中达到动态平衡。如果说殖民者和当地官员在政治和经济上占有绝对的优势地位，在情感的世界里，由于忧郁添加的砝码和杠杆效应，菲律宾农民在一定程度上实现了经济、种族、肤色和阶级的平权，践行了情感世界对现实世界的另一种反拨。

三、政治性抑郁

（一）菲裔社群的流动性政治

《美国在心中》是菲律宾裔作家卡洛斯·布洛桑的另一部重要作品，也是他的成名作，更是布洛桑的半自传体小说，确立了他的政治、社会活动家的地位。布洛桑作品的文学价值在他生前远远被低估，《美国在心中》在布洛桑去世约 20 年后才由亚裔文艺青年发现并整理出版。小说讲述了 20 世纪 30 年代 -40 年代期间菲律宾人在美国殖民统治下的悲惨生活和菲裔移民在美国的边缘化的集体生活经历。在美国殖民统治下的菲律宾，主人公阿洛斯（后在第 19 章出现真名卡洛斯）一家始终处在与温饱斗争的原始状态，其生活的贫穷程度远超一般文明世界的想象限制。赤贫的一家人被以典当方式剥夺了赖以生存的最后一公顷土地，受到高利贷者的压榨，哥哥还被送至险象环生的欧洲西班牙战场替帝国主义卖命。赴美变成一趟不断在变动地理位置的旅程，一场"无根的流浪"（rootless mobility）（Campomanes and Gernes，1988：21），从檀香山、阿拉斯加、西雅图、加利福尼亚、胡德（哥伦比亚河）到内华达州、圣路易斯奥比斯波、圣玛丽亚、圣地亚哥到芝加哥、西雅图、旧金山、圣达菲、圣巴巴拉再到墨西哥区、唐人街、圣巴巴拉、索尔瓦格、西雅图、阿拉斯加、波特兰、萨克拉门托、旧金山、斯托克顿、圣路易斯奥比斯波、萨利纳斯、洛杉矶、斯托克顿、洛杉矶和尼波莫，阿洛斯几乎每隔一段时间就要完成一次迁徙。华裔学者黄秀玲在其成名作《从必需到奢侈：解读亚裔美国文学》（*Reading Asian American Literature: From Necessity to Extravagance*，1993）以亚裔美国文学中的流动性为主题专章讨论了流动性的政治（或迁徙的政治）（politics of mobility)（118），该流动性从本质上别区于美利坚民族的移动（mobility），凸显了少数族裔的族裔"被"流动特征。有国内学者根据约翰·厄里（John Urry）对移动性的划分，认为这种流动属于横向流动，即"指移民或者其他形式的半永久性地理移动，是一种横向流动，是为了寻求更好的生活，或逃离旱灾、迫害、战争、饥饿等而进行的跨国或者跨洲的流动"（石平萍，陈婷婷，2021：88）。与之相对，纵向流动主要指"社会经济学意义的向上流动（socioeconomic upward mobility）或向下流动"（88），主要是指社会地位和经济地位等社会阶层维度。从地理位移上观察，以阿洛斯为代表的菲裔移民在横向流动上基本畅通，没有遇到移动的阻力。但是，纵观阿洛斯及家族、族群的纵向流动史，无论在菲律宾本国还是来到美国之后都展现出一种向下流动的既成事实。"美国的白人主流社会把菲律宾人当成是所有亚裔中最低等的，对他们进行了极其野蛮、残忍的袭击和迫害"（王增红，张旭东，2014：83）。阿洛斯和其他族群成员从事过各种低贱的体力劳动工作，遭遇凶残的白人工头，拿最低的薪酬，经历数次骚乱和械斗，根本找不到体面一点的工作。书中提及菲律宾女人混迹到最后只能沦为妓女，男人则从酒精和博彩业中寻觅安慰（Bulosan，1946：122），纵向流动一味向下。"菲裔在美国遭受的反东方刻板的刁难，比起日裔和华裔来更甚一筹。不像日本帝国可以站出来为在美日裔说话，菲律宾人没有一个独立的政府愿意为他们说话。所以他们的身份非常含糊，他们是"wards"或者叫"美国人 nationals"，既不是外来人也没有合法的公民权利。在美国，"菲裔劳工受到了多重剥削"（王增红，张旭东，2014：83）。卡洛斯失业以后，甚至没有人愿意将房屋出租给他，生病了还会被驱逐出治病的卫生所。相对于菲裔在菲国内的政治、经济地位，在美的菲律宾人纵向流动真是一降再降，到达无处可降的深渊。

20 世纪初，在遥远的菲律宾，社会阶层分化严重，村域经济落后，生产力低下，农民成了被压迫的最底层。阿洛斯一家的土地被剥夺，父亲典当土地给高利贷者以负担家中的一个男孩读书。在极其落后的农村，社会经济发展重度滞后，土地是农民的根（布洛桑，1946：63），农民失去土地无异于断了活路。为了一家老小的口粮，父亲向村里的教堂租土地种粮食，条件是每年需要向教堂上交一半以上的收成，而教堂最后却以见不得人的手段没收租种给父亲的土地。父亲只能做别人家的日共雇农（peon）换取一点口粮。一家人被逼到死角，农民身上已被榨取到无可榨取的程度。在殖民统治下的旧菲律宾，农民与土地的天然联系荡然无存。到了鼓吹"私有制"和"美国梦"的新大陆，关于"土地"的情况会不会有所好转呢？菲裔族群的天真期待早就被美国人从立法上切断。1913 年加州通过的《外国人土地法案》（Alien Land Act）。1909 年，该法案最开始是禁止居住在美国西海岸的日本人拥有土地，因为日本人是法律上没有公民身份的外国人（alien ineligible to citizenship）。1910 年-1920 年，随着菲律宾人大量进入美国西海岸，该法案适用范围拓宽至来自亚洲的移民，规定他们"不能购买农业土地，或者租借土地不能超过三年"，旨在将亚洲移民排除在合众国之外。（Pido，2016：1205-1211）菲裔农民幻想在美国"私有土地"、"土地归属权"成为泡影，农民的跨国州际横向流动转化不成经济地位的纵向提升。

二战期间，美国人不承认菲律宾裔的公民身份，却把他们当成廉价的雇佣兵排遣欧洲战场，三哥远赴西班牙战场，参加西班牙内战，阻止法西斯主义蔓延。具有讽刺意味的是，美国政府对待菲裔要求服兵役的态度暧昧。1934 年美国通过《泰丁斯—麦克杜菲法案》（Tydings-McDuffie Act 1934），菲裔由未能入籍的非公民身份的美国国民（U.S. nationals）直接变成'外国人'（aliens）。法案规定"作为来自美国殖民地的美国国民，菲律宾人不能与其他亚洲人一起被排除在外。由于西海岸的反菲律宾运动加剧了这一问题，国会承诺最终在1945 年承认菲律宾独立。美国国会开始实施每年 50 人的菲律宾移民配额"（Ngai，2019）。1917 年 4 月，威尔逊（Woodrow Wilson）总统签署美国国家兵役法（National Selective Service Act），将"外国人"的亚裔排除在服兵役范围之外（Bulosan，1946：318）。美国出于自身的安全或利益等其他因素考虑，自相矛盾地将亚裔送上战场，鲜明地表明将亚裔生命视若草芥的政治立场和态度。这也就有了书的结尾处菲律宾人争取到了在美服兵役的权利的最终结果，"美国政府终于批准菲律宾移民可以入伍参战。然而若不是日美开战，日本侵占美属菲律宾，这一天也许仍遥遥无期，更何况服兵役与其说是权利，毋宁说是义务"（石平萍，陈婷婷，2021：92）。美国在特殊战时紧急颁布法令征兵，且"战后 13000 名参加二战的菲律宾裔老兵被认为是没有资格获得同其他本土退役老兵一样的权益和待遇"（Juan，2008：124）。征兵令对于菲律宾裔究竟是发放福利还是收缴义务，结果一目了然。

书中菲律宾裔与当地人白人的通婚遭受禁止。根据"一滴血"的原则，"1661 年，马里兰州通过第一个《反异族通婚法》，禁止白人女性与黑人男性通婚。继而美国有 38 个州先后通过类似的反异族通婚法"（王祖远，2018）。
1850 年，加利福尼亚州通过《反异族通婚法》，禁止白人与黑人通婚。小说中
出现菲律宾裔的丈夫带领白人妻子和他们混血孩子去一间小餐厅就餐，含有
严重种族歧视情绪的白人店主拒绝提供服务。丈夫因孩子饿极了，乞求给孩子
弄点吃食，竟然遭到店主的辱骂。其实，早在排华法案之前两年，美国人就针
对《反异族通婚法》做了扩大化处理，即从黑色到所有色人种的扩领域，旨在
反对通婚对人口结构的改变。"1880 年，该法令经过大幅度修改，中国人与白
人通婚也被列为非法。同年，加州又通过民法第 69 条，禁止白人与"黑人、
混血人和蒙古人"之间通婚。其所称"蒙古人"包括中国人、日本人、韩国人
和其他亚洲人，但此反异族通婚法其实主要针对华人而制定。1905 年，由于
美国人对日本人普遍的厌恶和恐惧，加州立法院修改民法第 60 条，规定任何
白人与'蒙古人'之间的通婚为'非法无效'"（王祖远，2018）。主人公的爱
情故事也不能超出法令的规定范围，成为"法外"人。阿洛斯从菲律宾到美国，
流浪在美国大地上，光是住所就换了 60 多个，他和他的族群受到过很多人的
帮助，其中重要的一支力量就是以马丽安（Marian）为代表的白人女性。在白
人男性向阿洛斯施加暴力时，马丽安勇敢的站出来，收留他、安慰他，还要资
助他接受继续教育。马丽安感染梅毒去世后，爱丽丝（Alice）接棒，引导阿洛
斯开展阅读和写作。爱丽丝离去后，妹妹爱琳（Elileen）继续承担照顾阿洛斯
的任务。爱琳除了为阿洛斯提供书籍外，更多的是鼓励他，给他生活的信心。
阿洛斯的生命中陆续出现了罗赛琳（Rosaline）、莉丽（Lily）和玛丽（Mary）
等众多给予他爱和关心的白人女性群体，燃起了青年阿洛斯内心对"爱情的渴
望"（hunger for affection）（布洛桑，1946：223）。令人遗憾的是，根据当时的
法律，即使是这些白人女性也倾慕阿洛斯，当时的通婚政策也不允许他们交
往，再美好的"日常的爱"终究也是无疾而终。1922 年，俄亥俄州议员克博
（John Cable）提案通过克博法案（Cable Act）。该法案开宗明义"嫁给外国人
（亚洲人）的美国女性自动失去国籍和公民权"（Tourse，2018：43）。法律命
令禁止异族通婚断掉了菲律宾和其他少数族裔试图通过婚姻完成纵向向上流
动的阶级跃升路径。事实上，美国直到一个半世纪以后的 1967 年才真正允许
白人和有色人种通婚。

（二）政治性抑郁和菲裔社区政治运动

书中记录了两起起让人印象深刻的案件。案件一：洛杉矶早秋的某一天，

"我"来到第一大街的菲裔社区，在赌场周围与人攀谈，突然两个警察冲进来在没有任何预警的情况下射杀一个菲律宾男青年。死者遇袭瞬间倒地，脸朝上。探长只是叫了救护车将死者送医（卡洛斯，1946：129）。由此可见，在20世纪早期，美国权力机构执法的随意性可见一斑，没有侦查、闻讯、抓捕和立案等必需环节，警察随意暴力执法，也无需承担任何后果。少数族裔的生命安危彻底被排除在美国的司法体系之外。更有了解情况的同胞告诉阿洛斯："杀人是警察日常生活的一部分……他们可能酒后或是为了找点乐子就能开枪杀死菲裔人士……我们还投诉无门，一旦菲裔先投诉，就会被诬告构陷，安上'袭警在先'的罪名"（129）。案件二："我"在克拉玛斯福尔斯地界的一家餐厅就餐，两名警察不分青红皂白将"我"逮捕入狱，只问了句是不是菲律宾人，就拳打脚踢，抢走了"我"身上仅有的2美元，以车赶人步行的方式将我遣送回加州（156-157）。历史多半是在重复自己，古已有之日后必再行之，这两起案件与2020年5月28日发生的"弗洛伊德"事件何其相似。明尼阿波利斯市黑人乔治·弗洛伊德前去商店买烟，由于店主怀疑他所付钱是假钞，要求退还香烟，弗洛伊德不肯，店主报警。警察暴力执法致弗洛伊德死亡。2020年，美国爆发新冠疫情以来，截止2022年第一季度全美已有超过百万人感染，但美国本地民众对该数字反应平平，反倒是美国黑人弗洛伊德被暴力执法死亡，掀起了民众抗议浪潮。大量美国人走上街头，重拾废奴时代的斗争精神，对于基于肤色的不平等待遇表示抗议，"黑命贵"（Black Lives Matter）口号随处可见。

从阿洛斯目击菲版的"弗洛伊德事件"到亲历"弗洛伊德事件"再到我们见证几个世纪来成百上千次"弗洛伊德事件"，美国刑事司法体系的黑暗令人发指，少数族裔在如此的政治高压环境下，普遍存在一种多愁善感（sentimental）（198）和愤世嫉俗（cynicism）（133）的情绪。作为重要的公允执行者，美国警察严重违背了"民主"、"自由"、"博爱"的建国理念，究其根源可以追溯到一种系统性的种族歧视（systemic racial discrimination）。"系统性种族歧视"就是在某个"系统性种族主义"（systemic racism）的环境下经常性出现的种族区别待遇。"系统性种族主义"一词往往被解释为：某个系统中绝大多数人都是种族主义者，本书对这个词的解读是"某个机构或体制的运作造成经常性种族差异对待的现象，不论执行者本人的意图如何"。美国国内学者将美国的"系统性种族歧视"结构类比为一个搭设种族主义平台的"脚手架"（scaffolding），以殖民主义、资本主义、社会阶级分层、司法体系、社会福利分配和智识思想等六大模块来分装文化帝国主义、弱势群体和边缘化三个维度的歧视政策和内容从而达成种族暴力和剥削的建设目标（Tourse，2018：7-8）。

根据福柯的生命政治（bio-politique）学说，"生物公民是一个政治化主体"（于奇智，2021：35）。尚无公民身份的菲裔移民在种族"脚手架"的搭建和管理内，产生了一种关于政治的忧郁，更准确的现代措辞应该是卢森博士提出的"政治性抑郁"（political depression）（Lusson，2017）概念，因为"'忧郁'本是西方古代医学哲学概念，却随着现代科学的发展而逐渐式微，其医学地位早已由'抑郁'取而代之"（何磊，2017：81）。何谓"政治性抑郁"？"政治性抑郁"由政治事件及其后续影响诱发，是一种临床症状，符合美国心理学会（APA）的抑郁症标准，临床表现为：在大部分时间里持续感到情绪低落或烦躁，并有悲伤，空虚或绝望的想法和感受。这种状态会一直延续，甚至直接造成疾病的产生和发展。另外，"政治性抑郁"的重要表现是：个体会感觉失去了对自我命运的掌控（Lusson，2017）。一旦有了上述的自我认知，人会变得意志消沉、生活消极，认为人类的任何实践和活动都毫无意义。政治性抑郁产生的主要原因来自于政治性事件，可能"包括一种特别强烈的美国焦虑，对几个世纪以来对不受种族、性别、宗教、民族或阶级和财富影响的无限可能性的命题的盲目硬写（hardwriting）"（Lusson，2017）的激烈震慑和反拨，因此，"政治性抑郁"可能含有主体因多年经营的核心价值体系坍塌而产生的忧郁（Lusson，2017）。也可能触发或加剧主体本身已经存在的基础性抑郁症状况；部分源自主体对政治性事件极其次生灾害的恐惧，害怕因不可抗力因素而受到严重的社会排斥或次生伤害。容易产生"政治性抑郁"情绪的人，通常相对更细腻敏感、有同理心并且具有较为强烈的社会责任感和主人翁意识。2017年，卢森博士在加州·圣莫妮卡首创专门性诊疗工作室（clinic），用心理介入的方式治疗"政治性抑郁"。

自20世纪40年代开始，菲裔主要是以季节农业工人的身份在美流动，在资本主义以剥削剩余价值为属性的生产和扩大再生产体系中，他们成为美国社会最廉价的劳动力已是司空见惯。除此之外果园、牛奶场等农业雇佣场所更是可以随意解雇菲裔工人，并且任意将其驱逐出先前的住所。工友帕斯卡尔（Pascual）因资本主义劳资关系矛盾入狱（布洛桑，1946：186），阿洛斯也因组织并参加工人罢工运动被警察抓捕（207）。因此，加州菲裔劳工尝试联合起来呼吁成立统一的菲裔劳工联盟来保障自身的合法权益（183）。非裔工人发起的动态社会运动（dynamic social movement）（187）迅速在整个加州蔓延开来，并传播到了美国其他地区。大量的菲裔工会组织陆续成立，建立健全了广泛的在美菲裔民主计划。他们先后在缅因州的波特兰市成立"美国罐头厂、农业、包装和工人联盟"（United Cannnery, Agricultural, Packing and Allied Workers of America）（UCAPAWA）（223），帮助菲裔劳工保护自身合法的权益；他们在洛杉矶成立了参与更为广泛的"菲律宾权益保护组织委员会"（Committee for the Protection of Filipino Rights）（CPFR），这一组织旨在争取"菲律宾人合法化的美国归化公民权"（284-285）。值得一提的是，在菲裔陷入困境，被牛奶场老板裁员并驱逐出住所的危难时刻，墨西哥区西语裔和唐人街上的华裔勇敢地站出来为菲裔安排了权宜之所（170），阿洛斯也发出"此心安处是吾乡"（Home is where my heart lives）（172）的感叹。在与强大的资本家的对抗下，日韩等东方同胞多次向菲裔兄弟传递善意并提供实实在在的援助（265），华裔更是通过关闭赌场的自损利益行为支持菲工人罢工等运动（277）。1945 年前后，在美的亚裔进步运动起起落落，期间阿洛斯也借鉴学到的斗争经验回到菲律宾帮助建立并发展壮大当地的工人组织和运动（菲律宾文艺联盟），以呼应当时的菲律宾独立运动。实际上，卡洛斯本人终身没有回到过菲律宾，小说中的阿洛斯回归帮助发展工人运动寄托了卡洛斯的对故国的"忧思"。到了 20 世纪 60 年代，在美国黑人民权运动的带动下，女权运动、反对越战游行活动、嬉皮士运动、新左派运动高潮迭起，亚裔美国人迅速投身到各地的进步运动之中。"它（们）既是一场政治运动（强调参与），也是一场强调种族（反种族主义）的运动，它（们）在种族的层面上体现出自身的特点"（董娣，2002：79）。亚裔美国人运动主要以学生运动为主，亚裔青年的主要诉求是争取大学教育的平等，在大学里开设亚洲和族裔课程。在工人运动方面，他们依托于菲裔在美的反抗浪潮，形成左派转向，向共产主义路线靠拢，寻求阶级斗争的方法和路径，但是并没有形成一定气候。在工人运动失败后，阿洛斯还归纳道：因为学者和文艺界人士的政治软弱性，"工人运动的领导者不能由学者和文艺界人士担任"（布洛桑，1946：279）。亚裔运动"创造了亚裔的新文化和新认同，在亚裔各族群共同经历的基础上提炼出一种联合全体亚洲移民后代的新文化，发展起一种全新的族裔意识"（81）。1968 年，加州大学伯克利分校的亚裔青年学生成立了"第一批泛亚组织中的亚裔美国人政治联盟（AAPA）（简称

"泛亚联盟"），第一次真正政治意义上的泛亚同盟建成。而在亚裔美国人的种族定义方面，泛亚联盟划时代得第一次提出摒弃"东方人"的刻板印象，称谓亚洲各种族人为"亚洲美国人"。该组织的亚裔青年"重新界定亚裔的形象和寻求一个亚裔（包括棕色人种的菲律宾裔美国人）共同接受的认同"（81）。但是，必须指出"泛亚联盟"（Pan-Asian Alliance）的局限在于泛亚意识的关注和推广只发生在亚裔青年学生和关注美国政治的亚裔中产阶层，缺乏强有力的工人阶级领导，底层亚裔农民和劳工并没有真正深度参与到亚美联合的行动当中去。

菲裔美国人在 20 世纪前半叶的美国社会遭遇了重大的"政治性抑郁"，他们分散地开展劳工斗争和工人运动，以回应远在亚洲的菲律宾独立运动和美国本土的亚裔美国人运动。在情感愈疗的方面，半个世纪前还没有类似卢森博士开设的专门诊疗所，阿洛斯只能回归到最原始的阅读和写作，与历史上知名的思想者展开对话，以获得智慧和启迪。

（三）作为救赎和团结方式的阅读和写作

作为早期美国菲裔最有分量的作家和社会政治活动家，年仅 42 岁的卡洛斯于 1956 年因支气管肺炎死于西雅图。1956 年 9 月的某天《今日人民世界报》（*Daily People's World*）刊登了由布洛桑昔日好友、工会主席克里斯·门萨尔瓦斯（Chris Mensalvas）执笔的讣告："卡洛斯·布洛桑，职业：作家；……资产：打字机一台，二十岁的旧衣服，旧袜子；财务状况：零；受益人：他的人民。（Nery，2017：519）"卡洛斯一生致力于以笔作为战斗武器，在文化政治空间中斡旋，为全美菲律宾族裔人民发出声音、争取种族权益、突破阶层分化并解放被压迫人民的"伦理-政治愿景"（ethico-political vision）（520）。卡洛斯是天生的写手和领航员，也是"忧"国"忧"民的救世者。根据斗争需要，他逃离美国西部城市的菲裔社区，从不停止反抗种族歧视和阶级压迫。在多次斗争实战中，他积累了大量的斗争经验和教训，由开始的无组织个体暴力抵抗路径改进成为提升斗争者的思想高度和谋求族裔内部和整个亚裔群体的广泛联合。

小说中的阿洛斯的生平和活动轨迹、创作理念和成果基本与布洛桑本人吻合。按照时间顺序，阿洛斯的文艺写作生涯开始于 20 世纪 30 年代，一开始他以写诗为主。白人女性爱丽丝阅读了阿洛斯创作的诗歌后，给他寄送了大量的书籍。爱丽丝离去后，她的妹妹爱琳接替了她，继续为阿洛斯送书，她们实则成为了青年阿洛斯的启蒙导师。为了唤醒加州菲律宾劳工的社会觉醒意识，好友帕斯卡尔创办了斗争报纸，阿洛斯跟他学习撰稿和编辑。这一段时间，阿洛斯进步很快。帕斯卡尔鼓励他"拿出勇气来，书写血与泪"（布洛桑，1946：183），为劳工发声，为劳工写作。从此意义上来看，帕斯卡尔和何塞（José）是阿洛斯当之无愧的种族／阶级斗争运动导师。在斗争中，阿洛斯悟出"文学的历史责任是表达社会理想"，"让众人听见"，"以自由阐释历史"（188）。他还明白了"种族隔离和阶级固化等美国社会顽疾不可能自行消失，需要有人站出来与之对抗"，"不同肤色、种族的人必须携手联合起来"（188）的硬道理。阿洛斯从文学经典中汲取力量，他开始阅读福克纳，因为福克纳反对腐朽的南方奴隶制；接触哈特·克莱恩、惠特曼和麦尔维尔等美国进步思想先驱的诗歌，在这些伟大的诗人的作品中他感受到了文学的力量，他们的文字针砭时弊、反讽现实，为美利坚合众国的前行找到合理合规的新秩序。他渴求伟大的思想指引，涉猎肖洛霍夫、高尔基、普希金、果戈里、列夫·托尔斯泰、屠格列夫、陀思妥耶夫斯基、契诃夫等人的著作（246）。因为自己的低阶层出身，阿洛斯更加认同高尔基的思想和流亡经历。循着高尔基的足迹，他发现了杰克·伦敦、马克·吐温和威廉·萨洛扬等底层作家的写作生命轨迹。值得一提的是，他还将中国作家鲁迅与高尔基对照，认为"虽然二者风格不同，但在刻画尊严和人性上的立场是一致的"（246）。阿洛斯更愿意把自己投射一种阶级写作和集体斗争的情怀认同，他把这些杰出的革命式写作者当作自己生命的榜样。

阿洛斯在无产阶级的工人斗争和运动洗礼中，历经了同胞之痛和他人之灾，他的"政治性抑郁"表现为"可替代性创伤"（vicarious traumatization）。"可替代性创伤"是一个上世纪 90 年代提出的心理学概念，它指的是本人没有亲自经历创伤性事件，却受到创伤性事件消息的暴露的伤害，并把自己想象成当事人而产生同情（empathy）。它的巨大危害在于让主体靠近受害者，暂时或永久地改变主体的记忆系统，在很大程度上改观主体对世界的认知模式（cognitive schemas）。"可替代性创伤"在临床心理治疗中往往表现为倦态、侵入型意向、犬儒主义、同情疲劳、继发性创伤应激症和情感逆向传递（McCann and Pearlman，1990：137-141）。阿洛斯用选择用文学来拯救自己，他阅读惠特曼，歌颂美利坚的优良传统和新鲜生命力，重新发现美国的活力，愿意将自己化作"美国梦"的一部分，寻找心灵的归属。他极其渴望接近成功的无产阶级作家，现实中的打击和不快都可以在图书馆找到安慰。写作更是作为阿洛斯

（卡洛斯）突围种族、阶级困境的最终手段，有大量经典阅读的输入，阿洛斯（卡洛斯）的檄文输出也铿锵有力。

在《写作与救赎：本雅明文选》里，瓦尔特·本雅明论及语言对世界万物的重要性："无论如何，语言存在绝非只与人类精神表达的所有领域——其中总在这样或那样的意义上蕴涵着语言——并存，而是与万物并存。无论是生物界还是非生物界，没有哪种事或物不以某种方式参与着语言，因为传达自己的精神内容根源于万物的本性"（2017：3）。语言文字的习得门槛较低，一本唾手可得的英语字典，一个识字的朋友，一张发黄的旧报纸，一本废弃的旧书籍或杂志就可以打开囊中羞涩、身无长物的少数族裔青年的光亮世界。在种族和阶级平权的道路上，阅读和写作发挥着先锋的作用。有研究者曾借德勒兹（Deleuze）和加塔里（Guattari）对卡法卡的研究成果来探索布洛桑和卡夫卡的小众文学（minor literature）的共同之处：语言的去领土化（deterritorialization of language）、文化生产政治化（politicizing of cultural production），以及重视"集体"而非"个人"表达（"collective" as opposed to "individual"）（Alquizola and Hirabayashi，2014：171）。和卡夫卡一样，布洛桑的作品也多涉及书信体（epistolary）写作。布洛桑在美国自学成才，创作涉及诗歌、小说、散文等各种文类，尤其是他身后流出的大量信件（letters）对于我们更好地理解这位政治作家也有重要的补充作用。1942 年，布洛桑的第一部诗集就命名为《美国来信》（*Letter from America*）（Campomanes and，1988：29）。1960 年，在布洛桑去世四年之后，德洛丽斯·费里娅（Dolores S. Feria）整理出版了他的书信集汇编《落光的声音：流亡书信集》（*The Sound of Falling Light: Letters in Exile*），该会汇编时间跨度长达 20 年（1937-1946）。大量书信梳理了布洛桑文学创作的艺术感性观（artistic sensibility）（Alquizola and Hirabayashi，2014：172），追踪了布洛桑个人思想政治化和激进化的演进历程，展示了少数族裔观察自身、其他少数族裔社区和整个美国社会的视角，表明了青年少数族裔作家尝试在族裔内部和多族裔之间建立平等对话的文化政治立场。书信体模糊了公共话语和私人话语的边界，让菲裔发声的维度更加多元化、简易化。1929-1955 年，卡洛斯和同胞弗洛伦蒂诺·瓦莱罗斯（Florentino Valeros）保持了 26 年的书信联系，两人却素未谋面，瓦莱罗斯的妻子还把卡洛斯极其作品列为硕士专著的主要研究课题。布洛桑还曾与菲律宾大学的莱奥波尔多·亚贝斯（Leopoldo Y. Yabes）保持长期通信，但是这些信件都因政治原因被菲律宾当局的助理司法部长没收了。另外，瓦莱罗斯和布洛桑之间的通信来往也被扣押了，"在起诉劳工领袖阿马多·埃尔南德斯涉嫌加入菲律宾共产党时，检察官马蒂亚诺·维沃要求将埃尔南德斯与其他疑似左翼人士（leftists）——包括瓦莱罗斯和布洛桑——之间的任何信件作为潜在证据予以扣押"（174）。从布洛桑身后被披露出的大量书信，我们获悉布洛桑终身为菲律宾美国人的公民权益斗争，并加入了美国共产党，用写作鼓励美国国内和菲律宾本土的进步运动。1950 年，美国国家联邦调查局（FBI）开始监视他。几乎同时期，50 年代初"麦卡锡主义盛行，美国开始驱逐外国工人运动领袖"（Juan，2008：130）。但是他没有动摇，坚信作家就应该是有"政治觉悟"的，"作家政府或国家总是掌握在统治阶级手中，只要有国家，就有暴政。在资产阶级国家，在资本主义或帝国主义下，暴政反对工人阶级，反对大多数人"（178）。在种族认同上，他秉承"人类只有一个种族，那就是'人'，不能因为色素沉着而将人类划分高低"（178）。在抚慰人性的方面，他的观点是"人民的不平等进步受经济力量和控制该力量的人的制约。我们是为了普遍的启蒙和安慰而不是为了个人利益而应用毕生所学"（178）。布洛桑深怀对菲律宾人民的深厚情谊，认为菲律宾人民的未来在于工人、无产阶级、专家和青年学生的团结一致。"人民的力量是团结。他们应该在各自的组织中组织起来，并使用合法的手段来实现自己的目标。学生还应组织和参与国家事务。事业进行顺利的时候，他们应该建立一个国家联盟；环境会教他们如何利用大联盟。而联盟中的进步分子，那些站在历史一边的人，将决定菲律宾的社会结构"（179）。在谈到自己为什么选择成为一名作家并将自己的情感倾注在写作上，将毕生的爱奉献给世界的时候，他总结道"真正的艺术家或作家的形成并不神秘，这不是天选的工作。社会条件、历史和人民是其背后的因素。我作为作家和诗人的成就并不神秘，我也没有被一种未知的力量所赐予。这是艰苦的工作和艰苦的生活。苦难、孤独、痛苦、饥饿、仇恨、快乐、幸福、怜悯、同情——所有这些因素使我成为了一名作家。另外，当然，还有我的温柔，我对所有生命的热爱。另外，我再次参与了人民争取和平与民主、共存与自由的斗争（179）"。布洛桑还悟出一个真理"菲律宾裔在美国的解放离不开菲律宾人的国家独立，反之亦然（180）"。诚然，菲裔在美国获得公民权利与菲律宾本土解放是相关的，没有独立有力的母国，菲裔在美生活维艰；反之，在美的菲裔同胞也助推了国内的政治独立运动。

第三章　移民的孤独情感

　　亚裔移民的二代、三代有着与一代明显的不同，在努力融入美国主流文化的圈层过程中，他们也对自身的母国文化产生了各种不同程度的自相矛盾的隔阂和依赖。美国 2015-2020 年播出的家庭情景剧《初来乍到》（*Fresh Off the Boat*）讲述了一个上世纪 90 年代移民的台湾华人家庭定居佛罗里达奥兰多并积极融入美国的故事。大儿子艾迪（Eddie）的学校要举办世界文化日，每个学生要分配一个国家进行介绍。一向喜欢黑人文化的艾迪，很想分到的国家是"牙买加"。为了让自己儿子不忘本，妈妈杰西卡（Jessica）要求学校分配给艾迪介绍的国家是中国，儿子不愿意，母亲也没有办法。结果儿子在介绍"牙买加"的时候却不自知地一直在讨论中国而让母亲异常骄傲的故事。在这场文化抵制与保留的战斗中，母国文化在二代心中觉醒。亚裔二代和三代甚至四代、五代移民基本没有踏上过自己母国的国土，他们对"祖国"的认知原则上仅是基于美国文化内异质文化的重新想象。而且这批人在父母打下一点经济基础后，不需要再为温饱发愁，他们更多感受到的是一代没有时间去感受到的孤独（loneliness）。

　　根据牛津英语词典（OED）的定义，孤独是一种独处的状态，可以表示无人居住或不经常出现的条件或特征（一个地方；荒凉）；因缺乏陪伴或社交而产生的沮丧的孤独的感觉。2019 年，费伊·邦德·艾伯蒂（Fay Bound Albert）作为史上第一人为孤独作传，将现代意义上的孤独定义为"人类心智的功能性障碍和负面感觉，开始于现代化开端，跟源于个体于他人之间的疏离"，按照马克思等人的分类，孤独具有"无力感、无意义感、孤立感和自我异化感"（35）。

对于移民的孤独，艾伯蒂也有深刻的认识，对家园的"怀旧和孤独之间有许多相似之处，并且怀旧也会影响到孤独的感受。思乡也是愁，乡愁加剧了无归属感，而这种感受恰恰是感知孤独的关键"，"在那些无家可归者或是难民中间，归属感的缺乏尤为严重"（13）。移民和新移民的孤独情感主要有两大根源，一是后现代语境下的精神荒原，例如桑塔格所说的"孤独在我看来似乎是惟一适合人的状态，不是一个人在屋中独处的孤单，而是置身大都市的孤独"（2006：121）。二是地理环境上的异处。杰伊·凯斯宾·康称亚裔为"最孤独的美国人"（the loneliest Americans）（14）。亚洲移民的孤独情感结构更加值得关注和研究，移民后的情感被压抑性最强，能动性被激发的也最强。本章将以《疾病解说者》、《女勇士》、《难民》、《骨》等几部作品为例，以孤独情感为主线诊断移民的文化坚守和扬弃，揭示孤独与战争、殖民以及疏离的关系，呼吁并引导情感共体的建立。

一、"孤"者的鬼魂叙事

（一）孤魂野鬼的非自然叙事

亚裔移民是流落他乡的孤独者，一方面亚洲的鬼魂叙事增添了亚洲人的神秘感，另一方面亚裔移民的鬼魂故事本身也极具特点。我们在第二章中提到的《同情者》里，也多次出现过替罪羊"酒仙"少校和桑尼的鬼魂；在《难民》里，在逃难之路枉死的哥哥的魂魄回来探望亲人。孤独的鬼魂在某一空间游荡，与世上的活着的亲人的孤独的灵魂交相辉映，在两个平行世界里天人两隔、永不相交，映射出更加孤独的彼此。根据加塔利的观点，西方 18 世纪末、19 世纪初流行哥特小说也是以孤独的幽灵烘托神秘的氛围，讲述复仇的阴谋诡计。"最具孤独症特点的精神世界本身不缺乏相异性。只不过相异性被牵涉进一种与社会性的主导装拍断绝关系的世界星座之中"（2020：78-79）。鬼魂的孤独感不是由于自身的单一性，而是来源于与此在世界的断联。值得关注的是，华裔女性作家汤亭亭和谭恩美更是善用孤独的鬼魂叙事，在汤亭亭的《女勇士》、《中国佬》（*China Men*，1980），谭恩美的《喜福会》（*The Joy Luck Club*，1989）、《灵感女孩》（*The Hundred Secret Sense*，1995）、《接骨师的女儿》（*The Bonesetter's Daught-er*，2001）和《沉没之鱼》（*Saving Fish From Drowning*，2005）中，各式各色的鬼魅魍魉上演着"陌生化"的异国戏码。根据非自然叙述学创始人布莱恩·理查森（Brian Richardson）的定义，"非自然叙事是一种超自然和反摹仿叙事"（2015：13），"相对于话语，非自然叙事更侧重故事情节"（21），鬼魂叙事显然属于非自然叙事的一种。本节第一部分将以汤亭亭的作品《女勇士》为例，围绕华裔孤鬼的形象，重点论述的鬼魂的非自然叙事，揭示其人物的非自然性（unnaturalness）、时间／空间的非自然性和事件的非自然性等三大叙事特征。

首先，《女勇士》里的鬼魂叙事具有人物的非自然性特征。汤亭亭的鬼魂创作受到中国古典志怪文学的影响，《女勇士》中鬼魂形象都是孤独且飘忽不定的，可以看到《山海经》、《搜神记》、《聊斋志异》、《封神演义》、《玄怪录》、《幽明录》等作品的影子。而中国古代志怪文学的鬼怪创作原型是活生生的人和人的行为，志怪文学旨在以非人世界还原人类世界，道人世间所不能道，说人世间所不敢说，寄托真、善、美的大同理想。《女勇士》里母亲向女儿讲述中国鬼的故事，"墙头鬼"、"饿死鬼"、"溺死鬼"、"压身鬼"、"戏蹬鬼"、"扫帚精"等各种各样的中国民间鬼故事，这些鬼的共同点是他（她）们都是孤立存在的。其中让人印象最深的"鬼"是无名姑妈的魂魄。文中，鬼祟的行文风格沿袭了鬼魂叙述的一贯作风，"我要对你说的话，你可千万别告诉别人"（汤亭亭，2018：3）。姑妈是"我"未曾谋面的亲人，即使作为鬼魂也没能拥有姓名。姑妈因为自己丈夫远赴美国淘金且长久未归，与人通奸怀孕，被乡里人前来抄家。姑妈在猪圈生下婴孩，带着孩子投井自杀。无名姑妈和婴儿的死亡是非常规的叙述事件，如果不是旧式封建制和父权制的迫害，姑妈丈夫长期失联可以报告为失踪人口，她正常再婚恋合情合法。姑妈至死也没有供出通奸男人的姓名，或许这人还蒙着面罩参与了抄家行动。姑妈和她的孩子含恨而死，是孤独的冤魂，她"永远忍饥挨饿，永远缺衣少用，只能向别的鬼乞讨，当别的鬼接受阳间后代的祭祀时，她便抢或偷人家的供品。有些阳间的有心人为了让自己的祖先安心享用盛宴，在路口留下馒头，好引开野鬼，这时她就和其他野鬼挤在一起争食"（18）。

阿贝尔（Jan Alber）在 2009 年提出具有"不合逻辑的元素"（logically impossible element）和"疏离的效果"（estranging effect）（80）两种特点的文本属于非自然的叙事文本。尚必武在此基础上提出"人类的非自然"概念，即"在非自然的叙事文本中，人物的摹仿性特征开始隐退，人物表现出'非人类'（non-humanlike）的特征"（2015：102）。鬼魂叙事的人物想象建构就是严格意义上的非人类的非自然叙事，其对人物的描摹具有明显的非自然属性。"姑姑的亡灵纠缠着我——她的鬼魂附在我身上，在她遭受五十年的冷落之后……中国人总是惧怕淹死的人，苦苦啼啼的溺死鬼奋拉着湿淋淋的头发，皮肤泡得肿胀，一声不响地坐在水边，等着拉人下水，好做他的替身"（汤亭亭，2018：18）。魂魄在亲人身上附体、淹死鬼为寻找替身拉活人下水，这些充满中国民间故事意象的情节曲折离奇，远离生活实际，孤独的鬼魂寻人作伴，营造出一种恐怖的疏离效果。作为 1940 年出生在美国加州的二代移民，汤亭亭本人对中华文化的记忆仅来源于母辈口中的民间传说和家族故事，而这些异域文化的故事又成为她写作的重要素材。薛玉凤认为"如果不是对中国文化耳濡目染，作者不可能对中国的淹死鬼描述得如此活灵活现"（2003：87）。因为汤亭亭从来不是中华文化的亲历者，她的创作素材都是二手资料，有误读和误传的嫌疑，但是内容异常生动和丰富多彩，涉及志怪、武侠、草药、民间故事等中国人生活的诸多方面。

其次，《女勇士》的鬼魂叙事含有时空的非自然属性。阿贝尔认为非自然叙述"从根本上解构了拟人化的叙述者、传统的人类性格或现实世界的时间和空间概念"（Alber，2009：80）。汤亭亭笔下的鬼都是孤立的鬼，有远在中国的木兰举办"冥婚"，有跋山涉水、远渡重洋来到美国寻亲的无名姑妈。"巫医"一章讲述母亲英兰回忆在旧中国的医学校宿舍里发生的故事。英兰宿舍闹鬼，她把那间屋叫做"鬼屋"。夜幕降临，宿舍里到处弥漫恐怖的气氛。英兰在女学生中年纪偏大，她总是讲一些奇奇怪怪的鬼故事"讲得像静夜飞舞的蝙蝠那样活灵活现"（汤亭亭，2018：73）。英兰勇敢地替同伴们捉鬼"我只需要带一把刀子防身，再带一本小说，无聊或睡不着的话好打发时间。那些护身符你们自己收好，万一我呼救，你们带过来"（74）。夜间在梦境与现实之间，母亲英兰与"压身鬼"、"狐狸精"、"吊死鬼"、"横死鬼"、"溺死鬼"殊死搏斗，看见了"离魂游荡"，又仿佛听见了"城里电线的声音"（81）。真真假假，"神话与现实，事实与梦幻交织在一起"（薛玉凤，2003：88），虚实一时间难以判断。英兰教大家采用自己母亲的方法"揪耳朵"招魂，图强助产学校的女生还改进了招魂仪式：采用念名字的方法招魂。招魂术混淆是非，兼具魔幻与通灵，巧妙地将历史和回忆吸纳，间接质疑了宏大历史叙述的真实性和可靠性。笔锋一转，又回到了美国，母亲在跟女儿讲"戏蹬鬼"的故事。这么多孤立的异国鬼魂在小女孩的世界里出现，母国民间故事频频造访现实生活，作家把移民对故乡文化的保留浓缩进每一个碎片化的鬼魂形象。在出乎意料的非线性时间和不相兼容的不连续空间中来回穿梭中，"孤"鬼叙述的时空非自然性在宏大叙述的对立面弥合了中美之间文化差异的缝隙，就是华裔二代苦苦谋求的异域文化的沟通焦点。

再次，《女勇士》的鬼魂叙事含有事件的非自然属性。"非自然叙事文本中普遍存在具有悖论性质的不可能事件，这些事件彼此之间相互冲突，相互否定"（尚必武，2015：103）。从叙述的情节层面观察，小说天马行空一般情节跳跃将华裔小女孩与花木兰、蔡文姬等文化名人的民间传说串联，这种"反常叙述（如何）抵制、违背或拒绝传统的情节模式（转引自李亚飞、尚必武，2020：78）"。第二章"白虎"是小女孩梦想自己幻化成中国民间脍炙人口的巾帼英雄花木兰在"白虎山"跟两位仙人学道，艰苦修炼，带兵打仗得胜而归。根据薛玉凤的猜测，"'白虎山'上的'白雪'、'白虎'和'白胡子老人'中的白色，分明就是美国白人的象征，'我'在白虎山15年的苦苦修炼，无疑暗示者华裔美国人在美国白人文化背景下的挣扎、彷徨、苦闷和对成功的渴望"（2003：88）。小女孩修道十五载未归，家中当成"孤"鬼为其操办了"冥婚"：

> 那里正在举行婚礼。我母亲对主人家说："多谢你们娶了我家小女。不管她身处何地，现在都会十分高兴。要是她还活着，一定回来的，要是她还活着，一定会回来的，要是她已做了鬼，你们也让她列入宗祠。我们真是感激不尽。
>
> 是啊，我是很高兴。我心中充满着他们的爱。我的新郎是我的童年玩伴，青梅竹马，两小无猜。他那么爱我，为了我竟愿意与鬼做夫妻。"（汤亭亭，2018：34）

变成花木兰的情节已经是非常离奇，给鬼魂操办"冥婚"事件更是荒诞，木兰对新郎的调皮评价构成了看似不可能的故事世界。木兰怀孕生子，上阵杀敌，现实中不可达成的目标，梦境中可以轻易实现；自然人不能完成的任务，鬼魂可以。花木兰替父从军是为维护封建统治，为统治者尽忠，但是非自然叙事中的花木兰最终却砍掉了皇帝的脑袋。这些非常规事件的发生符合尚必武所谈到的"在非自然叙事中，几乎不存在连贯的事件，支离破碎的事件之间还相互矛盾，相互排斥"（2013：37）的规则。华裔小女孩在异域文化里尤其孤独，木兰这一鬼魂形象寄予了华裔试图在美国社会成就一番的强烈愿望。更进一步来看，二代华裔是拥有充分的母国文化内涵和文化自信的，他（她）们从中国传统文化中汲取的能量是无尽的。

（二）孤鬼的隐性叙事进程

国内叙事学研究的领军人物申丹在回应结构主义静态叙事模式时，创造性地提出隐性叙事进程的理论。在此之前，国内外的叙述学研究只关注叙事情节的单一进程，忽略了隐性的叙事进程。叙事"隐性进程"（Covert Progression）"指涉一股自始至终在情节发展背后运行的强有力的叙事暗流。情节发展和隐性进程的并列前行表达出两种不同的主题意义、两种相异的人物形象和两种互为对照的审美价值"（申丹，2019：82）。申丹首创双重叙事进程，注重观察叙述中的双重叙事动力和由此产生的矛盾张力，找到情节背后的一股叙事暗流。国际权威杂志《文体》（*Style*）2021年专门邀请了很多叙述学学者，组织了一期特稿讨论申丹提出的"隐性进程"和"双重叙事动力"（dual narrative dynamics）（Vol.55(1)），其中不乏阿贝尔·皮尔（John Pier）、詹姆斯·费伦（James Phelan）、安伯托（H. Porter Abbott）、马什（Kelly A. Marsh）等国际上重要的叙述学专家。各国专家就申丹提出的议题展开了深入且富有成效的讨论。申丹对以上学者的疑问在该刊发文《探讨和拓展"隐性进程"和双重叙事动力：对学者们的回答》（"Debating and Extending 'Covert Progression' and Dual Dynamics: Rejoinders to Scholars"），"回应挑战，清理误解，进一步阐明申丹理论的创新之处和应用价值，并探讨了更广范围的文学理论和文学阐释的相关问题"（申丹，2022a：88）。

通过细读发现，《女勇士》鬼魂叙事进程是双向的，一个是显性的，就是表面情节的发展；另一个是隐性的，常常被读者和批评者忽略，且隐性进程通常独立于情节存在。按照显性情节发展，无名姑妈由丈夫迟迟不归，与人通奸生子，被乡里乡亲不耻和唾弃，她无法超越自己的时代和彼时周围人的思想境界，"他的越轨给那'圆满'造成了具体的个人的伤害。不正当的男女关系会断送未来，报应会落在后代的头上。而她竟敢有私人生活，隐瞒众人，不与他们为伍，为此他们要惩罚她"（汤亭亭，2018：14），只能无力地被动沦为旧中国封建礼教和男权社会的牺牲品。姑妈在黄泉路上也是一名孤鬼，"她永远忍饥挨饿，永远缺衣少用，只能向别的鬼乞讨，当别的鬼接受阳间后代的祭祀时，她便抢或偷人家的供品"（18）。来抄家的人都是宗族的亲人，这些人把生活的苦难和仇恨放在一个弱女子身上，连她孤独的魂魄都不放过，还用因果报应的学说继续毁坏她作为鬼魂的名声。在另一条并进的隐性进程中，姑妈主动选择"爱"，这种爱情没有被封建礼教所恫吓，也并不因对方（通奸男人）的懦弱而减弱，她明知爱的代价沉重，也要遵从自己的内心去爱人。"从分娩到死去，姑姑始终把男人的名字埋在心中，从未责怪他没和自己一起受罚。为保全情夫的名声，她一个人默默生下孩子"。封建礼制下的旧社会中国妇女背负的太多，弱小的肩膀担负性别和阶级的双重压制。在这种恶劣的情况下，姑妈像茨威格笔下的恋爱中的女人一样孤傲坚强"我爱你，但与你无关"。姑妈的爱情体面且高贵，反衬了那个时代的平庸之恶。隐性进程仍在发展，与显性情节形成反转。姑妈的善良是喂饱刚出世的婴儿奶水后选择弑婴，弑婴却是中西所有文化中的禁忌。"把孩子抱到井边，表明她爱他。再不然就遗弃他，把他的脸埋进污泥中。母亲要是爱孩子，就会带他一起走"(17)。这里的无名姑妈弑婴和莫里森小说《宠儿》中塞斯杀女如出一辙，施予生杀是显示母亲伦理主体主动性的标志，"不予生即允生"是母亲矛盾的辩证生死法则。读者无需将简单的生死观念套用在这样的母亲身上，这类母亲对孩子的爱更加深沉、高尚。隐性进程发展至此，情节悖论已凸显，故事和人物的复杂性诞生，反讽的张力扩张。传统的反讽通常是"言语反讽"和"情景反讽"，隐性进程的反讽是"作品从头到尾的一股反讽性潜流"(申丹，2012：122)。无名姑妈的鬼魂始终在寻找寄托，"姑姑的亡灵纠缠着我——她的魂附在我身上，在她遭受五十年冷落之后，只有我自己将一页页纸奉献于她"(汤亭亭，2018：18)。隐性进程里姑妈的枉死原来是一种方式极端的主动选择，是一种精神抗争的胜利。薛玉凤这样评价姑妈鬼魂与侄女之间的互动"'我'为姑妈祭奠，用文字的方式为姑妈立传，为姑妈的被人遗忘复了仇，从此姑妈不再是孤魂野鬼，她可以向（像）其他鬼魂一样，由鬼变作神了"(2003：87)。作为孤鬼，姑妈一洗前耻，直接封神了。

申丹认为"隐性进程之于显性进程往往呈现一种或补充或颠覆的关系"(申丹，2012：133)。无名姑妈的孤鬼叙事中，隐性进程对显性进程就是一种颠覆的悖论关系，反讽的叙事张力十足，而木兰的鬼魂叙事的隐性进程对显性进程是一种补充的关系。汤亭亭对木兰形象的描述确定了本书以"女勇士"命名的原因，作者珍爱鬼魂人物"木兰"，并不吝啬把岳飞"精忠报国"的元素杂糅进去以拔高人物的高度。在显性进程里，孤独的鬼魂木兰来到白虎山学艺，忍受吃素寒冰等恶劣的生存条件，像男性一样战斗，抗击匈奴，保卫家园。仔细观察小说的隐性进程，不难发现作者偏爱杰出女性的私心。木兰鬼自幼上山学艺，父母并没有像无名姑妈的宗族一般用父权、夫权的尊卑眼光压制她。

观当时的社会氛围，"旧时，一个女人要是胆敢假扮男人从军或参加科举考试，哪怕她英勇无敌，或金榜题名，都是要被处死的"（汤亭亭，2018：43）。无名姑妈尚且因私情惨死，更何况千年前的木兰犯下欺君和亵渎皇权之罪。木兰鬼学艺颠覆了传统社会功夫"传男不传女"的做法，从本质上来说学功夫是女性全面提升自己，为自我赋能的捷径。触龙说赵太后"父母爱子则为之计深远"，木兰的父母为女儿提供了最大的保护，他们可能有两层考量，一是对女儿的培养要不亚于男儿，自己的女儿志向远大，禀赋超常，堪当救国救民的大任；二是使女儿不困囿于闺房，免除田间劳作和家务琐事。在婚姻大事上，父母害怕女儿孤单，以木兰青梅竹马的儿时伙伴配"冥婚"可谓是深得女儿之心。这与世俗意义上以功利和利益为目的的结合的不幸婚姻也形成对比，引发读者的思索。从后文军帐之中恩爱生子的情节可知，木兰与夫婿真心相爱，父母有成人之美的功德。即使是以当下 21 世纪的教育眼光观察木兰鬼的生命轨迹，木兰父母的远见卓识仍然是极其超前和令人敬仰的。收集这些叙事的暗流，能看见另一条补充性的叙事发展进程。"作者经常对这股叙事暗流进行伪装。这可能与作者认知复杂性或者精巧的艺术手法相关"（申丹，2022b：66）。"木兰鬼"得胜归来，衣锦还乡，首先斩杀了坑害乡民、称霸一方的财主，并向财主宣判"你要为此负责！（汤亭亭，2018：48）"申丹提出"在有的叙事作品中，情节的发展中的反讽对象会在隐性进程中成为反讽另一对象的手段"（申丹，2022b：66）。对财主等封建蛀虫的讽刺，是借用统治阶级最低层次的走狗对木兰鬼忠君报国的对象——皇权的讽刺。申丹指出"对历史语境的考虑可能会帮助我们发现隐性进程"（68）。皇帝征兵打仗，消耗尽男丁，就连女儿身的木兰也不能幸免，他搜刮尽民脂民膏，骄奢淫逸，放纵享乐，施行终极的恶。皇权是封建帝制的最高统治象征，"木兰鬼"的成长是对封建礼制的彻底批判和否定，同时也是对父权、夫权的极力鞭挞。对比两种不同冲突之间对互补，"情节发展涉及的是家庭内部或个人之间的冲突，而隐性进程则围绕个人与社会的冲突展开"（申丹，2022b：69）。显性进程里，"木兰鬼"回到家乡，叩拜公婆"我为国尽忠已毕，从今以后，要服侍二老，种田持家，生儿育女"，婆婆则说"赶紧回家看看你爹娘吧"（申丹，2022b：50）。隐性进程补充是的"木兰鬼"推迟为小家尽孝，实则为国尽忠，国是为国家，是中华民族之集合而非某姓氏皇帝的一家天下。从社会历史语境的角度来看，汤亭亭高度褒扬"木兰鬼"的"女勇士"身份，赞赏她的家国情怀和宏大格局。在不同角度对不同对象的"抨击和赞赏之间的互补"（70）中，作品明里赞扬的"忠君报国"，暗里实则贬低皇权，更强调"木兰鬼""大女主"的高贵精神。

诚然，揣测隐含作者和理想读者的阅读立场具有主观臆断的倾向，但是由于作者创作的主观属性，这种认知推论更具有一定的现实交流意义。《女勇士》的鬼魂叙事采用双重的叙事动力策略，显性情节发展之后存在隐性叙事进程。显性和隐性叙事互为悖论，互为补充，构成了作品主体的多样性和丰富性，凸显意料之外的结果和审美价值。除了关注作品中的情节进程外，对细枝末节的体察，可以在碎片化的叙事暗流涌动中找寻对应的新切入角度，突破单一的情节局限，重新审视作品的创作主题和动机，拓宽双轨制鬼魂叙事伦理和批评限域。

（三）孤鬼的反摹仿叙述和声

除了孤身的中国鬼，《女勇士》也提到了西洋鬼"可是在美国，到处都是机器和鬼——的士鬼、巴士鬼、警察鬼、灭火鬼、查表鬼、剪树鬼、杂货店鬼"（汤亭亭，2018：107）。形单影只的华裔小女孩遭遇工业时代的文明机器鬼，对肤色的差别很敏感"这个世界上的鬼密密麻麻，让我透不过气，迈不开步，我在白鬼和他们的车中间跌跌撞撞。这儿也有黑鬼，只是他们都睁大眼睛，满面笑容，比白鬼更容易看清（107）"。此处对置身的世界构成和黑白人种的描述已经突破了结构常规的叙述摹仿认知，属于非自然叙事的范畴，而"非自然性高低由远离现实世界的程度决定"（Alber，2009：80），同中国鬼魂一样，小说中的西洋鬼叙事也呈现出反摹仿（antimimesis）的叙事特征。西洋鬼在文本中不断复现、叠加，"报童鬼"表面卖报纸给孩子，嘴里"喊着听不懂的鬼话"，实际上是把孩子引入歧途，"被吉卜赛鬼拿金戒指引到屋里，被活活煮了，装进瓶子，做成药膏"（汤亭亭，2018：108）。报童鬼启发了华裔小孩，他们假扮报童鬼卖报，"其实我们卖的是一种用炖小孩的肉职称的神奇膏药"（108）。中国有无名姑妈等溺死鬼，美国有地下室"井鬼，住在黑水中，压着盖子"（108）。根据巴赫金的观点，这种中西独立鬼之间的互相呼应即"各种独立的不相混合的声音与意识之多样性、各种有充分价值的声音之正的复调"（2010：7）。美国还有很多鬼，卖货鬼、鬼顾客、送奶鬼、送信鬼、查表鬼、垃圾鬼、社会工作鬼、公共卫生护士鬼、工厂鬼，以及两个去中国传过教的牧师鬼。这些鬼会朝华裔小女孩一家喊鬼话，还有流浪鬼、酒鬼来敲门。面目最狰狞的是垃圾鬼，"他的鼻孔又大又深，长着黄色棕色的鼻毛。他缓缓张开血盆大口，学着人说话"（109）。汤亭亭笔下各种各样的东、西方鬼在文字间相遇，关于鬼的陌生化叙述超越鬼的非自然本身，单一的鬼组合成了多元鬼声的集合。加塔利从巴赫金的复调理论出发论主体性的产生，他认为"主体性是复数的、复调的，是个体、群体和建制相互作用的产物"，复调"形成了一个多元共生的、话语丛集的世界，实际上就是一种多声部的对话关系"（2020：14）。小说中不同个体的鬼多声部、高对话性的复调叙述构成了小说的潜藏文本（subtext），突破了经典叙述的规约，具有很强的文本延伸性。加塔利特别重视主体的"复数性、多中心性和异质性"、"一个个体已是异质性成分的'多样性'（15）"鬼叙事的主体是形形色色的中国鬼和西洋鬼，有俏皮的、有吓人的、有浑浑噩噩的、有四处流浪的，他们跨越地理界限，相互对话，来回应答。

　　中国鬼擅长制造新奇的恐怖效果，西洋鬼则多是工业机器时代技术理性的象征。机器制造了人类的异化之孤独。华裔小女孩的原初认知世界与机械化大生产的后现代社会生活方式形成了平行世界，一切都是陌生的，她遗失了自由意志和对自我身体的支配，变成马尔库塞意义上的"单向度的人"。华裔和华裔后代用鬼魂叙事的奇异抵制工业文化的入侵，给我上上一层透明的保护膜。每一个"单向度"的鬼叙事在文中符合回应产生了一定的多声部共鸣空间。罗萨在《新异化的诞生》提出共鸣产生的先决条件是合适的空间的存在，"共鸣意味着主体和世界以各自的声音在响应，那么主体和世界之间就必须要有一个让双方的声音相互应和的空间，让主体和世界之间可以建立起一种能产生共鸣的形式"（2018：15）。根据罗萨的分类，多声部鬼叙事属于共鸣空间——共鸣轴（Resonanzachse）的第二种形式，即"人与自然，乃至于超越自然的世界时间"（15）。看似孤立的鬼在不同时空倒错，在文本的虚拟共鸣空间里，发出一种多重混杂的声音集合，古代的中国鬼回应近现代的中国鬼，"英雄鬼"回应"冤死鬼"，小鬼回应大鬼，西洋鬼回应中国鬼，每个鬼的故事都很精彩，具有自己独一无二的离奇和玄幻。而文本的空间有能力超越具体的地理空间的局限，达到无限延伸的空间经济价值，各种鬼有如在永不相交的平行宇宙瞬间找到共鸣的焦点，产生一对一、一对多、多对一和多对多的对应关系，制造出"各美其美、美美与共"的叙事效果。"复杂的迭奏"（加塔利，2018：19）在叙事声音中发挥着主导性作用，它含有不同平行世界存在主义意义上的节奏、回旋、对位、复唱和合奏。从孤鬼与群鬼和声推广到个人与社会的融合关系问题，加塔利认为"与其制造个人与社会的对立关系，不如融合个人与社会之间的复调性交织"（2020：16）。

《女勇士》的孤鬼叙事的非自然性，反对的是古希腊的艺术"摹仿"论（mimesis）。自赫拉克利特以降，古希腊的学者将摹仿当成"一种摹拟艺术"；在修辞和诗学中，它通常指以模仿包括人类天性在内的自然为中心目的的话语模式"（维克多·泰勒，查尔斯·温奎斯特，2007：309）。柏拉图认为艺术摹仿现实世界，而现实世界又是理念世界的影子，因此艺术摹仿影子之影子。在《诗学》中，亚里士多德曾认为文学和艺术是摹仿的艺术，将摹仿认同是对现实的再现和投射。反摹仿叙事可以简单地理解为文学和艺术对现实的有意识脱轨和偏离。朗吉努斯研究了"'被模仿或想象'激发出来的崇高与模仿之间的'自然的亲密关系'"（309）。而后现代主义的代表人物利奥塔、德里达、德·曼等人拒绝接受摹仿的元叙事理论，修正了亚里士多德"摹仿"说，否认摹仿与自然的前语言关系立场。"摹仿"论的重要缺点和局限在于对作者的忽略不见，"卡西尔就认为艺术对现实摹仿的现实世界的理论太过关注艺术对现实的依赖，忽视了创作主体的作用"（qtd. Cohen，2018：vii）。作家作为创作主体的有意识行为是对艺术的摹仿的反向操作，少数族裔边缘作家挑战文学经典（Canon）和社会的话语或者说是话语权即发轫于此。孤独鬼魂的非自然叙事对于上述原则是正好相反的，鬼魂叙事没有摹仿现实世界的运行和联结方式，它远远超越了真实世界的范畴。孤鬼反摹仿叙事脱离再现现实的轨道，直接指向自身虚构世界的建设维度，通过背返和远离制造异样的多次元叙事视角。多样话的鬼魂视角重叠了多样话的个体，异质性叠层延伸和融贯了鬼魂的复合和声，孤鬼的主体性向多样性敞开。鬼魂非人格的表达辞格的无意识叙事将读者引入稀有的奇异世界，拒绝被一种建制性的、普世的、同一化的"集体装备"（加塔利，2020：26）所收编。在工业和后工业时代，美国社会的同质化进程是少数人口的孤鬼反摹仿叙事的标的。

二、"孤"者的文化叙事

（一）"孤"者的饮食文化

2012 年由陈晓卿执导，中国中央电视台出品的一部火遍全球的美食类纪录片——《舌尖上的中国》的经典旁白"人类活动促成了食物的相聚，食物的离合，也在调动人类的聚散，西方人称作'命运'，中国人叫它'缘分'。""吃"是亚裔文学中重要母题，食材、烹饪、制作的主题在该类作品里一再复现，不是因为亚洲人对"吃"情有独钟，而是亚洲人对"吃"最为讲究，食物富含丰富的民族性格和文化记忆，昂贵的食材、精致的烹调、复杂的家宴将民族的历史融入一餐一食，一菜一蔬。俗语有云"民以食为天"，离家的游子想念家乡的方式完全体现在饮食结构上。"无家可归与漂泊无根"者有着一种特殊的孤独感，他们的无家可归或难民身份所带来的，是与家、食物、家庭等相关的孤立感（Albert，2019：13）。食物作为物质对精神孤立的补偿和抚慰往往比人际交往的联系更容易实现。即使是殖民主义也要顺应食物的期许，在食物的推拉之间进行政治活动。在《后殖民食物与爱情》里，作家也斯谈起食物与殖民主义的联系时说："葡萄牙人在澳门的管治那么糟糕，是因为葡萄牙的食物太美味了。殖民地官员吃一顿午餐，又酒又肉的，吃到下午三时，甚至酒不回去办公楼！英国人呢，因为食物太糟糕，所以向外殖民、专心办事，殖民的措施至少在表面相对成功"（2013：132）。食物和作法的传播也跟殖民主义进程同进退，"比方印度、新加坡、马来西亚的咖喱、鬼刁、参乜，则又跟随着英国殖民的进退，有着不用的旅程，流离和迁徙的日子里，亚洲热带深浅强弱的辛辣酸甜交织成同异斑驳的一幅参差的棕黄的殖民历史"（也斯，2013：139）。小说等文学作品对食物的刻画具象化了香港人去殖民的艰辛，或表现生理方面的欲望，或隐含族裔、阶层、礼仪、仪式等文化方面的暗示，甚至包含了政治、经济、历史、地理等深阔的社会内容。

本节以伍慧明（Fae Myenne Ng）的小说《骨》（Bones，1993）为主要文本，辅助以华裔文学的重要作品关注"孤"者的饮食文化。《骨》出版发行后，曾经入选1994年福克纳笔会决选书单，受到批评届的一致好评。华裔在异国他乡孤零零的生活，饮食与他们的孤独感协同一致。在上一节中，我们介绍过汤亭亭的妈妈徒手捉鬼吃东西的样子，"妈妈斗得过鬼是因为她什么都吃——动作麻利地抠出两只鱼眼，妈妈吃一只，爸爸吃一只"（汤亭亭，2018：98）。母亲英兰还为孩子们煮过浣熊、蛇、臭鼬、鸽子、老鹰、乌龟，甚至是野草也不能幸免。《骨》里面的妈妈也是这般原始、血腥、残忍、野蛮的操作，女儿经常想起"她在鲑鱼巷子杀各种禽类的情景。鸡、野鸡、鸽子，还有一回是一只青蛙。杀青蛙的那回实在可怕。她把青蛙的皮剥掉，然后停下来，把那还在颤动的肌肉拿到我们面前。她想让我们看青蛙那粉红色的心脏"（伍慧明，2014：20）。大自然所有的生物和它们的任何器官对背井离乡的中国人来说都是馈赠，都可以果腹。黄秀玲认为中国人来自一个有饥饿传统的国度，汤母的

"吃"是一种"必需"的模式，"一心想的是怎么避免浪费"（2007：21）。早期华裔对"吃"的态度是对待生存的态度，吞咽这一动作是不借外界的力量而自力更生的展示。"吞咽是个调解自我和非自我、本质与外物、内部和外部的生理行为"（39），是人维持生命的创造性的延伸。和汤母在异国奋力求生存的初衷一致，《骨》里面也有移民第一代对食物的珍惜描述：

> 利昂还是个收藏高手。一摞摞快餐盒、锡纸盒、装满番茄酱和糖袋的塑料袋、写着红色字母的白色罐头盒，还有政府发放的蔬菜：切成片的甜菜、表面光滑的绿豆和南瓜。他的床头柜是餐馆用的红色小凳子，上面堆满了高高的一摞纸杯，一叠叠餐馆用的餐巾纸，还有一只杯子，里面装着各种各样快餐厅用的吸管。衣柜的扶手上挂着金属的衣架子，窗台上放着一捆捆莴苣菜叶和一团团干了的面条（伍慧明，2014：3）。

三个女儿的移民父亲利昂（Leon）不仅靠政府救济，吃的是残羹剩菜，而且还在餐具的使用上捉襟见肘，饭桌用的是餐馆的红色小凳子，辅助吃饭用的是餐馆顺回来的纸杯、纸巾和吸管。他早期在轮船上工作，确切的说是在轮船的厨房里干活；回陆地之后也是在餐厅兼职，打好几份工，梦想还是开属于自己的餐馆，几乎他所有的营生和职业规划都和中国餐馆有关。妈通常是"来不及把饭咽下去就坐在'凯歌'牌缝纫机前了"（伍慧明，2014：30），吃什么，怎么吃，什么味道，跟生存相比都已经不重要了。表面上看一家人的饮食情况好于汤亭亭一家"生吞活剥"的饥不择食，却没有本质上的区别，仍旧是"必需"的初级饮食阶段。女儿们当爱心宠物的小鸽子，却被母亲做成了菜。母亲还要求孩子们把鸽子骨头吃干净，不能浪费。伍慧明给一家人生活的区域命名为"鲑鱼巷"，鲑鱼实为深海三文鱼，是营养价值较高的鱼类，这里生活的人其实很难吃到这么好的鱼肉，这种命名方法既是一种美好的愿望，也是一种对奢侈的想象。一家人的饮食也很简单，符合亚洲人的传统，"把酱油倒在米饭上，在盘子里拌拌，然后把一整块黏糊糊的饭送进了嘴里"（174）。酱油是典型的东亚促进食欲的佐餐调味品，用大豆或小麦加水和盐酿造而成，它甚至不能称上是一种食品，发源于中国，在日本尤其流行。关于酱油的故事，日本作家洛尼·金子（Lonny Kaneko）曾经创作过小说《酱油小子》（*The Shoyu Kid*，1976）。因为拘留营里没有好吃的食物，主人公小男孩吃白米饭靠酱油搅拌下饭。也正是因为如此，小男孩靠向美国大兵提供性服务换取奢侈品"巧克力"。《骨》中利昂使用茶杯喝不加冰的酒，或者像喝汤和凉茶一样用饭碗喝酒。孤独的亚裔移民不是刻意保留祖先的饮食传统，而是在饥饿的驱动下被动选择背离自己试图准备丰盛的大餐和接受新奇的西式食物的意愿。小女儿尼娜因做人工流产而遭父母指责，父母对她最深刻、恶毒的诅咒也是与食物紧密相连，"她会死在臭水沟里，肚子里没食，精神——如果她还有的话——也会遭挨饿的报应"（伍慧明，2014：22）。

即使到了异域，中国人对中草药类食材的执念也是让人吃惊。草药或中医药食物的摄入是孤独他乡客明显的对抗异质文化入侵的体现。《女勇士》里木兰上山学艺，每天"往烧热的谁中放进根茎、核桃和灵芝"（汤亭亭，2018：28）。许多华裔作品里"都有对中国宴会的描写，都不遗余力地解释某些宴会仪式的意义以及关于某些食物原料的药用功效的民间传说"（黄秀玲，2007：94）。《骨》里面中医和草药的元素也非常丰富：爸爸就连煮咖啡也是中药的做法"用平底锅烧好水，然后像过滤中药一样把渣滓过滤出去"（伍慧明，2014：3）；大女儿莱拉（Leila）的结婚对象也是老中医的儿子。出席梁爷爷葬礼的有中药医师。妈也习惯在家里煮人参汤。华裔无论是病了还是身体虚弱了，他们诉诸的首要方法就是中医药。这就不由得使人想起反映美籍华人在美生活的影片《刮痧》，剧里以中医刮痧疗法产生的误会为主线，反映了华人在国外由于文化的冲突陷入孤立境地的故事。

《女勇士》里女儿宁可吃塑料，也不愿意吃母亲做的血豆腐。姐妹聚会也拒绝去唐人街的餐馆，因为那儿让小女儿感到压抑"生活太苦了，在那吃饭我总感觉要赶快把盘子里的饭吃完，然后赶快回到家里去缝裤边儿，或者回去组装收音机零件什么的"（23）。姐妹俩最终选择了美国的餐厅，"想要轻松点儿的气氛，英俊潇洒的侍候者和让人愉快舒服的服务"（23）。另外，从主人公对餐具的归化和适应角度，尼娜吃饭也不用筷子，她用叉子在盘子里吃米饭，筷子还成了她叉头发的工具。女儿参加宴会，和利昂用饭碗喝酒不同，她们喝酒也是用酒杯喝苏格兰威士忌。女儿成年以后，随着生活条件的明显改善，母亲招待女儿的食物与她们儿时吃的食物也大不相同了，有"牛腱子煮面，虾酱炖肥猪肉，海参"（40），但是女儿还是坚持自己"口味变了"，要"吃美国饭"（40）。相对于父辈代表的"必需"模式，儿女辈则更向往吃的"奢侈"的模式，即"另一种向往自由、过分的感情表达和不假外求的人生意义"（黄秀玲，2007：21）。文化他者在保留饮食传统的道路上发生了代际分歧，如果说父辈被迫以传统食材和作法为武器抵制美国文化的浸润，以女儿们为代表的华裔二代在抵抗母国传统食物的文化涵化过程中抵制父母的家长制作风。并且，事实上，女儿们处在文化的中间状态（in-betweeness），她们几乎都没有去过中国（尼娜当了导游后才第一次去到香港），她们对美国的亲近感会更加强烈，但同时对文化孤独者的身份认同也比父辈更加强烈。

（二）"孤"者的家庭关系文化

"家庭是一个有机的情绪整体，其中的每一个成员的行为都会影响系统中的其他成员，一个人的行为与情感必须放在家庭的语境中方能得到解读"（顾悦，2014：139）。而解决任何家庭的矛盾和问题，首先得面对的是夫妻关系，然后才是亲子关系。如果亲子关系出现了问题，也必须从夫妻关系的源头出发找寻解决问题的根本办法。"妈和利昂的生活一直是争吵不断的。他们工作得太累了，他们的婚姻就像服苦役一般——是两个人一起服苦役"（伍慧明，2014：30）。我们尝试借助诞生于20世纪90年代的美国的家庭系统理论解释莱拉一家人的孤独情感，"家庭系统理论是二十世纪心理学继精神分离、行为主义、人本主义之后的'第四波'理论，认为一个人的情绪状况必需放在接听的语境中方能得到解读；个体所表现出的心理障碍从来都不是孤立的现象，而是整个家庭问题的反映，这个人只是病态家庭系统中的带症者"（转引自顾悦，2017：62）。"家庭系统理论堪称心理学的一场范式转换。它将家庭当作一个'情感场域'（emotional field）"（顾悦，2014：139）。一个人的孤单如果让人难以忍耐的话，亲密关系中两个人的相互不理解的孤独更是会成为移民生命中不能承受之重。利昂和妈是再婚家庭，一代移民的生活压力巨大，一边要抚养三个女儿，一边要干活、干活再干活，病不得、死不得。二女儿安娜跳楼自杀后，两人关系跌入冰点，分居后妻子要求丈夫给自家经营的小店换灯泡，丈夫都再三推诿。妈与利昂的糟糕婚姻关系从根本上要追溯到她的第一段失败的婚姻，第一任傅姓丈夫在她生下女儿莱拉后抛弃了她，导致她是出于需要而不是爱情嫁给的利昂。她因"孤独和缺少自尊"（4）而在婚内与雇主通奸。妈与利昂的关系是波恩理论中的"情感离异"（转引自顾悦，2014b：398）行为。"女性往往在婚外恋中是发起者、主动者，而婚姻关系中的男性也往往更多是作为受伤害较大的一方出现。（顾悦 2014b：399）"妈与利昂的这段婚姻从开头就注定了失败，也是安娜悲剧的来源。大女儿莱拉作为母亲和继父之间关系的调停者也平添了很多烦恼。明明有父有母，有手足亲情，莱拉却怎么也快乐不起来，不能享受平凡的家庭天伦。

利昂和妈组成的再婚组合家庭是有三个女儿的家庭,在旧时中国这种歌家庭被称作是"纯女户"家庭,会因为没有儿子而遭受到乡邻的欺负和霸凌。莱拉是妈与第一任傅性丈夫所生,安娜(Ona)和尼娜(Nina)是利昂与妈所生。莱拉与继父的关系尚可,反倒是与妈的关系紧张。莱拉与男友梅森结婚,先告诉继父,不敢告诉自己的亲生母亲,"这已经不是我第一次先斩后奏了","我想要一个完全属于自己的婚姻"(伍慧明,2014:16)。大女儿自己控制自己的婚姻自主权,因为母亲几乎是会直接干涉三个女儿的婚姻自由。莱拉虽然在学校里担任社会关系专家,替英语不好的中国家长翻译,但是她自己在家庭关系中始终是孤独的而不被理解的,她"用英文和用中文思考时有两套完全不同的词汇。并不是什么事情都可以翻译"(16),语言就是思维和理解的一道天然屏障。母女二人为要不要办婚宴发生争执,妈认为这是人生大事需要仪式,莱拉却讨厌这样的人情往来、矫揉造作的中式场合。若说莱拉从不强求美国人的理解,那跟母亲的分歧让她们彼此更加孤立无援了。小女儿离家出走纽约,投入一个又一个所谓的"男朋友"的怀抱,甚至是未婚流产的情况也不与母亲沟通,母亲成为家庭内部最后一个知道消息的人。本节将借助种族、性别等权利话语结构中的黑人母性/母职(motherhood)问题,讨论华裔母女的关系问题,更严格意义上说是母性劳力(mother labour)情况。这里的劳力实际上是一语双关,一方面是指母亲是抚育儿女的主力,另一方面,母亲自身也是不亚于男性的养家劳力。在黑人女权主义代表帕特丽夏·希尔柯·林斯(Patricia Hill Collins)作品《黑人女性主义思潮:知识、意识和赋权政治》(*Black feminist thought : knowledge, consciousness, and the politics of empowerment*,2009)里,她认为黑人母性的立足点是不断协商角色关系且母亲职责机制化(institution)的结果,黑人母性的发挥交织了种族、性别、阶级和族裔等多种元素。社会性别的政治体系通过教黑人女性如何做一个好"母亲"从而控制了她们"性"的权利和生殖权利(191-192)。对比故事中的华裔,我们发现这条逻辑仍然讲得通。妈的第一任丈夫是花花公子,婚后不久便抛弃了妈和亲生女儿莱拉,从没有尽到过父亲应尽的赡养和抚育的义务;第二任丈夫在海上工作,一出海就是数月。两位男性都是缺位的父亲,他们还对自己的缺场编造冠冕堂皇的理由。妈独自带三个女儿生活,其实与单亲家庭无异。她为了生计,也在拼命赚钱养活三个女儿。工厂里的氛围催促母亲像机器人一样赶工,"晚上我们铺床的时候，她还在做衣服。发红的灯光把一幅的针脚照得模糊不清。街上的嘈杂声早已消失，而她的机器声还一直不断。而清晨我们还没醒来的时候，妈就已经在工作了"（伍慧明，2014：31）。计件工作还产生竞争性的环境氛围，"女工们也都像赌徒一样相互竞争，她们只想听着彼此的机器发出嗡嗡的声音。妈妈那么忙，以至于我把午饭送到她面前她头也不抬"（167）。即使这样，三个女儿的学习和生活话费仍然捉襟见肘，由于生计和情感需求，妈出轨了她的衣厂雇主汤米·洪，背叛了利昂，女性通过出卖自己的身体换取一定的经济和情感价值。"有的黑人女性就认为母亲这一角色对她们的创造力来说是极大的负担，剥削了她们的劳力，形成了一定的自我压迫"（Collins，2009：191）。亚裔母亲在家庭和社区也都承担了大部分的责任，却受到父权制和夫权制的打压。刺激文中母亲敏感神经的不止是第一任丈夫的不忠，还是有第二任丈夫的情感疏离，更是吸引她投怀送抱的"资本家"情人。母亲的悲剧是，她最终还是自觉或不自觉地堕入男权社会的早已为她量身定制好的陷阱。

女儿们都是问题少女。她们曾经吸毒，大女儿不愿意与母亲沟通，二女儿从高楼跳下，小女儿因为与父母沟通不畅出走纽约，她们的行为都属于家庭系统理论（family system theory）的"决裂"（cutoff）行为，即离家出走。"决裂"这一理论概念由心理学家和家庭系统理论专家波恩（Murray Bowen）提出。安娜选择在旧中国农历新年前团聚的气氛中终结自己的生命，在她去世以后，姐姐才通过霸凌人的忏悔知道她曾经长期遭到一个女孩的欺负。尼娜在接到姐姐去世的电话后，仍然不愿意第一时间赶回家。尼娜不是不爱姐姐，她需要一定的时间和空间接受姐姐的死亡事实。"决裂"是子女从父母家里物理化消失的表现形式，某种意义上身体上的死亡也是"背后是问题家庭伤害性的情感场域"（62）。姐妹二人在一群人（家庭）的群居范围内感受到了加倍的孤独，与原生家庭"决裂"是子女摆脱群体中的孤独而走向一个人的单独的标志行为。而这种单独是波恩理论中的高程度"自我分化（differentiation of the self）"（转引自顾悦，2014：139），脱离与原生问题家庭的情感纽带，单独的孤独要远远好过群体中的孤独。

姐妹三人，明明是一奶同胞，却沟通不畅，或者说是根本没有过多交流。三人的命运紧紧连在一起，但是彼此是孤独的，这种孤独有时候连对最亲的人都很难讲述清晰。"安娜保密的能力比谁都好"（伍慧明，2014：104）。莱拉在妹妹尼娜离家出走后，写到"我还是能感受到尼娜内心深处的孤独"（105）。

大姐莱拉除了要在父母的沟通中间架桥，还要在两个妹妹之间或她们与父母的沟通中间充当联系人。莱拉大部分时间孤立无援，十分无助，感受到很严重的家庭关系挫败感。姐妹之间的矛盾和冲突不断，但是关键时刻还不得不互助合作。莱拉三姐妹在文化冲突中成长，无论是更具叛逆性的安娜和尼娜，还是相对保守的留守主义者莱拉，三人的情感世界都是"空泛"（void）的。从常规情况观察，安娜的自杀是匪夷所思的，"安娜总是显得那么……高兴"（109）。安娜走得那么决绝，一个日常扮演开心快乐的人何以出此下策。由此可见，安娜的快乐是虚假的，人群中最快乐的人往往是最孤独的人。安娜是家人心目中的好孩子，积极阳光，在遭遇父母对她感情的阻挠后产生精神上的分裂症状，一面陷入"表面快乐"的愈演愈真，一面封锁在到面具虚伪的极端孤独的自我世界。作者没有明确写出，但是读者不免猜想安娜生命的最后时段可能罹患"微笑型抑郁症"（smiling depression）。临床上，到了 2019 年才"有精神科医生报告过一种新型抑郁症相关病例，有病人的抑郁症呈现非典型性症状，研究者把它命名为'微笑型抑郁症'或是'面具型抑郁症'，患者完全没有传统抑郁的症状，而是拥有一种表演型的高兴或满足"（Bhattacharya et al.，2019：434）。需要指出的是，微笑型抑郁不是精神疾病的诊断类别，它姑且只是一类患者的病情反馈模式。"根据美国精神障碍诊断与统计手册第五版（DSM-5）中为抑郁症所列出的常规症状，'微笑型'或'面具型'抑郁症症状都不在此列，患者出现了一些非典型或常规的症状"（434）。安娜在他人面前很开心，社交能力也较好，背后却受着非人的抑郁和孤独症状折磨，因此在听闻她自杀后，家庭和社区表现出惊人的震惊和难以置信。安娜在和家庭成员交往不畅后，孤独地默默承受外界的一切负担，甚至没有与热恋中的爱人分享。安娜的孤独最终导致了她患有"微笑型抑郁症"，她不愿意正视和承认自己的负面情绪，她或许觉得这是一种软弱的表现。"微笑型抑郁症"的高风险正是在于此，连患者本人都非常难察觉自己患有抑郁症，家庭和社会就更没有机会了。运用微笑来进行"表达抑制"是积极有害的，民间更是有传说幽默的人（喜剧演员或小丑）出现精神问题的几率更大。

（三）"孤"者的"孝"文化和其黏合／对抗性

文中的"骨"有两层含义：一是利昂契纸上的父亲梁爷爷的骨灰未能回到中国的遗憾。作为利昂当年来到美国成为"纸生子"的交换条件，梁爷爷去世后骨灰由儿子利昂送回中国。二是安娜从楼上跳下，家里人没有收到死者真正的遗骨，家中象征性地存在有她的"骨灰"。于是，小说中两份遗骨都未能归位。可以清楚地分辨，作者的设计和用意是浸染在中国儒家的孝道文化之下的。纸张成为血液的传承，即使作为契纸上的子孙，莱拉仍然认为"找不到父亲的墓地是很可耻的，即便他并不是你亲生的父亲"（71）。由于各种现实中的原因，"纸生子"利昂没有完成梁爷爷的遗愿，将其骨灰送回中国。利昂和他生活的华裔文化圈都认为这是最大的不孝顺。中国有句古话说得好，"百善孝为先"。中国传统儒家思想中的"孝悌"之义讲究的是长幼尊卑之序，子弟孝敬父兄，晚辈尊重长辈。"孝悌"作为维护宗法等级制度的基本准则，是一种人伦纲常和博爱人性。费孝通先生说中国是乡土社会，广大的农村地区的家庭的"差序格局"（费孝通，2013：25）才是中国最广泛的构成，"孝是什么？孔子并没有抽象地加以说明，而是列举具体的行为……最后甚至归结到心安两字。做子女的在日常接触中去摸熟父母的性格，然和去承他们的欢，做到自己的心安。这说明了乡土社会中人和人相处的基本办法"（8）。可以说，旧中国封建礼制的核心在于"孝"文化，孝道是各种道德规范的根本，贯穿于人类行为，从齐家到治国，都离不开自上而下对孝道的施行。论语记载，子曰"弟子入则孝，出则悌，谨而言，泛爱众而亲仁"。孝道文化在社会推广，由己及彼，由家庭及众人，从家庭伦理道德范畴推及社会伦理道德范畴。"孝"道融入了华裔社区的习俗、感觉和情感系统，和西方价值意义上的"filial piety"完全不是一个层级上的意义，西方人与父母之间也有感情，但是若要他理解"岳母刺字"的忠孝结合行为恐怕是很难的。在古代中国，"孝顺父母"往往与"忠君报国"联系起来，是在中国演绎了几千年的情感文化体系。

小说中的"孝"文化的内涵是为多维度的。利昂的身份因契纸而改变，梁爷爷成为养父。二人都是本家庭的一代移民，孤苦伶仃地来到美国，二人也是因为孝道（骨灰回国）的施行计划而走到一起成为法律文书上的父子。从中文字源上看，"孝"字上面是"老"，下面是"子"，梁爷爷孤身一人在美国，膝下无子，由于"纸生子"政策的到来，特殊的时期和特殊的环境产生了别样的亲情。文中说"纸张就是血液"（伍慧明，2014：56）。亚洲父母，特别是中国父母总是喜欢给子女做"孝顺"的榜样。"父母的自我牺牲是为了换取孩子日后自我牺牲式的孝顺，于是整个家庭就被困在这无穷无尽的痛苦的循环里"（黄秀玲，2007：47）。作为利昂的妻子，在利昂出海不能及时回归的时候，妈顶着千难万险举债给梁爷爷操办了一场还算"体面"的葬礼。厂里的女工认为妈没有义务给一个没有血缘关系的公公办葬礼，妈还是顺应了中华传统文化的孝道。儒家传统文化主张对父母要"生，事之以礼；死，祭之以礼"，"事死如事生，事亡如事存"，父母过世后依然要如同他们在世时一样供奉祭祀。梁爷爷的骨灰最后没能"落叶归根"，是利昂"不孝"的证据。而具有讽刺意味，利昂操练蹩脚的英语说话时，"那个音听上去好像是他在谈论着某种儒家的美德：忠诚、孝顺，或神圣的仪式"（伍慧明，2014：165）。从本质上看，作为儒家思想的核心要义，孝道文化是通过对长辈的尊敬来消解个人与生俱来的自我中心化趋势。

初来乍到的新移民，通过复兴和传承中华传统"孝道"文化抵制美国本土文化的侵蚀和新殖民。在某种程度上，在相对情感松散的华裔社区（主要指唐人街），传统"孝道"却也着实将人性黏合，将孤独的人团结起来。唐人街华人社区仍然是以乡土中国的架构和组织模式生活的，孩子成长的环境基本上都是"熟人"社会。这里的"熟人"就是亲朋好友、街坊邻居，"熟人"不"熟"，见面会打招呼。以众人给梁爷爷举办葬礼为例子，妈虽然"不愿意披麻戴孝，假惺惺地哭"，"倒是愿意配合着做出一副优雅的姿态"（74）；妈的情夫汤米借出了货车充当灵车，提前给妈预支了工资；"所有的衣厂女工都显得非同寻常地好，她们拿出土办法，询问她们能否帮得上忙"（74）。女工中甚至有一个来自香港的为人傲慢的蔡小姐，也主动毫不掩饰地展示了从来没有过的善意。群聚中的孤独个体在突发性事件发生后，逐步黏合在一起。安娜的死亡也是同样的道理，女工们深谙"孝悌"之义，来自女工们的安慰对妈来讲很有效果"听到别人叫她小名儿一定有安抚作用。她点了点头，听着她们给她出主意。她们对度过这艰难时刻所需的一切仪式都很熟悉"（98）。"孝"文化将原本孤独的个体聚拢，形成一致的对外界异质文化的对抗力量。

在"孝悌"的文化意涵下，作为孤独生活在美国的华裔移民第三代，三位女儿的行动则做出了不同于父母的选择。莱拉主动不与母亲分享结婚消息，更不同意举办传统婚宴。要知道，在中国传统婚礼上，一拜天地、二拜高堂（父母）、最后夫妻对拜。父母的地位和生养儿女的功劳都彰显在儿女的婚礼仪式上，莱拉拒绝婚宴和仪式是在公开挑战妈的家长权威，也是对独自抚养女儿长大的妈的重大感情伤害。妈的烦恼也不知与何人道，只能苦闷地埋藏在心里，默默承受这份孤独。二妹安娜因感情不被父亲认可，从南园纵身跳下身亡。"孝亲"必然要"孝子"珍爱自己的生命，《孝经·开宗明义》里说"身体发肤，受之父母，不敢毁伤"，《孟子·尽心》第二句中孟子曰"莫非命也，顺受其正，是故知命者不立乎岩墙之下。尽其道而死者，正命也；桎梏死者，非正命也"。儒家文化倡导一根头发丝都需要好好保护，因为那是父母给予的。而安娜草率结束生命的行为是儒家思想文化里最为忌讳的反"孝道"行为，损毁父母赐予的身体，是对父母最大的不敬和不孝。小妹尼娜断然离家出走纽约，未曾告诉父母，也不曾和姐姐商议。尼娜未婚怀孕后做流产手术只告诉了姐姐，并没有通知父母，这是她不孝顺的有力证据。但是一方面跟安娜一样，不珍惜自己的身体，也是极度不孝顺的行为；另一方面，尼娜可能也受到东方"孝道"文化或多或少的影响，主动选择向父母隐瞒，不让父母伤心难过，其行为又是有一丝"孝"的影子。

儒家文化强调"仁爱"、"宽容"、"中庸"、"诚"和"爱有等差"等，这种爱的差别是由血缘远近关系决定的。谈及"孝"，"悌"就像双生子一样如影随形。"孝"是对父母之爱，永远摆在首位。"悌"是对手足之爱，爱从兄弟姐妹的血缘关系扩展开来。在小说中，我们几乎看不到姐妹之间的情感连接，她们彼此都是自己感受各自的孤独。安娜与大姐莱拉还有妹妹尼娜之间的沟通寥寥，在父亲利昂不承认她与男友的恋爱关系时，安娜只会自己选择独自消化残酷的生活难题，她从来不与姐妹分享，即使选择自杀也不与姐妹沟通。在某种程度上，虽然身在美国，安娜也未能逃脱掉中国传统文化中的父权统治的恶果。二姐安娜自杀后，大姐莱拉打电话通知妹妹尼娜回来，妹妹竟然回答："我不知道"、"我非去不可吗"（伍慧明，2014：142）。这种公开表达自己并不愿意出席亲姐妹葬礼的行为，在中国是显然违反"孝悌"之义的。作为长姐，莱拉的反应也很冷漠"我什么也没说"（142）。她不会站在道德的制高点去评价妹妹，无意识下充当了妹妹反抗"孝道"的共谋。姐妹三人同根同源，血缘上是如此亲近，现实中又是如此疏离。三姐妹在文化保留的战争中，站到了中国传统文化的对立面。应当说明，"孝道"文化基于儒家父系宗族人伦道德的道统，与崇尚自由、平等、个人主义的普世价值有重大冲突。费孝通说"儒家所注重的'孝'道，其实是维持社会安定的手段，孝的解释是'无违'"（2013：98）。因此，维护君臣、父子、男女的等级关系的儒家"三纲五常"的教义与华裔移民第三代的更靠近美国的主流价值观出现了断裂，第三代通过拒斥具体的儒家道统来抵抗母国文化的浸染。石平萍（Pingping Shi）这样评价"小说《骨》既表达了作家接受种族传承的立场，又批判了父权制，可以说是一次成功的尝试"（2004：vii）。

三、"孤"者的疾病叙事

（一）疾病和孤独

《疾病解说者》（*Interpreter of Maladies*）是美国印度裔女作家裘帕·拉希莉（Jhumpha Lahiri）的作品，1999 年出版面世，包含 9 个小短篇故事，笔调清新、温婉动人。隔年即获得普利策小说奖和笔会奖。拉希莉本人也成为普利策奖历史上最年轻的获奖者，她获奖时年仅 33 岁。拉希莉运用巧妙的构思，精良的情节设计揭示两大主题，一是人类共同情感与疾病、离散的相互作用关系。在她看来，疾病既有身体病患，也有心灵疾痛。如何疗愈现代人的身心健康成为当今人类的主要课题。二是流散、移民人士的情感归属问题。作者的南亚背景和作品中人物的南亚裔移民身份使得作者更深刻体会到流散、移民不仅是地理上的异处，更是心灵和情感上的流离失所，而南亚裔相较于其他美国少数族裔，在历史传统、地缘环境、语言习惯、被殖民经验和底层生活上，于美国更加陌生。

9 篇短篇，为何作者会选取"疾病"一词成为书名？《疾病解说者》本来只是其中一篇，成为整本书的书名值得玩味。疾病在每一个小短篇中均有出现，或身体上的疾病或精神上的疾病，成为一种概念隐喻。作者突出人类的病态特质，特别是对现代人情感上的病态描摹是作者承认人类迈入"情感荒原"的宣言书。精神疾病，已经取代传统战争（热战），成为人类社会一大杀手。流散、移民和疾病、孤独的关联在小说中逐步勾勒出来，情感上的孤立无援和无路可循既涵盖了疾病的来源，又寓言了疾病的结果，暗示身体疾病和心理疾患进入了互为因果的死循环论证。疫病和孤独情感相互关联，疾病是一种肢体上的匮乏，孤独是一种情感上的短缺。突破身心疫病，需要将个人设置在集体当中，延展其心理位置，以达到多人共情的作用。

既往国外对本作品的研究主要通过凝视的精神分析外观和历史主义的目光，观察使得特定的妇女群体无能为力的物质和意识形态，消极、外来的女性个体在异质文化中艰难生存（Asl，Abdullah & Yaapar：89-100）；关注小说的流散主题，即人类没有任何一个特定地方是永久住所，每个人都在随着时间的推移通过经济，公民，教育，政治改变自己的位置，包括文化和宗教基础。尝试应对每种情况下文化的动态以及散居的人们的故事充斥着疏离，流放，孤立和生根的情怀（Wani：6）；也有对小说中的全球主观性，地图和边界之间的关系进行了不同的分析，主要观点是故事不仅强调地理如何赋予空白空间的殖民概念以特权，还强调地理如何建立空间的根本竞争性质（Wilhite：76-96）；
再有分析涵盖了特殊口译人员在不同的跨文化接触区域解释其感知到的"他
者"时无法翻译的情况，独体有时候会被"误读"的现象（Chiu：160-177）。
国内对本小说的研究主要聚焦独体因身份、文化、性别、地理、政治等因素区
隔开来的普遍性离散生命经验和独体体验（自我和他人），例如黄新辉在《<疾
病解说者>中移民的身份建构——以舌尖上的隐喻解读为视角》认为印度裔移
民通过食物获得情感体验和身份认同，反映了其在异域文化中的矛盾和纠结
（51）；袁雪生、彭霞从文学伦理学和道德选择的角度，认为肩负起伦理责任
是现代人治疗精神疾病的药方（72）。但是以上论证都没有在家国同构的共体
／社区统一的大格局下审视疾病和情感的缘起、发生和走向。

　　小说以疾病命名，又将疾病作为书写重点，每一篇小故事都与疾病联系。
疾病类型多样，身体上的疾病大致有以下几例：一个未出生即死亡的孩子仿佛
是对沉默不可自救的婚姻关系的预示；疾病口译员为医院充当土著语翻译，但
他自己的生活却说不清、道不明，难以言说；年轻女孩得癫痫病，家庭把她当
作累赘，果断抛弃她；独居孤寡百岁老人病态是人生常态，隐喻人生的终点是
疾病和疼痛。心理或精神上的疾病则更为隐蔽，影射亲密关系的不再亲密、现
代人的生存困境和等待救赎的情绪。以《停电时分》里的年轻夫妻为代表的现
代年轻人，"两个同床异梦、互相躲避、越走越远的年轻夫妇"（拉希莉，1999：
7）因为孩子出生便死亡而心生嫌隙，互相都不原谅对方也不能与自我和解，
整日生活在怨恨和痛苦之中。从现代医学的标准看，二人是有抑郁症的倾向。
在冷淡无情的搭伙过日子里，沉默掩盖了爱情和生活的本质。两个人的家庭成
就了每个人的孤单，这与年轻夫妻成立家庭的初衷背道而驰。他们的本意不是
伤害彼此，但是就是不诉说、不倾吐、不交流，从而让误会愈来愈深。女主人
公修芭甚至为了逃避开始另找房子单独居住，"一起经历的太沉重，需要独处
一段时间"（23），从两个人的孤独欲变化成一个人的纯粹"单独"。"'孤身一
人'（oneliness）就是由'孤独的'（lonely）这一词汇衍生来的，仅仅指一个人
独处的状态"（Albert，2019：18）。《疾病解说者》里，卡帕西先生和达斯太太
两个偶遇的陌生人，共同点都是正在经历婚姻关系的无趣和严重的中年危机。
达斯太太孤单异常，她甚至需要通过把孩子是不是与丈夫所生的秘密告诉陌
生人来缓解心中的压抑。卡帕西的职业除了导游之外，还在医院为医生翻译古
加拉提语，描摹各种疾病，帮助交流，拯救各类病人。达斯太太认为口译员这

个职业很"浪漫",卡帕西说这只是糊口的营生。这一细节侧面说明达斯太太是个理想主义者,而她丈夫未必懂她的小心思,这也成为她婚内出轨的主要诱因;更表明旅行的意义是在别人司空见惯的风景重新找到生活的意义。二人对各自婚姻的抱怨和不满是明显同步的,"等到她流露出对婚姻的不满时,他也会讲自己不快乐的婚姻生活。这样他们的友谊就慢慢成长、开花结果"(58)。两个异性陌生人邂逅,表达孤独和寂寞的情绪,告诉彼此自己是有多么不幸。《比比·哈尔达的婚事》中,比比是一位自出生就与癫痫病魔斗争的 29 岁年轻女性,她时常抑郁、忧伤自怜。她发病前一般没有征兆,极其不规律,"她战栗着、抽搐着,牙齿咬着嘴唇"(171)。对病痛的绝望也使得她对生活失去了希望,兄嫂夫妇更是雪上加霜,欲通过征婚抛弃她。比比是个病人,首先,在平常生活中,兄嫂没有尽到亲人的照顾责任。再者,现代医学也不允许比比这样的病人结婚,兄嫂的行为无异于迅速甩包袱,弃比比鲜活的生命于不顾。大部分时间里,比比"如此的孤寂,我们没有一个人能够真正明了"(170)。"死寂"、"死"、"疯"是邻里对比比的惯常印象。比比是身心不健全的极端例子,医学事实和道德伦理双重锁定了她的不幸,这样的人很难得到真正意义上的宽慰和拯救。病患的疾痛是身、心、社、灵四个维度的,每一种痛都需要被看到、被重视和疗愈。

英国诗人约翰·多恩写于 500 年前的一首布道诗"没有人是一座孤岛,在大海里独踞;每个人都是大陆的一片,整体的一部分,如果海水冲掉一块,欧洲就减小,如同一个海岬失掉一角。"纵观小说中的各色人物,人人是坐孤岛。小说中人物所呈现的孤独感(loneliness)呈现出两种情况,一种是流散、移民的孤独,即离根的寂寞与失落。作为离散人士,他们离乡别井,来到美国这样一个全然陌生的文化环境以后,他们的"流散"不仅是地缘上的,也是精神与心灵上的,这是一种硬环境上的独处。另一种是现代人的精神荒原,短篇中的婚姻关系的紧张冷漠,至疏至亲是夫妻,本应是最亲密的亲密关系,却充满了冷淡、猜忌、怀疑和谎言。人物的生活在疾病蔓延中逐渐无望。艾略特笔下的《荒原》描写现代"社会犹如一片荒野,人的精神空虚,类似有欲无情的动物……人类文明蒙受灾难的荒凉(3)","人的心灵更加苦旱,人类失去了信仰、理想,精神空穴,生活毫无意义"(102)。他认为情感宣泄作为现代人精神荒原的救赎之道(郭磊:122),以达到病而不危,独而不孤的理想生存状态。艾略特笔下构建的荒原王国孤冷在于没有水源和阳光,情感上的温暖就是现代人的水源和阳光。

　　《停电时分》里，早产孩子死亡后，年轻夫妻经历生命中不可承受之重，没有感情的夫妻二人产生"丧"的情绪，婚姻关系岌岌可危。夫妻彼此的小秘密从不倾诉，误会逐渐加深。艾略特诗歌里曾感叹微妙的婚姻关系"假如单身是可怕的，与另一个在一起就是悲惨"（转引郭磊：127）。《波哲达先生来搭伙》真实记叙了少数族裔生活经历，他们交友圈狭窄，主人公甚至通过通讯录找自己国家人的名字来交友，他们对地缘和血缘的认可超越了一切其他因素。《森太太》中，中年森太太和小男孩艾略特的友谊宽慰了彼此的孤寂的心灵。一方面，以森太太为代表的印度裔拒绝融入当地生活，拒绝任何改变。她不会开车，丈夫不在的时间，她出行困难，之后发展成了她厌恶出行，结果就是整日在家中，唯一的出行只是为了买之前在印度常吃的鱼。她整日以做印度料理为生活的全部乐趣。另一方面，丈夫作为教授逐渐融入了主流社会，夫妻间文化水平和意识形态的不同造成了两人无话可说，好像是同居一室的两个房客一般，而森太太对丈夫的唯一要求是他开车送去鱼市。丈夫漠视这一要求点燃了她的所有不满和抑郁，赌气般的与命运的抗争（自己开车）却被冷酷的现实（事故）重新打回了沉默和消极的状态。小男孩艾略特走后，她又会整日独守空房，家庭重新回到了从前单调、平淡、绝望的轨道。故事的另一条线单亲妈妈，即艾略特的母亲为了工作和交际基本放弃了对孩子的关爱。这两个缺乏人情味的家庭是一类组合的代表，读来让人心寒。《比比哈尔达的婚事》中生重病的可怜女孩遭到冷漠家庭遗弃，《第三块大陆》中的独居孤寡老人、独自来到异乡的留学生等等人物形象都是既独又孤，渴望联结和关怀。小说主旨凸显了孤独是绝对的，最深切的爱也无法改变人类最终极的孤独。绝望的孤独与其说是原罪，不如说是原罪的原罪。处在无人理解的孤独境地中。每个人都害怕孤独，都不愿意每天生活在孤独与寂寞中。

（二）孤独的运作和共同体伦理

　　孤独是一种意识和认知层面的疏离感，是与有意义的他者相隔离的社会分离感。小说中的孤独多源于失根或疾病，印度裔美国人从离根、离散到适应、融合经历着孤独的情感考验和鉴别。犹太裔哲学家汉娜·阿伦特（Hannah Arendt）认为"孤独最显著的体现是在集体之中，是一种被他人抛弃的痛苦"（1962：476）。实践证明，孤独往往作为一种孤立的情感单独孤立存在。在当今美国高度发达的后工业社会里，伴随着集中爆发的移民、难民以及现代性和后现代性相关问题，人类逐渐失去了对自我和他人的信任而产生了高度的异化，孤独成为一种普遍存在的情感。人的心理承受能力正在逼近一个危险的临界点。面对世界的遭遇表现出一种无动于衷、超然的淡漠，一种远离现实的疏离感和麻木感。信息的高度流通有着把星球上每个角落联通起来的神奇能力，但同时，它的本质上也加剧了每个个体内心的"孤岛状态"。个体不能过度消耗同情心和同理心，成为空心化的"空心人"。"在人与人的相遇中，实际上应该将孤独和寂寞定义为通过人与他人融洽相处的情况……当所遇到的另一个人是完全的'他性'（alterity）（Costache：138）"，孤独就诞生了。信任感消失后，人物出现了不可亲近和不安的感觉。例如，森太太不听从丈夫的规劝，拒绝融入美国文化。做在印度常吃的鱼是她最后的倔强，印度文化包裹下的森太太在现代化美国略显笨拙滑稽。《布莉姨妈》中布莉每天睡在伸缩式的大门后面，邻居怀疑她欺骗、偷盗，连楼道都不给她睡了。她孤伶伶地离去，嘴上只留下一句"相信我，相信我"（拉希莉，1999：58）。一种扑面而来的压迫感逼迫布莉不再担任看门人的职位，她终究索求的只是在楼道的睡觉地方，这点小小的要求竟不得满足。修芭在面对丈夫苏柯玛对早逝的孩子的"无"反应时，由强烈的不信任到压迫感过渡到紧张、抑郁、痛苦的一度自己消化无法言说的创伤。而实际中，一条常规的途径是孤独感导致的疏远和离别，对外界的不信任感会让主体感受消极、乏味甚至疼痛，更有严重者会因长期紧张而失眠。而另一条更为积极的路径即与外界"连接"。伽达默尔（Hans-Georg Gadamer）认为导致孤独情感的原因是"共同体把某人遗弃在一边"（1988：123）。个体心灵互动在每篇所涉及的亲密关系中均有透露，作者间接表达了现代亲密关系必须通过沟通和修复的方式延续，不是一出现问题就要以沉默、分开的极端方式解决。另一个小短篇中的婚姻故事《上帝福佑我们家》也很引人注目，晶晶和桑吉夫也是一对年轻夫妇，刚刚搬到一所新的房子。丈夫桑吉夫年轻有为、事业正盛。作为印度裔，二人因为对基督信仰的问题产生分歧，即对前房主留下的耶稣石膏像的去留问题产生嫌隙。但是小夫妻，特别是丈夫非常成熟，看见妻子落泪后，主动道歉，妻子也主动拥抱了丈夫，达成了相互妥协的协议"石膏像放在靠近房子这边凹进去的地方，过路人不至于一目了然，可来客仍然看得真切"（拉希莉，1999：154）。自此，夫妻产生了心灵的连接。文化研究基于路易·阿尔都塞（Louis Pierre Althusser）的"意识形态与意识形态国家机器"的理论讨论，将共同体阐释为"连接"（articulation）的概念，"连接"原意为发声，斯图亚特·霍尔（Stuart Hall）将它引申为连接、接合。独体与独体之间渴望并产生必要的情感交流，逐渐打破个人原子化状态，随之建立独体之间的联系，缔结深层次友谊，逐步构建一定的具有社群同理心和共情力小社区和情感共同体。《比比·哈达尔的婚事》极为典型，没有邻居和社群的帮助，生病的比比在遭到家庭遗弃后不可能存活，更不能单独抚养新生儿。帮助比比事件的成功环节在于邻居注重和比比交流，了解其所需；比比也尽力表达自我，接受他人的关心。双向／多向交流模式和信息对称透明对于暂缓孤独者走向第一条消极途径、加快迈入第二条积极融入的途径尤其重要。

孤独情感是一种他者概念／相对状态，属于共体伦理范畴。在《焚毁的共同体：奥斯维辛前后的小说》中，希利斯·米勒以文学生动的情感特质诠释了共同体的机制与悖反，辨析了让-吕克南希的共同体和华莱士的共同体，前者是强调独体的共同，后者是作为整体的共同体（米勒，2019：175-187）。米勒显然认为前者的价值更高、可操作性更强。滕尼斯认为"共同体是古老的，社会是新的"（2019：53）。孤独感受是在总体情况下为我认知的，总体性的概念是具有复杂本质的，总体性内部的各层面之间的关系也是相互交错的，连接是在特定情形下，不同元素的统一，这种连接不是永久性的，而不断更新的，旧的连接被推翻，新的连接又重新建立起来。此时，在共同体的框架下，孤独情感的对立面就是连接。同时，不同实践活动的连接并不代表它们的趋同化，或者一种实践活动融入另外一种。他们彼此保持各自各种不同的决定论和生存状况。连接维持着统一中的差异，它是无必要从属关系的理论。差异和统一之间的连接正是霍尔给出的面对人类重大孤独时刻的出路。它是第三种立场，既不张举社会形态中一个层面必定和另外一个层面相对应，它也不站在其对立面，主张对应的不存在。它以双重连接的概念看待情感和实践的关系，是必要的对应关系。使用"连接"来抗衡孤独来源于先前实践，同时也是新实践的起点，它驱使"共情"主体打破阶层和种族的界限，激起个体对族裔他者、性别他者、阶级他者，乃至动物他者的共情和对生命的敬畏，即生发出情感共同体的可能——"基于自我"、"爱有等差"的共通人性。

在《柏哲达先生来搭伙》这篇里，一家印度裔人电话本上找着的老乡柏哲达（实际上为巴基斯坦人）思念战火战火纷飞的家乡和亲人，屡次来家里做客。柏哲达和主人共享一种特殊的饮食文化和地域记忆，给家里的小朋友赠送礼物。他们面对地图，遥望家乡，讨论共同的政治和军事话题。在印巴战争和冲突中，柏哲达的女儿们失踪了。他急切却又回不去，孤身一人的他尝到苦寂和孤独的痛苦。这家的两个女儿非常关心他，大人们也从饮食、聊天等各方面给予他宽慰。"总之我记得他们三个大人行动起来像一个人，分担一种忧虑，一种沉默，同甘苦，共患难。（拉希莉，1999：43）"来自巴基斯坦的柏哲达和这家印度裔家庭是在特殊时期和特殊地理环境形成的短暂共同体，独体依附于其中汲取情感力量，形塑一定的牢固情感连接。对独体人类来说，实现"独"而不"孤"，情感的连接尤为关键。德里达提出一个不相同的、异类的社区（a community of dissimilars, non-semblables）。这个社区是具有绝对差异的邻居构成的（米勒，2019：193）。比比的故事里，社群和邻居更是她生存的坚强后盾。比比生病的 29 年里，"家人、朋友、和尚、手相家、老处女、宝石命相家、预言家"（拉希莉，1999：162）等等周遭所有人都为治好她的病付出过努力。兄嫂虐待比比，邻居为比比争取受教育机会；兄嫂抛弃比比，周围人便用不去兄店里消费报复他；邻里照顾怀孕的比比，帮她经营商店，教她养育孩子。在比比最需要的地方，永远有帮手的身影。比比被以兄嫂为代表的家庭共同体遗弃，但是社群共同体早就把比比纳入其中，善良的邻居从不歧视她的疾病，帮助她克服生活的种种困难。把身居其中的主体看作先验性的主体（pre-existing subjectives）。这些主体的共同利益已经与其他主体捆绑在一起了。他们之间的交往模式可以被称为"互主性"（intersubjectivity，译为"主体间性"）。这种交往是主体间的交流（interchange）……尽管我是一个独立的个体，但是，我们的共同语言使我能够向邻居表达我的思想和情感，告诉他们我是谁，或者通过语言或其他符号理解另一个人的思想和情感（米勒，2019：180）。邻居们之间是有默契和心灵互动的，大家配合起来，集结各方面的力量，帮助比比抗击疾病，走上正常的生活轨道。小说的结尾有了一个完满的结局，比比有了自己的孩子，常年不能治愈的病也好了。

（三）疾病共同体书写

共同体一词最早是由德国的斐迪南·滕尼斯（Ferdinand Tönnies）提出的，指历史上形成的，由社会联系而结合起来的人民的总合。滕尼斯把共同体分为血缘共同体，地缘共同体和精神共同体，三者之间密切地相互联系着，凡是在人以有机的方式由它们的意志相互结合和相互肯定的地方，总会有这种或那种方式的共同体（2019：87）。根据滕尼斯的分类方法，可将小说中出现的渐进式共同体分成三类，即"情缘"共同体、"心缘"共同体和"社区"共同体。

"情缘"共同体的代表是《停电时分》里出现情感危机的年轻夫妻，夫妻感情修复开始于一次心灵碰撞的契机——停电，年轻夫妇采用真心话大冒险的形式在一片漆黑里点起蜡烛，聊彼此的秘密，对逝去小生命的感慨，解开彼此的心结。爱情中的两个人比一个人的时候更孤独，修芭夫妻二人之间的感情修复之旅是通过情感的通道到达灵魂的深处。"他们彼此坦白曾做过的令对方失望、伤害对方的事情"（拉希莉，1999：43），很多细节的描述是彼此之前不敢想象得细致。特别是苏柯玛对于逝去孩子的坦白，原来丈夫是按时到达医院并拥抱小生命。丈夫平时只是沉默，妻子误会丈夫对逝去的孩子毫不在乎。黑暗中，丈夫流露出自己的痛不欲生，只是羞于表达。男性面对伤痛更加理性和隐性，而女性则更加感性和显性，男女在婚姻中情感表达的差异使得夫妇二人误会越来越深。夫妻彼此有情才能打破误会的纠葛，无爱是无法坦诚相待的。小说中"心缘"共同体的例子很多，例如《疾病解说者》中遭到"中年危机"突袭而深感孤独的口译员卡帕西和游客达斯太太，两个毫无交集的人都对婚姻失望，偶遇瞬间形成心灵的通达状态。达斯太太把自己孩子是私生子的秘密告诉卡帕西这个陌生人，卡帕西也在那一刻认为达斯太太对他感兴趣，彼此产生了短暂的美好幻觉。二人的精神幻觉拯救了旅行中的达斯太太，卡帕西是她的"树洞"和避风港，即使时间仅是短短的旅程。卡帕西也产生了错觉，自己很有魅力，有年轻女性觉得自己的职业（口译员）很浪漫。无趣的婚姻生活中的孤独感笼罩着二人，且不论道德伦理的评判如何，心灵的碰撞给了卡帕西和达斯太太一点点人性的陪伴和安慰。不得不承认，有时候人活下去是需要一点来自外界和他人的鼓励和相互的心灵契合的。《第三块大陆，最后的家园》里，脾气古怪的百岁孤寡老人将房子租给了年轻的印度裔小伙，条件却极为苛刻，不允许晚缴纳房租，不允许带女朋友回来等等。小伙子在生活细节上精心照顾老人，老人也给予各种住房便利，租金也只是象征性得收纳。小伙子格外关心孤立无助的老人的生命安全，仅仅六周的相处时间，他们彼此心心相惜，早已成为记忆中最真挚的朋友。老人去世以后，小伙子说"克罗夫特夫人是我在美国第一个哀痛悼念的逝者，她是第一个我仰慕过的生命；她终于离开了这个世界，孤孤单单地成了古人，永远不会再回来了。（201）"老人和小伙跨越种族、年龄、性别的忘年之交是心与心，灵与灵的友谊典范。"社区"共同体是个体心灵互动发展到社群同理心和共情力兼容的渐进式共同体，依赖全体成员的合力，以滕尼斯所提的血缘共同体，地缘共同体和精神共同体为基础融合而成。在伦理学中，共同体不是那种为了某个特殊目的而按照规则组织起来的团体，相反，它乃是其成员们荣国相互合作和互惠互利而联合起来的社会背景。共同体是个人同一性的构建者（德沃金，2016：219）。森太太的美丽"乡愁"遇上了单亲家庭的"孤独"小孩，这一戏剧性的搭配很有画面感。森先生的积极融入姿态使得森太太成了拖后腿的典型，森太太不愿意也不可能成为"美国人"，她固守在印度的一切。森先生夫妇矛盾也由此展开，森先生的不理解让太太在异国他乡更加孤独。小男孩艾略特的出现偶然间解决了森太太的"孤单"问题。艾略特的单身母亲因为工作和社交的需求，无心关注儿子的成长，她冷漠无情，机械地抚养儿子成长。这一对配对成照看者和被照看者之后，解决了彼此的实际困难和精神孤独问题，也间接影响力艾略特母亲对儿子的态度和森先生对妻子的认知。如前所述，患病 29 年的女孩比比得益于社群关怀，共同抚养新生儿。没有这群邻居，比比是很难坚持下去的。比比生活在社区共同体之中，感受着兄嫂不曾给予的温暖。从这层意义上说，比比是真正的"独"而不"孤"。

小说中还出现了共同体契约背反的机制例证作为警示。让-吕克·南希在《不运作的共通体》（也翻译为《无用的共同体》）中用空间的越界概念，讲述契约共体的界限、共享/剥夺、（说出）连接、中止和揭示（转引自米勒，2019：185）。小说中涉及婚姻关系中的越界现象，作者使用的笔墨最多。一方面，女性作家更为细腻地体察到亲密关系中的双刃剑现象，另一方面契约共同体的对立面值得人类的关注和思考。《上帝佑福我们家》和《森太太》里的婚姻关系亮出红灯，男女不同步现象突出，男性积极融入美国社会，女性固守家乡的文化习惯。矛盾爆发之前，双方几乎都不替对方考虑，更不存在共同协商的可能性。《停电时分》里的年轻夫妻是典型的同床异梦，互相误解。《疾病解说者》中的两段婚姻几乎到达道德的边缘，试图寻求外界刺激。《性感》里的亲密关系已经涵盖出轨的事实。几乎每个故事里的婚姻关系都不和谐，神圣的婚姻如同儿戏。实际上，婚姻本身就是契约关系，契约的背反意味着共同体的基础破裂，面临修复和解散的选择。《真正的看门人》中布莉姨妈作为看门人住在楼道，尽职尽责。邻居毫无同情之心，讽刺嘲讽不说，还把水盆被盗之事栽赃陷害于她，将她赶出楼道，让一个可怜女性无安身之地。独立遇上独体，以契约为基础建成共同"故事"社区。在南希的无效社区中，没有主体，没有主体之间的交流，没有社区"契约"，也没有集体意识（184）。看门行为本身就是契约关系，契约的背反意味着共体的基础破裂，面临修复和解散的选择。具有讽刺意味的是，布莉住在楼道是孤身一人，被赶出仍旧是孤独一人，孤独情感始终贯彻在布莉生活的社区中。与共同体的连接相同，共同体的终止是双向或多向的，受到多方因素的控制和制约。同时共同体的连接和终止也是流动变化的，循环式上升和动态发展性也是其一大特征。

孤独情感是一种现代人的生活常态，往往与疾病和离散相关。现代社会中的有机团结能够整合社会分化，加强个体的安全感和归属感。对个体和孤独的讨论离不开对他性和集体的考量，同情心和共情力成为个体连接的重要触发点。通过对个体的脆弱情感的系统描摹，揭示出抵抗疾病和情感孤独问题单凭个体无法解决，必须通过更高级别和维度的情感联合来获得安全感，即构建"情缘"、"心缘"和"社区"共同体来实现隔绝的、原生的共同体生活。上述情感连接的实践方法对（后）疫情时代的国际社会建设和管理具有一定的启发意义。

第四章　情动与情感共同体想象

在前三章，我们借助亚裔美国文学的创作实例讨论了羞耻、忧郁和孤独三种具体负情感类型，涉及日、华、韩、越、菲和印度裔几个少数族裔代表。在有限的选材和论证中，很难穷尽亚美文学的所有作品，只能带着"镣铐"跳舞，在仅有的案例中找出情感的认知模式和运作范式。本着可操作的原则，前三章将一部作品分配到每一节当中加以论述，从情感动态发展的角度纵向梳理，按照羞耻到忧郁再到孤独的情感排序，负感情强度／浓度（intensity）减弱，情感的意向性（intentionality）逐步增加，即情感越来越向外发展，近似于临近负向情感到正向情感的转变过程中的临界状态。在此期间，主体求联合的情感欲望愈来愈强。囿于选材的有限性，可能含有未尽之处，敬请读者谅解。在第四章中，将围绕情感主线，以较为笼统的情感概念，将前三章出现过的作品或未出现过的作品在结构上打通，即不再以一部作品为一节单独讨论。

情感是人类社会的一种差异性建构，负情感更是旨在构建新的情感范式和认识角度。本章将作为总结性的章节，论述亚美文学作品中的情动力和情感共同体。通过聚焦各部小说中的负情感的情动力的流变，以情感的抓手触及美国社会的政治、经济和文化症结和展望新的情感共同体想象。当少数族裔、女性、老人、性少数群体等他者的负情感体验无法克服自身的局限时，情动力便成为他们展现主体性和行动力的一种自发选择，而由情动力引发的同情心和共情力是可以克服任何意识形态差异和偏见的人类共有的天然情感基因。

一、情动

（一）何为情动

情动是法国哲学家吉尔·德勒兹（Gilles Deleuze）情感理论的重要概念，是文学和文艺学界"情感转向"（affect turn）的理论源头。情动理论为梳理美国社会少数族裔人口的情感流动和变化提供了理论范式，对解释当代美国社会的文化表征和社会变革提供了借鉴工具。为方便讨论，本书学习并借鉴了赛宁·盖、萨拉·艾哈迈德和布莱恩·马苏米（Brian Massumi）等当代情感研究专家的研究范式，不区分情动（affect）和情感（emotion）[1]。其实在心理学上，二者是有明显区别的。情动是被用来描述一种前主观或客观的，使人兴奋的身体强度，是在影响（affect）和被影响（affected）之间发挥作用的；而情感被认为是主观的并被赋予社会和语言意义的感觉。而感情（feeling）一词则可以指广义上的所有情感，是情感和情动意义上最泛化的词汇。由于情动的前主观性和非主观性特质，传统古典情感学认为情动是反主体性的，本文恰恰与此观点相反。本文认为，情动的客观性特点使得情感在塑造社会场域和交往实践具有极强的**主体性**和建构性，情感会通过身体、界面、流通、传递等方式将布尔迪厄所谓的"社会场域"进行权利、资本和人际交往关系的重新交互和分配。

德勒兹情动理论渊源可追溯到 17 世纪荷兰人斯宾诺莎的情感理论（affectus），斯宾诺莎打破了笛卡尔的**身体和心灵机械式**二分法，主张二者的**聚合统一**。为此，斯宾诺莎著述《伦理学》，在"情感的起源和性质"里特别讨论了身心的互动关系和能动性力量。他认为"心灵肯定其身体或身体的一部分，具有比从前较大或较小的存在力量。构成情绪的形式或实质的观念，必然要表示或表明身体的情状，或身体的某一部分情状"（2013：164）。斯宾诺莎对情状的量化倾向描述"身体或身体的任何一部分所以具有这种情状，乃由于身体的活动力量或存在力量的增加或减削、助长或受限制"（164）启发了德勒兹对情感（欲望）**强度**概念的提出。德勒兹联合加塔利在《资本主义与精神分裂（卷 2）：千高原》（下称《千高原》）里论述了情感在"无器官的身体"上"流通着强度"（2010：217），与其他力量"互通于容贯的平面之上"（219），并"发现一个有利的场所，发现潜在的解域运动，可能性的逃逸线，检验它们，到处确保着流之间的结合，一个节段一个节段地检验强度的连续体"（223）。

---

1 这里不是研究的非严谨性，而是在心理学范畴区别会加大研究的难度，偏离文化和文学研究的学科立场，产生不必要的麻烦，故而不进行情动和情感的区分。

情感的解域、逃逸、"连接、结合，连续：这就是一整套'构图'"（223）一系列过程在强度的增减下如行云流水、一气呵成，它"拥有情状并体验着运动和速度"，完成了欲望的连续体和连续流变。德勒兹明确说出了斯宾诺莎似说未说的话，情动是人类存在治理或行动之力的连续**流变体**。因为斯宾诺莎曾经描绘过情感／情绪的大小，他在"情绪的界说"里有过著名的论断"快乐是一个人从较小圆满到较大圆满的过渡。痛苦是一个人从较大圆满到较小圆满的过渡"（2013：151），这里暗含有情感的强度渐变。而对于脑电心理科学和文化研究的交叉学科，德勒兹和加塔利也指明了情感强度可以量化研究的新方向。他们认为情感的强度是"流，域限和极度，它并非是不确定的或未分化的，而是表达着强度的纯粹的规定性，强度的差异"（2010：228）。

马苏米承袭和并批判性地发展了德勒兹的情感"强度"说，他认为"强度是一种情绪状态"，因为它"充满着运动、振动和共振"（2012：31）。他还将之适用范围极致地从哲学领域扩大到了文学和艺术领域，"对当前的目的来说，强度将等同于情感（affect）。在媒体、文学和艺术理论中似乎有一个渐渐增长的感觉，即认为，对我们理解以信息和图像为基础的晚期资本主义文化——在这种文化中，所谓的主导叙事被认为已经崩溃——来说，情感是非常关键的"（33）。现代性被认为是一种混沌、无序的状态，"马苏米也用了'脱胎于混沌的秩序来描述德勒兹的'情动'"（转引自张锦，2020：208）。情动生发在混沌、无序的生命原初状态，生存使命便是试图在混乱中寻找本真的秩序感，展现主体的天生的主体作用和主**观能动性**。在与客观物质的世界互动和互联中，情动促使情感产生一种身体的物质性的勾连和流变，探讨现代性中的情感的政治、经济和文化的相互作用的深层次意涵。马苏米又在 2015 年的专著《情感的政治》（*Politics of Affect*）中继续沿袭身心多元论，"德勒兹和加塔利认为情感是横向的。情感生发的过程不是完全主观的或客观的，对身体和大脑同时发挥作用。主体的内在开放性不受限制。情感是多元的，并非二元对立的"（Preface x）。文中提出一些情感的政治的重要概念，比如'不同的情感调和'，"集体个性化"，"微政治"，"思考感"，"裸露活动"，"权力上"和"内批判"等等。马苏米基于斯宾诺莎的情动定义论述情感的社会学意义，认为"情感中我们从不孤独，情动就是一种与他人和他境的**连接**，对更大范围事件的参与。随着情感的加深，感悟力将增强，在更大的生活领域中的嵌入与他人和他人的归属感更高"（2015：6）。在《当代文化研究中的情感转向》一文里，刘文剖析了情感的公共属性，批评了 20 世纪末后结构主义思潮下语言占统治地位的语境里主体自身缺乏主体性的情况，反对语言的解构的话语，强调回归身体的本真，重视"情感在身心之间、思与行之间、自我与世界具有调节作用"（2016：191），形成天然的反对社会规训和霸权统治的主体性力量。

在此基础上本文提出亚美文学中的情动概念，情动的力量是影响和被影响的关系，是有一定的可定量强度的流变情状，属于开放的系统。从情感诊断到生发问题意识再到政治介入，情感在身体、界面中流动，形塑亚裔的主体性和能动作用，并在美国社会的政治、经济和文化生活中与其他界面发生深层交互和形塑，特别是在去殖民主义、去白人中心化、去男性中心主义、要求平权的特殊历史阶段发挥着重要作用。文学、文化研究的情感转向是新的流动、差异和连接哲学，而在当代亚美文学的写作和阅读实践里，作者和读者共同探讨了情感与社会运行的相互作用、发展的新趋势，人类社会在一定范围内完成了与文学、文化研究更为扩大化的互相渗透，形成了一定的情感归属模式。

（二）亚美文学中的情动力

20 世纪 40 年代以来的狭义上的亚美文学，精彩纷呈。从早年的约翰·冈田、卡洛斯·布洛桑、赵健秀、汤亭亭、谭恩美到中生代作家张纯如（Iris Zhang，1968-2004）、裘帕·拉希莉、阮清越再到新锐作家游朝凯、伍绮诗（Celeste Ng，1980-）等，亚裔各支的创作百花齐放。不论是在艺术表现力还是创作手法上都比之前的同类型作品技高一筹，特别是在对少数族裔、女性群体权利的呼吁和政治、经济地位提高的诉求方面更进一步。配合着我们在前三章重点讨论过和没有讨论过的案例和作品，本节将从创生维度、政治话语维度、交往实践维度和未来维度四个方面论述亚美文学中的情动力，旨在尝试提出人类社会的主体、权力和治理的艺术的情感范式。

从亚美文学的创生维度上看，文学的情动力带动了社会话语的生产性和建构力。德勒兹和加塔利在《千高原》里一针见血地指出"情状（动）就是生成"（2010：361）。和身体的属性一样，情感也是天生就具有物质性的，而物质性是生产性的前提和基础。情感的生发、触发和流通是构建新的社会秩序和话语体系的重要环节。而德勒兹承袭斯宾诺莎的观点"愉悦作为行动能力的增强，悲苦作为行动能力的减弱或破坏"（转引自张锦，2020：209），本文认为这是值得认真商榷的。负面情感和正面情感是相对而言的，负面情感也具有一定"强度"概念上的情动力，而且在"强度"的数值比较上并不一定处于劣势地位。另外，在理论层面上，情动反应与情感层面也可以是相互分离的。以前三章中的文学案例为例证，羞耻、忧郁和孤独的情感都在"复杂性"和"特定性"的社会场域和语境中释放出强大的行动指向力。在第二章中，我们在《难民》中讨论过忧郁的积极向度，主要针对的是忧郁对人性和社会的治愈和疗愈作用。冰冻三尺非一日之寒，创伤的形成和停留也并非一蹴而就的，忧郁在治疗创伤方面的应用是有病理学和临床经验作为支撑的。而在《美国在心中》里，政治性抑郁则变成了亚美工人运动的原动力，也称为亚美工人阶级奋起反抗奠定了情感基础。负情感的创造性和生成性不可小觑，我们再看一个案例。拥有中国血统的女作家西格丽德·努涅斯（Sigrid Nunez）的作品《我的朋友阿波罗》（*The Friend: A Novel*，2018）——描写对男人的无望和忧郁大狗的故事赢得了 2018 年的美国国家图书奖，是继汤亭亭、哈金之后第三位获得该奖的含华裔血统的作家，第四位就是《唐人街内部》的作者游朝凯。这部被称为"人狗情未了"的小说在读者阅读之前都被误会成了"忠犬八公"[2]的故事，其实整篇都围绕后现代性中的精神分裂和忧郁主题展开。一所大学里的教授自杀后，留下一位妻子和两位情人。面对失去与重生，混杂着战争创伤、性别歧视、婚姻伦理和"MeToo"运动等现代人生活的不解之题，三位女性在忧郁的泥淖中开展自救。根据我们在第二章中提到的弗洛伊德的"哀悼"观，他认为忧郁哀悼的是失去，三位女性未曾真正完整拥有过教授这一个男人，三位女性哀悼的是失去之失去，哀悼未曾有过之物。女主作为教授的学生兼情人，她在文本之外始终思考生命的议题：如果'失去'是必然发生的，我们应该如何爱与付出呢？男主去世后留下一只大丹犬名叫阿波罗，女主借与大丹犬互相接纳和磨合的过程与自己的过往和解。金雯根据塞奇威克（Eve Sedgwick）的"文学的修补性"观点，做了以下补充："文学作品提供了极为丰富的语用实例，重新配置观念、具身感受以及社会语境，参与总体'抽象机器'（德勒兹、加塔利）的再造。情感观念化的过程就是文化生产的过程，是主体性逐渐涌现的过

2　八公，是日本历史上一条具有传奇色彩的忠犬。其品种为秋田县大馆市的秋田犬。每天早上，八公都在家门口目送主人上班，傍晚时分再到附近的涩谷站接他回家。一天晚上，上野英三郎在工作时突然心脏病抢救无效去世，并没有像往常一样回到涩谷站。然而，八公依然忠实地在涩谷站前一等就是 9 年，直到 1935 年 3 月 8 日去世。涩谷站前面设有一座铜像，这座铜像为纪念忠犬八公所造，即忠犬八公像，随即成为著名旅游景点。

程，但也是主体性接受自身边界和残缺的过程，是将这种残缺转变为创造动力的过程"（2022：50）。忧郁跨越了物种，人畜之间对忧郁的共鸣仿佛出奇地一致。人与人之间的区别有时候比人与动物之间的还大，无法被定义的人畜感情直击人心。阿波罗充当了治疗师的角色，忧郁情感建构了女性对生命的书写，制造了被需要的情感连接和不求回报的伴随。写作给予女性的第二次鲜活的生命，无关乎男性，无关乎爱情，重生的女性就是她（们）自己。她想活成阿列克谢维奇，"如果你想深入了解人生的阅历和情感，就需要让女性开口说话"（努涅斯，2020：222-223）。她不肯将笔让出来，因为男性专业作家只描写男性的世界和圈层，"这只会促进白人至上和父权制的议程"（223）。

在政治话语维度，西亚美文学的情动力更加集中和剧烈。我们来看一个跟东北亚儒家文化圈有出入的案例。在亚美文学覆盖的地理范围上，吴冰曾经遗憾地在《谈亚裔美国文学教学》里指出"目前我们读到的亚裔美国还只是东亚裔美国文学，还有西亚大片国家和地区移居美国的人会增加，他们的后代也会有作品问世"（144）。在当代阿拉伯裔美国文学中，2005 年出版的女作家艾丽西亚·伊里亚的处女作《头巾》（*Towelhead*）则披露了一个黎巴嫩裔移民女孩加西亚（Jasira）在父权、宗教、种族和政治压力裹挟中的性羞耻和性准许问题。女孩在学校和社区里被称呼为有种族歧视的名字"头巾女孩"、"沙漠黑人"或"骆驼骑士"，一度成为男权社会中母亲男友、黑人男同学和邻居大叔的性感玩物。邻居预备役军人乌索性侵未成年的小女孩，青春期的懵懂女孩通过身体政治的方式自我修复暴露在外的耻感，努力从强者和弱者的不平等关系中抽离出来。在遭受白人男性的性剥削之后，理想化的白人社区邻居向她伸出援手。2001 年发生 9.11 事件，该书出版于 2005 年，属于后"9·11"文学。文中提到发生在上世纪 90 年代初海湾战争中的第一次沙漠行动，讲了不同人对战争和萨达姆（萨达姆将自己展示为一个愿意站起来反抗以色列和美国的政治家形象）的不同立场。小女孩的角色作者有意识地设计为校报战争报道记者，邻居是预备役军人，含有一定的政治隐喻色彩。小女孩之于军人，伊斯兰世界之于美国，意涵十分丰富：国家和地区间的角力，男性和女性之间的斗争，强权和弱小之间的实力博弈一目了然。在 21 世界的美国，种族对立延续，融合与分裂的戏码交替上演。后殖民主义进入私人情感领域，羞耻促发的身体政治的激进性生产出更多的公共领域的政治话语权。

从文化和社会实践维度来看，亚美文学的情动力改善了社会情感交往的实践方式。玛格丽特·威瑟雷尔（Margerat Witherell）的在威廉斯的情感结构和布尔迪尔的社会场上发展出"情感实践"的观点，即"情感实践是一种生动、情境化的交际行为"（2012：102），"情感实践在社会形态中沉淀，呈现一定的分布和剖面图"，而"工作场所、机构或历史时期具有独特的情感味道"，"个人生活实践的情感秩序逐渐形成"（103）。回归情感的基点，是个人自治和多民族城市和社区治理的有效路径。亚美文学的情感交往实践其实包含文内、文外两个层面内容。内容一是文内层面，再以《我的朋友阿波罗》为例，女主与大丹犬是"两个孤独者的相互保护、和平共处、相互接纳"（努涅斯，2020：169）。当孤独将个体吞噬，个体必然会尝试寻找情感连接。《疾病解说者》中的病女孩比比被亲情残忍抛弃，邻里社区用爱将她托起。情动突破的是家庭、亲情的传统情感思维，旨在用更大范围的情感替代若干不合作、不运行的局部情感。而在《唐人街内部》中，法庭上的老大哥挺身为威利斯辩护，痛斥白人对华人社区的戕害，引起广大华裔社群极大共鸣。内容二涉及到文外因素层面，更准确地说是文内外的互动因素。读者在阅读的时候需要"考掘文本的'无意识'和潜文本（subtext），也需要具备强大的情感直观能力，即一种贯彻了高度想象力的共情"，"尽力做到读者与写作者（情感书写者）、读者与其他读者'视域'融合"（金雯，2022：50）。换而言之，文学情动也吸纳了读者和文学批评者的情感实践，情感在伦理和道德层面的重新配置一定程度上实现了人际交往的融通和同构。情感社会实践的交往方式的最重要途径就是文内、文外各种因素的共情，共情力是情感社会实践情动功能的最重要体现，最大限度地揭示了亚美文学情动力的真正潜能和深层价值所在。

在未来维度，亚美文学的情动力具有高度的预测指向性。人类之所以会产生恐惧，是因为对未来的高度不确定性。在众多的不确定性中，尚能把握一点确定因素便是人类目前能从事的最有价值的事业。在新旧能量转化之间，情动代表着一种确定的"融通"和"发展"趋势。在林玉玲等人编纂的《跨国的亚裔文学：现场与跨越》（*Transnational Asian American Literature: Site and Transit*，2006），"跨国主义"（transnationalism）成为关键词。"'跨国主义'不是否认亚美文学的写作地点，相反，它关注美国这个合众民族的多重主题如何得以形成。亚美文学的一类主题贯穿美国历史的流动性，另一类则是书写自身流散、流动和迁徙的生存经验"（1）。韩裔作家李昌来（Chang-rae Lee）的作品《说母语者》（*Native Speaker*，1995）以语言为天然屏障，涉及不同阶级的韩裔的跨国移民境遇，考察经济文化资本的跨国流动对移民到美国的新的社会阶级的形成有何影响，意在探讨世界主义视角下的世界公民实践。日裔作家露丝·尾关（Ruth Ozeki）的《食肉之年》（*My Year of Meats*，1998）描写了新自由主义经济时代，作为一名日美混血的二世，女主受到跨国资本的驱动回到日本兜售美国的白人中产价值观。资本在亚洲和太平洋地区跨境流动中对美国国家意识形态和价值观的传播起到了助推的作用。依靠经济上的优势，美国主流社会对少数族裔的优越感陡增。在"9·11"事件以来，尤其是新冠疫情以后，美国社会呈现明显的分裂趋势，融通几乎是一种智识共识，"情动所照见的后人类时代与人类时代之间的情感的变化，着实是一个让人震惊的事实"（张锦，2020：214）。情感转向回归的是人本主义，情动的力量导向人的本身。情动的未来在于打破族裔间的隔阂，倡导一种康德意义上以少数族裔作为主体／目的而非手段／方法的共通感，形成一定情感范式意义上的开放性、包容性和生命性。

（三）情感的社会结构和负—正转化

从《文化与社会 1780-1950》（*Culture and Society: 1780-1950*，1958）、《漫长的革命》（*The Long Revolution*，1961）到《城市与乡村》（*The Country and the City*，1973）、《关键词：文化和社会》（*Keywords: a vocabulary of culture and Society*，1976）再到《马克思主义与文学》（*Marxism and Literature*，1977）、《政治与文学》（*Politics and Letters: Interview with the New Left Review*，1981），工人阶级出生的英国文化研究专家雷蒙·威廉斯在他一生的著述中都在不断论述和升级"情感结构"（structure of feeling）这一个对人类社会生存和发展非常重要的概念。威廉斯站在自己的阶级立场，反对伯克、欧文、F. R.利维斯、马修·阿诺德等精英分子的论述。他们曾认为文化是少数精英才能享有的特权，而威廉斯坚持去阶级化的主张，认为文化是所有人的共有的生活方式和生命经验。威廉斯对"情感的社会结构"的讨论也是回归了 19 世纪英国作家狄更斯、乔治·艾略特、盖斯凯尔等人的小说主题，描述了工业革命时期的乡村与城市人的思想结构，批判工业社会对传统乡村社会生活的"疏离"，是那个时代人们共享的一种特定的社会"情感结构"。在《漫长的革命》这本书里，威廉斯第一次明确给出情感结构的概念"之所以叫做'结构'，顾名思义，它稳定且明确。情感结构运作于人类最微妙和最无形的活动之中。从某种意义上说，这种感觉结构是一个时期的文化：它是社会总体组织中所有要素的特殊存在的结果。正是在这方面，一个时期的艺术，将这些艺术包括在论述中的特色方法和腔调，是非常重要的"（Williams，2019：69）。"情感结构"理论在任何社会和阶段都具有普遍适用性，突出历史语境和社会生产方式对于文化再生产的重要作用。面对当下美国社会的种族大分裂现状，解决冲突和分歧的根本办法就是要找到超越意识形态和权力利益结构的共同的时代文化和共通的感觉经验来对不断恶化的事态加以调和。

　　而"共同"和"共通"的提法，威廉斯在《英国小说：从狄更斯到劳伦斯》（*The English Novel：From Dickens to Lawrence*，1984）中进一步阐发了"个人与社会之间的'共生共长'的关系"，贡献了"可知共同体"（knowable community）的概念（徐德林，2016：66）。基于小说的虚构性体裁，绝大多数的小说都是"可知共同体"。它是一种认知层面上的情感结构，"小说家为了以本质上可知的、可交流的方式呈现人物及其关系而提供的传统方法的一部分——潜在立场与方法"（转引自徐德林，2016：66）。蕴含时代精神的情感结构必然随着时代的更新和进步而一次又一次的以全新的面貌知晓和被知晓。美国亚裔移民文学的抵触和融入经验即在一定的（负）情感结构中升级迭代。《女勇士》中在更衣室里宁愿被殴打也不说话的亚裔小女孩的沉默，这个女孩在学校是可以朗读课文的，既然不是哑巴为何不说话？女主人翁其实已经对同学的沉默深恶痛绝了，"恨铁不成钢"的她产生了民族自恨的情绪。两个同龄人，对移民社会的接受反应截然不同，却在一定的时空内产生相互影响的连接。一旦有人开口，其他人势必不再一直沉默。再例如，《唐人街内部》里的威利斯一家三代饱受"亚洲羞耻"的职业困扰，父亲吴辰明在经历短暂的优胜学业以后再无职业意义上的成就感，威利斯本人也牢牢地被卡在好莱坞"特型演员"的角色中永远不得提升，女儿却不再以亚洲人自居，像个白人一样生活。在时空和代际的运转和轮回里，特定的情感结构在"有机社会"（organic community）调试运营，情动的力量一直穿插在凝聚人心和向前进化的步调上。"情动（情感）在构造主体，主体正是在人和人之间的情感感染中形成的。是情动（情感）在发挥主导作用，是情动（情感）构造了主体性，是情动（情感）最初串联起了一个共同体"（江民安，2017：118）。亚美文学中展现出一个历史必然趋势，美国社会的各种人口构成打破了个人原子化状态，逐步建立个体之间的情感联系。

不同时代的人有不同的情感连接方式，移动互联网时代的生产和生活方式改变了传统的人类情感交互模式。到了 21 世纪的前二十年，亚美文学和亚美实体人的情感结构在网络空间的得到延伸。在 Twitter、Instagram、Facebook 等网络社群基地里，网友自发建设了少数族群部落，针对共同面临的生活困境展开讨论和互助。网络互动在新时期发挥了重要的连接作用，为情感抒发、特殊群体心理和综合社会心态提供了全方位的场域和途径。网络打破了地理区分和限制，有利于情感主体辨认识别各自的身份，引起同族群、跨情境、甚至是跨族群的情感交流。其实，亚裔各族裔之间的帮扶由来已久。珍珠港事件后，美国境内仇日情绪高涨，华人青年"陈果仁被打"事件[3]激起华日联合。21 世纪新冠疫情下的"亚洲美国人仇恨"（Asian American Hate）卷土重来，亚裔在街头、便利店、学校等公共场所遭到莫名的暴力殴打。我们在第一章提到的亚裔好莱坞演艺明星在网络上悬赏捉拿凶手的新闻已经非常普遍，其他亚裔民众也纷纷在群交媒体上发布、留言、互动，携起手来应对针对"亚洲美国人仇恨"的暴力活动。社交媒体一时间挽救了了"孤独"的心灵，其"承诺的核心就是一种联结感与归属感相结合的欲望"（艾伯蒂，2021：124）。虚拟现实技术（VR/AR）运用三维建模、多模态、区块链、高度交互的多重技能手段将电脑生成的图像和视屏等虚拟数字模拟仿真后延续/增强真实的世界，加强人类亟需的社交和联系。线上社区通过"身份"纽带的联结对线下社区产生方方面面的影响。比如，某个 IP 地址释放出来的自杀求救消息会在极短的时间内被网友捕捉到并联系警方和附近好久紧急救援，有的人甚至在网络终端连续守候 72 小时以上陪伴自杀者。因此，很多潜在自杀者和自杀未遂者及时获救。网络新媒体的叙事构建是亚美文学书写的新形式。民众的负面情感发泄在社交媒体既是新媒体时代的进步红利，也是对一种结构性的、系统性的高压政府治理的寒蝉效应的反拨。

我们在前三章中，重点分析了亚美文学中的羞耻、忧郁和孤独三种负情感，这三种情感是按照由内而外的意向性维度逐渐打开的顺序排列。而在广大的亚美文学文类中，其实还包含有自恨、恐惧、反感、愤怒等其他负情感或复

3　1982 年夏天中国洗衣店老板的养子，准新郎陈果仁在底特律派对上被一对白人汽车工人继父子误认为是日本人（受日本进口汽车的冲击，底特律大量汽车行业裁员）而殴打致死。

合负情感。在《负情感》这本书里，赛宁·盖指出了负情感对美国社会弊病的诊断（diagnosis）意义。盖提到的 7 大类（见绪言）负情感都是微小的、不易察觉的负情感，却可以对个人和社会产生强大的反作用力量。根据盖的定义，微小负情感的情绪强度低、意向性弱、持续时间长且性质模糊不清，但它们"增强了情感诊断的能力，尤其是那些以受阻或受阻行动为标志的情况"（Ngai，2005：27）。而羞耻、忧郁和孤独三种情感不属于盖的意义上的微小负情感，它们也不是菲利普·费舍（Philip Fisher）在《强烈的激情》（*Vehment Passions*，2003）所说的突发（suddenness）和强烈（intensity）的情感，如愤怒（outraged anger）、悲痛（intense grief）等打破普通的常规经验流、创造了一种例外状态的极度情感。而羞耻、忧郁和孤独的情感强度介于盖和费舍的微小情感与强烈激情之间，情感的强度在慢慢弱化，而情感的意向性在逐步扩张。羞耻是自我厌恶自我作为一个实体的开端，以内在化的具身情感为聚焦；发展到忧郁，感怀失去，仍旧是以自我合并失去自居，但是具有了向外拓展的意向趋势；最后到孤独，就是具有较强的向外寻求情感诉求和情感连接的情感意向性，人类生命经验的孤独本质引发深层次的跨越族群、社群、物种的情感联合。亚美文学中的这三种关于少族裔群的负情感正是契合了本尼迪克特·安德森将"nation（民族）定义为'想象的共同体'（安德森，2005：16），民族是所有族裔被构建出来的共同体，通过情感的整合确定共通的归属目标，一种共同的泛族裔价值观被创生。

亚美文学中羞耻-忧郁-孤独的情感发展轨迹是由负面到不是那么负面再到正向的流变，孤独的下一个阶段是包容和爱，世间一切伤痛唯有包容与爱才能治愈。纵观我们前三章列举过的案例，我们在负情感之后已经窥见正向的"包容"和"爱"的浓厚情感。《不—不仔》里面二战后日裔在西部偏居一隅的互助分享，《狐女》中女性同胞之间的心心相惜和关爱抵抗性羞耻污名，《唐人街内部》里华人社群的援助成为种族的羞耻的避风港，《同情者》中"桃园结义"的兄弟情深，《难民》里甲板上手足亲情的难以割舍，《美国在心中》中菲裔劳工们的友爱和无私奉献温暖了所有的移民工人，《疾病解说者》里的每一则小故事都包含有移民族裔群体的心灵相通和互敬互爱。无独有偶，儒家文化也倡导"仁"、"爱"、和"义"，情感的正负转化是亚美文学中的负情感书写的一个必然趋势，在孤独之后，读者期待在更多的亚美作品中读到正面情感的运思和表达。

二、情感共同体想象

努斯鲍姆在《诗性正义：文学的想象与公共生活》（*Poetic Justice: The Literary Imagination and Public Life*，1995）里提倡"文学和情感想象正可以构成群体区分的一个补充"（2010：14）。亚美文学的文学-情感间性视角拓展了人类的认知范畴和经验疆界，在文学和情感的基础上东西方都提出了相应的诗性伦理和正义标准，以回应情感的连接诉求。亚美文学尝试从文学的情感伦理角度对情感共同体展开畅想：在西方社会，政治传统和宗教提出了共同善（common good）的概念；在对应少数族裔和女性群体的情感困境，也有学者尝试用"交叉性"理论解决实际的社会问题；而亚美文学的情感问题最终需要回归的还是东亚儒家文化圈的共同体想象。

（一）共同善

共同善（common good）属于政治哲学、伦理学的重要范畴，也是法制社会的基本概念。共同善最早的表达出现在古希腊城邦制国家，那时普遍的用法是"公共福祉"（public welfare）或"共同善"（张方华，2016：7）。直到 17 世纪中叶，西方才开始使用公共利益（public interest）这样的词汇。根据斯坦福哲学百科全书收录的权威文献（*Stanford Encyclopedia of Philosophy*）给它下的定义，共同善"是指社区成员向所有其他成员提供的物质的、文化的或是制度的设施，以履行他们都必须关心的某些共同利益的关系义务"（Hussain，2018）。与共同善对应的是个体善，共同善可以被看作是个体善的简单集合或是人类实现个人所需的通约条件。梳理人类史，人来对公共事务和利益的领会都是与"善"这个概念联系在一起，历经一系列从道德理据到个人福利的演化流程，也就是从"共同善"向"个体善"的转化。曹刚认为："共同善可以看作是与共同体相对应的概念"（2018：79）。相应的，中国传统文化中也有类似的概念。费孝通先生在论"伦"的时候说："我们儒家最考究的是人伦，伦是什么呢？我的解释就是从自己退出去的和自己放生社会关系的那一群人里所发生的一轮轮波纹的差序"。他援引潘光旦先生："凡是有'伦'作公分母的意义都相同，'共同表示的是条理、类别、秩序的一番意思'"（2013：30）。

"共同善"的意蕴延伸到情感伦理的领域，是一种绪言里提到的共同体的"共生共存感"。社区或群体内部奉行以人为本的原则，将个体和个体人格置于公共利益的最高地位。跟文艺复兴时期"人文主义"以追求个人享乐主义为核心不同，人本位的"共同善"思想关注的是具体的个人的福利向集体的共同的福祉转变的过程。以《同情者》中的"桃园三结义"为例，"我"、敏和邦歃血为盟，任何主义和集团也未能成功离间三人友谊。在紧要关头，我宁可牺牲自我，也要救下邦。而作为政委的敏，在审判节点也包庇了双面间谍的"我"。在中国传统古典小说里，水泊梁山的英雄不只是考虑自身的利益，更多的是要为 108 个好兄弟谋取共同利益。三人友谊建立在个人本位到集体／他人本位的转变过程中，每一个人都在拼命确保另外两个人的生命安全和福祉，彼此之间的情感连接是维护互相依存的生命共同体，其中掺杂着自我奉献的个人情结。

"共同善"的情感伦理向度以社群的社会情感连带关系（social affect solidarity）串联，是社区成员间相互结成纽带的依存关系。社会连带（social solidarity）由法国社会学家涂尔干在《社会分工论》（1893）首次提出一个重要概念，倡导社会成员在社区生活中形成自然、平衡、协调的社会关系。他将人类社会的整体性整合方式分为"机械连带"和"有机连带"。"机械连带"发生在前工业社会，所有的成员都倾向于整齐划一的价值取向，成为集体意识强烈的群体；"有机连带"发生在工业社会，社会运转成一个精细分工合作的有机体，集体意识仍然存在，但是是以更为抽象的价值形式共在。社会高度尊重个体价值，个人意识与集体意识实行有机结合。（涂尔干，2000：33-92）普遍的社会公平和个人机会是这一连带的主要特征。不论是任何一种连带，人们都是在一定的社会分工的基础上形成互相依存关系。个体在相应的环节和部门司其职，并意识到自身必须依靠社会和他人，从而形成彼此之间的团结感、依赖感和社交联系。个体与个体、个体与群体之间必然发生连接关系，这是一个基本的社会事实，也是一种公共福祉。群体中的个体普遍存在着共同的情感和利益诉求，需要公共利益最大限度的权衡和满足。《狐女》反映的慰安妇女性群体，是最特殊的社会连带结合关系。她们存在偶发性的天然矛盾，更需要彼此的情感认同，成为"共同善"镜像叙事的理想模型。其中最重要的一点共同诉求就是逃离韩国本土，逃离慰安妇身份。贤真与国外俱乐部老板私下接触，湖姬协同逃往美国，面相恶毒的罗伯特的母亲在最艰难的时刻悄悄地放走了贤真。纵使厄运缠身，她们各司其职，相互配合，天生被诅咒的这样一群女性共同体仍然在差异中找寻"生"的道路。

"共同善"的情感伦理另一向度是以社群的公共利益为旨归，实现社会的相对公平正义。美国学者约翰·罗尔斯在《正义论》（*A Theory of Justice*，1971）

中表达了他的观点"政府应该以'共同善'为目标，维持对每个人都有利的条件并帮助他们实现目标（1999：205）。"共同善"在协同施行社会公正的道路上与"他性"狭路相逢，帮助个体克服因私利己的人类通病。《疾病解说者》里的连续短篇都在倡导和讴歌人类的本源"善"。在《柏哲达先生来搭伙》里，印度人和巴基斯坦人忘记战场上的仇恨，温馨地给彼此温暖。政治态度和立场是政客的意志区分，普通的老百姓就是希望和睦相处、安稳度日。比比的故事里，一个弱势的青年女病人，亲人早已将她抛弃，而社邻却没有放弃她，大家你帮一把，我帮一把，给了她难得的一个温暖的"家"。社区的贡献是对个体的关怀，也是集中全民之力实现社会公平正义的最大化。森太太和小男孩的忘年交最为有情趣，一个困在移民和婚姻的桎梏里，一个游走在单亲家庭的"缺爱"环境下。友情的发展陪伴彼此度过生命中的艰难时刻。这样的"善"丈夫没有，母亲也没有，却意外在陌生人身上找寻到。留学生与美国老年房东的友情也与之类似，脾气怪异的房东在女儿身上觅而不得的安全感在一个亚裔留学生的身上找到了。"善"是不分国籍、种族和身份地位的，人出生即天赋，向"善"是一种本能的表现。以友情作为类比，"'共同善'包含了社会正义的某些基本要求，因为公民必须相互提供基本权利和自由，不得相互剥削。但是，公共利益超出了正义的基本要求，因为它要求公民保持某些行为模式，因为这些模式服务于某些'共同善'（Hussain，2018）。

　　然而克服内心的利己本性并非易事，人们会无意识地先己后人而忽略公共利益。为了更加客观、辩证地观察文学中的情感社会，我们在第三章第三小节中也提到文本中的共同体悖反和他性突出的实例。其实在《美国在心中》里，我们虽然重点介绍了菲律宾裔工人运动的重大爆发趋势和能量，但是不可忽视的一点事实是工人运动队伍里含有少量的告密者和叛变者。工人运动经常会因为高密分子和叛变者的早一步行动而宣告失败。人性是复杂和难以经受考验的，《狐女》里面的湖姬也曾经为换取私利向皮条客告密亲生妹妹的行踪，妹妹被抓回来后她自然也非常难过。《布莉姨妈》中的布莉作为看门人，遭受到邻居的排挤，住在逼仄的楼道里。因此，在私人层面，人类内心的源发性"共同善"情感约束是自律的最高形式，与中国人常讲的"慎独"异曲同工。"道德情感与人的态度是连续的，因为对人类的爱和维护"共同善"的愿望包括定义其对象所必需的权利和正义的原则（Rawls，1999：428）"。保持"共同善"的连续性，是维护社会有效秩序的不可或缺的步骤。

　　努斯鲍姆认为文学畅想是站在一种"中立的旁观"角度，他十分重视文学想象和情感对"中立的旁观者"角色的构建作用。"文学，特别是小说这一媒介，能够让我们触摸到事物的独特性和具体性，能够引起我们对普通人物的关心，能够让我们通过'移情'（empathy）和远处的人们产生情感的共鸣"（2010：5）。在作家的共同努力下，亚美文学尽力描绘出一副中立的正义"共同善"情感图谱，希冀指导亚美人的情感和生活实践。

（二）"交叉性"理论及情感理论对其的补充

　　"交叉性"（intersectionality）概念是第三次女性主义运动的阶段性成果，它最早应用于黑人女性的种族、阶级、性别的交杂性研究，是由黑人女性学者金伯利·克伦肖（Kimberlé Williams Crenshaw）于 1989 年提出。克伦肖关注的重点是后工业时代的资本主义社会中少数族裔女性所遭受多重"压迫"（oppression）问题（139）。在此基础上，1991 年克伦肖再次撰文《绘制边界：交叉性、身份政治以及针对女性和有色人种的暴力行为》（"Mapping the Margins: Intersectionality, Identity Politics, and Violence against Women and of Color"），着力就少数族裔受虐妇女庇护所里的"结构交叉性"动态、家暴和反种族政治中的"政治交叉性"以及反种族家暴支持系统等方面进行了深入的讨论（1241-53）。克伦肖的创造性贡献在于首次使用"交叉性"作为表达种族主义和父权制相互作用形态的一种方式，描述有色人种女性在重叠的从属系统中以及女权主义运动和反种族主义运动中的边缘位置，主张从不同交错身份出发来批判社会的不公正性，在社会运动中建立多维度的接合。紧接着，仍然是 90 年代，又一位黑人女性先驱学者帕特里西亚·希尔·柯林斯（Patricia Hill Collins）将"交叉性"概念学术理论化。1990 年柯林斯出版她的代表性著作《黑人女性主义思潮》（*Black Feminist Thought*），革命性地提出了"控制矩阵"（matrix of domination）的概念。"控制矩阵"意在运用矩阵关系描写某些结构性因子与权利关系交织的复杂形态，即族裔／时空坐标系和其他参照系的运动参数构成。她主张衡量少数族裔的经济地位和平权情况，需要以其他族裔，尤其是白人的权利义务关系为参照系。参照系不同，得出的族裔向量不同。柯林斯主张看待一个少数族裔／群体的生存境况要以"在不平等的权利关系中长期形成的共同地位和在历时关系中共同遭受的不平等待遇"（Collins，1998：204）的视角观察。另外，更需要注意参照系族裔和社会共同生产关系的运动变化。亚裔在美国的平等／不平等权利关系需要被放置到共时的族裔轴、历时的时间轴和综合性的第三轴视野下观察。

　　随着妇女运动和民权运动的发展，柯林斯的理论也在不断更新发展，在其最新出版的专著《交叉性理论》(*Intersectionality as Critical Social Theory*，2019)里，柯林斯认为"交叉性"理论发展至今具备了社区（community）的概念，"为概念化社会结构背景提供了一个基于群体或集体的社会行动信息的分析框架"，"提供关于构建作为理解社会结构和集体行为的一种方式社区的独特观点，交叉性对经验、社区和社会行动（social action）之间的联系进行批判性的自我反思"（158）。柯林斯的贡献在于将"交叉性"理论引入社区环境的治理和人与人关系的互动。例如，民权运动中，黑人女性在社区、街头参与发行印刷品、分发小册子、组织社群活动或直接参加民权组织。事实上，亚裔的情况是与之相似的，甚至从压迫程度的角度看，其生存境况更为艰难。非裔至少是经历几次民主运动呐喊和洗礼的族裔，而亚裔在政治运动上还未有明显的发声就被抑制。在以上章节列举的文学作品里，亚裔多是被消声的，"沉默"是他／她们的姓名。在压抑的负面情感之下，亚裔在寻求整体的动态突破。如前所述，亚裔的平权诉求和行动需要放置在整体的族裔运动坐标系下审查。亚裔身份的形成过程是"交叉性"动态分析的重心，因为身份的形成过程是权力关系的互动构建的结果，其背后充满了不平等的权力关系。这一点"交叉性"理论和情感理论对社会矛盾的揭示性是高度一致的。

　　根据"交叉性"理论在美国的实践，有学者推断"交叉性""已经成为社会团体成立的'必备条件'，以期解决多种领域的不平等问题"（陈筠淘，黄奇琦，2021：122）。这里的团体概念是宽泛的，组织也是呈现松散型特征，任何小范围的情感连接和人际联动都可以被认定是"交叉性"社区。在亚美文学实践中，我们看到了"交叉性"理论的实例。下面我们按照本书章节顺序爬梳：日裔拘留营聚居区划分了战后日裔社群，日裔的负情感表达开始由指向内部自我而抛向外部世界，也更倾向将负情感从一种身份困境转化为与周围他者建立共同体的情感资源。珍珠港事件后，华裔青年男子陈果仁误被当成日裔被打死。华、日出现了空前的团结气氛。后来，不只是华、日，其他亚洲族裔也认识到外貌特征一样的亚洲人在危机面前，谁也不可能独善其身，也加入了"情感团结"（affective solidarity）(Hemmings，2012：147）的社区。在韩裔美国的慰安妇俱乐部，也是慰安妇的女性特殊团体内，女性对抗男性客人的一致性将她们却别于其他有色女性。俱乐部内有超越金钱竞争的姐妹之情

（sisterhood），有超越生死的对自由的渴望（crave for freedom）。在某些时候，女性共同体的形成更加迅速、高效，因为女性相对男性来说，情感更为细腻、敏锐，被压迫剥削的程度也更高，更有利于相互精细对接。华裔社区内的守望互助，我们可能更加熟知，唐人街的街坊邻居互相帮助、大学校友和同乡相知相惜，老大哥在法庭为威利斯慷慨激昂地辩护等，华裔社区的情感连接是血浓于水的亲情式包容关系。越南裔的小西贡是典型的族裔难民聚居区，比劳务移民地位更为低下的战争难民除了需要努力适应新环境以外，还需要抚平战争的创伤，清理情感记忆的渠道，用统一行动对抗外界和未来的不确定性。在菲律宾的小农经济条件下，农民的家庭就是天然的情感合作团体，即使在前路未知、前途未卜的重重困难前，一家人也能保持乐观，"笑"声不断。而在《美国在心中》，菲裔作家的家国情怀更加浓重，菲裔成立了大量的工会合作组织，组织了大量的罢工活动，也与菲律宾本土的工会行动遥相呼应。菲裔作者也由普通劳工成长为进步作家，引领工人运动的潮流。"交叉性"的目标是"希望在运动主体既有的身份认同之上，进一步发展出一种能够超越现有权力关系的、更广泛的团结，以对抗资本主义系统性和结构性的压迫"（122）。华裔的大家庭叙事、传统神话叙事均凝结了同宗同族情感的团结性，而印度裔叙事中的邻里和同乡关系也凸显了同一种族的同呼吸、共命运的血脉联系。

当然，"交叉性"理论也是有很多缺陷的，其最大的弊端在于它过度强调种族、阶级、性别的综合性身份背景，忽略了作为个体的人的本身因素，尤其是无限前景化个体"女性"的身份。因此，情感理论的介入是对"交叉性"理论的有效补充，具体可以体现在如下方面。首先，"交叉性"研究的本质是一种范畴内交叉分析方法论，是将"某一类的群体（女性、工人或黑人）作为关注焦点，然后将过去研究过的亚群体（白人女性、男性工人、黑人男性）作为参照类，寻找那些被忽略的其他亚群体（黑人女性、女性工人）的经验"（222）。对群体群像的过分强调落入了扁平化的刻板印象窠臼，同时也极不公正地为少数族裔个体贴上了单薄的偏颇标签。情感理论的适用性则不同，情感的关注和聚焦点永远先着眼在对个体的内在体察和微妙的心灵变化，群类的情感归纳只是一种理想化的科学研究方法，不能作为考察少数族裔人性的基本点。在此层面上，情感理论有效地拓展了族裔生存的理论性构建，将微观、中观和宏观视角结合起来，连接部分和整体两个端口，多层次、立体性得展示少数族裔生活的全面图景。其次，范畴间的研究也是相对独立和割裂的。范畴间性或范畴交叉的实际操作罕见。而情感理论的指向性是外扩的，意在建立个体与个体、个体与整体之间的多级连接。再次，身份的建构是宏观制度和机制的演化结果，若是单一以族群的交杂性维度衡量无疑是不当的。"交叉性"回避了美国社会普遍存在的制度性不公。例如，美国历史上林林有名的吉姆·克劳法案，排华法案、约翰·里德法、1924 年移民法等出台始末都给予少数族裔身份的塑形强大的政治影响力。在追求社会正义的实践中，情感理论的批判性和实践性均优于"交叉性"理论。情感理论不再拘泥于身份的交叠属性上，它直指制度给个体带来的情感创伤，批判制度的优劣，紧抓美国社会问题的痛点。最后，"交叉性"理论的实践和运用使用重叠的分析方法，有将不平等的权力关系还原至"差别"的简单定论。相对而言，情感理论巧妙地规避了"唯差异论"，它的操作方法不是简单地叠加个体的多重身份，也不是用粗暴的方式将不平等、不公正的根源归结为种族差异，而是注重综合、立体、多维度的个性化处理方式。

综上，"交叉性"研究和情感研究各有优势，二者的侧重点不同。前者更加侧重族群动态身份的演进变革而后者则更加着重关注个体的主观能动性发挥和对社会庞大机器的反作用力的施加。公认的是，"交叉性"理论是 20 世纪有关族裔讨论的主流理论，注重理论和实践的结合，跨越了理论研究和实证调查的传统界限。放眼望去，综合性、实证性、个性化、自省式的考察和研究方法是未来美国少数族裔生存状况研究的必然趋势，而情感理论则是对"交叉性"理论有益的拓宽和补充，在个人和群体内部和外部、宏观和微观、官方和民间之间寻求合适的观察点和立足点，引领 21 世纪的本话题研究的新方向。

（三）儒家思想与情感共同体想象

如果要提名一种影响以东亚文化为主的亚洲文化圈最大的核心文化思想，毫无争议，那一定是中国的儒家思想。儒家思想为何能代表"东方文明"呢？因为儒家思想蕴含"天人合一"的自然思想，"仁政"的道德自觉、"和而不同"的价值取向以及"孝悌忠恕"的持家之道。古代的大和民族和高丽人主动学习《论语》、《大学》、《中庸》、《孟子》等著述，将自己归纳为儒学传人。到了近代，儒学对亚洲国家的影响，"亚洲'四小龙'时期，儒学被作为促进东亚经济高速增长的文化动力收到了极力赞扬和肯定"（方浩范，2011：5）。儒学的包容能力和兼容能力很强，体现对于现实的接纳和改造能力。儒学最强调"仁"字，"万物一体为仁"，"生生不息为仁"，主张向内修心，回归心灵的传统。中国传统儒学的"孝"文化提倡"忠恕之道","恻隐之心"中的心延伸下去就是"恕",即"我的同于你的心","心"是忠于自己的内心真实情感。"忠恕"合起来才是"仁","仁"是内修,"义"是外和。中华文明上下五千年,各民族交往日益密切,儒家思想促进了中国古代的民族大融合和行政大一统。历史上,秦一统天下,原戎、越、狄、夷等大部分部族融入华夏。

儒家思想的情感观念主要始于孔子的观点,他"曾广泛地谈论过'仁''爱''安''怨''忧''惧'"等情感问题。其中,最核心的是仁爱情感"(黄玉顺,2019:152)。儒家思想的"仁"是中国人情感的出发点,既是形而下的朴素道德观念,又是形而上的人心本性,更是国人原初的本真情动。"仁"贯穿整个社会运行的方方面面,不论是儒家思想对人本思想的阐述,还是对于民众的思想道德教育,都是以"仁"、"爱"、"德"为中心开展的,都是以人为本,尊重和照顾人的生存和发展权利。在中国古代的汉文帝、景帝时期,统治者开始废除墨、劓、刖、宫等残害犯人肢体的肉刑[4],施行仁政,即所谓人道,从情感政治出发施行"仁"、"义"、"道"、"礼"等政治伦理。在民间,西汉休养生息的生活节奏使得"鳏寡孤独皆有所养",经济得到了恢复,阶级矛盾也得到了极大的缓和。上到治国安邦的"仁政",中到对广义的人的"兼爱",下到爱普通人的"仁爱","仁"深入华夏并辐射到广大的东亚和东南亚区域的人们心中。除了"仁"以外,儒家思想情感的另一个出发点是"礼",《语丛》有言"礼生于情",正所谓合乎"情"理,礼因人之"情"而为之乎。孔子把"礼"字的来源追溯到人类心中真诚的情感,他将"仁"作为"礼"的行动准绳。在孔子眼中,"仁"和"礼"是最真实的情感表达。《论语》中有论"人而不仁如礼何,人而不仁如乐何?""仁"藏于胸,行为方合乎"礼"。

在《生活儒学:面向现代生活的儒学》中,黄玉顺梳理了21世纪的"情感儒学",将蒙培元先生思想概括为"生命-情感儒学",蒙培元认为"仁的存在亦即心灵存在的最基本的方式是什么呢?不是别的,就是生命情感。因此,他提出了一个著名的命题:'人是情感的存在'"(2019:163)。蒙培元师承冯友兰,后者拥有"万物一体"、"自同于大全"(163)的开阔境界。黄玉顺在此基础上提出"生活儒学"和"中国正义论"(164),也属于儒学的情感转变的方向,强调"己所不欲,勿施于人","老吾老以及人之老,幼吾幼以及人之幼","恻隐之心","推己及人"的换位思考的同情心和共情能力。至此,新儒家的

---

4 源于缇萦救父,向文帝上书,废除了肉刑。

情感观念由伦理概念上升到了"存在观念"（165）。

亚裔美国文学的情感负-正转向正是顺应了儒家情感智慧的"仁"、"礼"、"义"、"忠孝"等磅礴的情感境界。而在族裔的融合和认同上，儒家思想中的"大同"社会也与人类命运共同体的意涵极为吻合。新世纪，新儒家智慧的未来指向在于在共同生活的群落中，人们形成趋同的情感价值认同。《礼记·礼运》篇曾经描绘出一幅情感和谐、睦邻友好的理想社会的画卷。孔子曰："大道之行也，与三代之英，丘未之逮也，而有志焉。大道之行也，天下为公，选贤与能，讲信修睦。故人不独亲其亲，不独子其子，使老有所终，壮有所用，幼有所长，矜寡孤独废疾者皆有所养，男有分，女有归。货恶其弃于地也，不必藏于己。是故谋闭而不兴，盗窃乱贼而不作，故外户而不闭，是谓大同"[5]。中国传统儒家"大同"社会与美国亚洲族裔情感共同体建设均具有家国同构、国族同构的长足愿景。美国亚裔情感共同体建设蕴含深厚的东方传统儒家文化根基，将亚洲人的族裔特征纳入美国的国家叙事也是美利坚民族包容、搁置争议的具体表达，具体体现在以下几个方面。

一、亚裔情感共同体建设与儒家"大同"社会在海纳百川的包容性上高度一致。儒家一贯遵循"己欲立而立人，己欲达而达人"的伦理道德规范，在相异面前主张求同，存异意味着持有保留意见，但是仍然可以和而不同，各美其美。儒家讲究治国和处理人际关系的争议搁置，谋求共同的利益点和合作方向。亚洲各族裔之间的关系也是各有不同，各放异彩的情况，华裔在传统文化如针灸、变脸、剪纸等工艺上在美国大放光芒；日裔创造历史地参与着美国的政治，截止到 2022 年，已经产生了三位参议员，已经占到参议院的 3%；印度裔在电子计算机、编程等新兴产业产业贡献自己的力量；越南裔和菲律宾裔等东南亚国家移民则为美国提供了大量的适龄劳动力；等等。二、亚裔情感共同体建设与儒家"大同"社会均具有"不分你我，天下为公"的宏观价值理念。任何时代、任何社会里，任何个体或单一群体都无法脱离整体而独自存在，在今天这样高度信息化、分工细化的社会更是如此。"蝴蝶效应"引起的巨大连锁反应与地球上的每一个的命运都休戚相关。亚裔理想的共同社会构建就是将不同族裔、肤色、背景的亚洲移民连接起来，尊重人的个性和发展。儒家提倡的"天下为公"的理念即以"仁爱"思想为底色，《论语·为政》里说："为政以德，譬如北辰居其所，而众星共之"。

5　出自《礼记·礼运》篇。

以仁义为政，以德行服人，树立社会运行的价值观基础，善待人民，推行民本思想，为个人的全面利益保驾护航。三、亚裔情感共同体建设与儒家"大同"社会都以追求社会正义为最终目的。"儒家大同思想追求的是整个天下人类的共同发展和进步，在大同社会中，政治上讲求选贤与能，经济上追求共同发展，人们之间彼此和睦相处，尽职尽能，整个社会安定祥和。这一公平正义的社会制度和理想追求，与人类命运共同体意识有着相互一致的目标趋向"（邓纯东，2018：10）。亚裔要求平权的诉求由来已久，除了西方的经典斗争理论支持外，儒家的"大同"思想也为少数族裔平权运动提供强有力的理论支撑。人类命运共同体缩小之就是任何一个小型的共同体，亚裔情感的共同体也是其中的一个分支。建设好无数个支流，方可汇成人类命运共同体的浩瀚海洋。

中国传统文化的现代价值正在被发掘和应用。孔子提倡"志于道,据于德"的融通交叉，在异质对话中求同存异。在中国传统思想智慧里，除了儒家以外，道家也主张"齐物"精神：不齐之齐，在殊异中求同通。"和而不同"的传统东方价值认同可以成为（后）现代文明的救赎道路。"情感感知方式是'私人'与'公共'之间相互关系的至关紧要的焦点，是个体和社群的表现，是主体行为与社会环境之间的主要桥梁"（史华罗，2009：459），从追求情感连接到追求正向情感，亚美人的情感构成了亚裔美国文化系统的内核因子，情感修通贯穿在亚裔的国族认同之路。家、族为国的凝聚和向心组成，亚裔情感共同体的理想状态在于"国族同构"的成长性。儒家的宣扬的"推己及人"既形成了"国族同构"的思维模式,也塑造了国族同构的情感道路。"国族同构"的思想雏形来源自儒家所论的"家国天下"，在《家国天下：现代中国的个人、国家与世界认同》中，许纪霖认为"家国天下，作为传统中国意义框架的连续体，其主体和出发点是人……每一个自我都镶嵌在从结果到天下的等机性有机关系之中，从自我出发，逐一向外扩展，从而在自我、家族、国家和天下的连续体中获得同一性"（2017：2）。这一观念既强调自我和个体情感体验，也重视共体的集体建设。

在亚美文学里，我们发现了诸多儒家传统思想文化的痕迹。仍然以前几章节提到的作品为例，毋宁说华裔的创作源泉，广大的亚裔作品里都可窥见儒家思想的影子。东亚和东南亚裔文化的组构深受中华文化的影响，并以适应改良的姿态形成自己的文化特色，但是东方的根基不易掉落，反而经历时间，历久弥新。日裔文化中的"礼"与儒家思想的"仁"、"义"、"礼"、"智"、"信"、"忠"、"孝"、"廉"、"耻"、"勇"的思想一脉相承。另外，受到儒家思想的影响，日裔"忠君爱国"的想法根深蒂固，一郎母亲感到愧对母国，一郎及一众日本人背负"叛国"的思想包袱。《女勇士》、《骨》、《难民》里包含的孝悌之义，对父母、对长辈、对自己尊重的人的敬爱之情。《同情者》、《狐女》中的兄弟之"义"、姐妹的手足之"爱"，上下级的"忠恕之道"，忠于自己内心的情感并尊重他人的意愿。《疾病解说者》里陌生人之间的"仁"爱，也就是说要像爱自己一样爱他人和团体，要努力为他人和集体创造一定利益和重要价值。菲律宾裔劳工和革命者积极入世的斗争和争取合法权利的态度也是有可能受到儒家"入世有为"思想的影响，践行"修身齐家治国平天下"的豪言壮语。"小西贡"、"日本城"、"唐人街"、"韩国城"等亚洲少数族裔聚居地每日都在演绎着"国族同构"的盛世景观，这里"国"的概念和意涵具有双重性，既指美国这个大熔炉，也涵盖自己的母国的所在亚洲地区的文化特色。

亚裔解决平权问题的路径可经由情感的表达和连接路径，而儒家思想宝库可为亚裔情感共同体的形成提供智库支持。亚裔的出现的各类问题也不是当今美国社会的特例，其他少数族裔如本土裔、拉美裔、非裔（犹太裔情况不同，本文暂不讨论）等也基本与之生存困境一致。在高度发达的后现代信息科技社会里，西方文明和工具理性尚不能解决美国社会的问题，而任由"分裂"大行其道时，作为东西文明互鉴互赏的另一方，古老的东方文明有必要也有义务站出来提供智慧支持。老生常谈的是，文明无所谓好坏，文化也没有优劣，在复杂的现实问题面前，我们不妨把所谓的"实用主义"摆在前面。存在即有用，与儒学有密切学理关系的情感论嫁接在西方共同体的伦理上，将尝试解决亚裔美国人的主体性重建问题和心灵的整饰问题。中国方案的世界级智慧表明：1. 作为古老东方文明的代表的儒家智慧永不过时；2. 在求同存异的指导思想下，搁置异议，为西方社会的问题解决提供东方智慧。

第五章 结 语

当下的亚美文学研究呈现新的趋势,即正在走向离散,传统的文内研究已经不能直接触及文学的本质,研究者们从文学、文化、历史和政治的角度对亚美文学进行了跨学科的多维研究,思考将"亚洲"跨国化为一个大伞似的统摄术语,要求解读实践超越有限的美国身份类型,或甚至超越作为一个地理上的引力点的美国坐标。文化研究者将亚美文学的研究场域拓展到经济学、性别研究和大众文化等研究范畴。历史学者重点考察亚美文学的史实再现,重访历史的现场,回到移民的原初起点,探寻不为人知的历史事实。政治学者则将文本的语境置于妇女运动或是民权运动的大背景下,剖析父权社会的种族和性别运动。以上的视角和方法突破了文学固有的框架,透过亚美文学中的个人形象和群体群像探讨历史根源、文化影响和时代精神,让世人见证文学暗示的生命的另一种可能性。谈及亚裔等少数族裔的被排斥史,不可回避的是三个重要问题。一、亚裔的主体性和能动性何在?二、亚裔的平权方式究竟通过何物实现?三、亚裔未来的前路在何方?回答了以上三个问题,也就搞清楚了本书以什么为方法论,想要达到什么效果以及拥有什么样的期待。

首先,如何回答亚裔的主体性和能动性何在?亚裔被誉为是美国存在感最低的少数族裔,这既是亚裔的民族性格所致,也是美国社会的政治高压导致。如何找寻到亚裔失去已久的主动性?以华裔为例,这个民族在华夏大地上底气十足,为何像大力士安泰俄斯一样离开了自己神奇的东方土地就失去了所有的力量?为此,本书向内探寻亚裔创生的源发性,从情感的角度剖析历史流变背后的文化和社会成因。与以往的研究方法不同,情感冲破了私人领域的藩篱，来到公共领域施展。从自身特点上来说，情感对社会的诊断性更为细腻和特别，情感自私人化和细微处流通到社会面，亚裔正积极找寻昔日的雄健能动力量。再次，与其他少数族裔不同，无论是从传统上还是实力上看，亚裔平权的道路一直异常坎坷，未来也将极其艰难。亚裔平权的能量究竟来自于谁？与其寄希望于白人的怜悯，或是其他族裔的带动，最可靠的办法还不如向内探索内部的潜力。亚裔自身的情感激发、产生了重要的积极力量，构建了文学异与官方话语的意识形态和具有世界意义的命运共同体。情感对美国社会的形塑和改进是以小杠杆撬动大块头的经济型改良，避免了"伤筋动骨"的局部战争。再次，亚裔的未来也是美国人的未来。"唇亡齿寒"、"同舟共济"的道理白人和各大族裔都很明确，正如女性的真正解放绝不可能由女性独自完成，少数族裔的平权也不可能由单一族裔独立完成。亚裔的未来发展还有赖于族裔内部的团结协作以及和其他族裔的长期情感连接和实际合作。回答了以上三个问题，本书写作的目的就非常明晰了。

　　本书尝试以亚美日裔作品《不—不仔》、韩裔作品《狐女》、华裔作品《唐人街内部》、《女勇士》、《骨》，越南裔作品《同情者》、《难民》，菲律宾裔作品《老爸的笑声》、《美国在心中》和印度裔作品《疾病解说者》等十部获奖作品为案例代表，纵观亚裔在美国社会的共生共融，以羞耻-忧郁-孤独三种负情感类型贯穿，揭示不同时期的美国社会痼疾和少数族裔的平权要求。在选材上，笔者小心翼翼，既要关注作品的艺术内涵和社会价值，也要重视作品的传唱度和时代感。所有文本基本上来源于代表当代美国文学最高水平的三大文学奖，即福克纳文学奖、普利策奖和国家图书评论奖等三大文学奖（少数作品获得的奖项除外）。笔者看中的是三大文学奖对美国社会发展方向的导向和预言作用。本书以有限的文本和以上涉及到的案例讨论白人至上主义抬头背景下的亚裔生活之困境，揭示权力的结构性和系统化的不平等及其在族裔生活中的展现，从美国社会的政治、经济和文化环境三个维度再现亚裔的创生。经过前文论证，亚裔实现族裔情感共同体的路径基本上是首先通过族裔内部的联合，即形成单个族裔的共同体，再通过单个族裔与外界（亚）一到两个族裔的不断交叉和多轮穿插形成多个族裔共同体，从而最终实现亚洲多族裔情感共同体联盟。这一历程时间长久，过程艰辛，始终与民权运动和亚裔美国人运动的同频共振。

　　具体就文本取材和情感主线的发展而言，第一章里，《不—不仔》是亚美文学绕不开的起点，是赵健秀、陈耀光等人公开赞赏过的异族作品，而约翰·冈田本人更是生前一文不名，被严重低估的杰出亚裔作家代表。《不—不仔》的故事发生在特殊的后珍珠港时期，这一时期不仅仅是对日裔特别，对所有亚裔都很特别，因为那个时候的亚裔面孔都会被误认为是日裔，待遇是一样的。日裔的忍辱负重让人不免想尝试讨论日裔的内在羞耻情感的嬗变和日后日裔、甚至是日本复兴的关联。《孤女》的选材是笔者的一次大胆尝试，这部作品的研究资料非常少，文本里遍布的韩语更是对读者和批评者的重大挑战。因为慰安妇体裁牵涉中、日的比较多，而韩裔慰安妇问题在美国的讨论非常少，在中国就根本没有这方面的讨论。韩裔慰安妇群体的污名羞耻是笔者希望研究和探索的新话题，期待展示出和中、日慰安妇不一样的族裔情感特色。相对于上面两部年代稍微久远一点的族裔羞耻，《唐人街内部》是 2020 年出版的美国国家图书奖的重磅获奖作品，华裔好莱坞演员的职业羞耻与前两者又有什么不一样？本文试图在历时的线条上展现不同年代的族裔羞耻的共性和个性特征，穿插以共时的不同族裔的维度。第二章重点关注东南亚地区的忧郁情结。《同情者》的双面间谍故事特别，作者阮清越的写作功力醇熟，完美诠释了一个漂洋过海的战争军事难民的忧郁思乡情怀。关于战争、关于记忆伦理的表达，再也没有比越战的选材更为合适的话题了。《难民》是《同情者》的姊妹篇，大量越战难民到达美国，以精彩的难民叙事响应作家的反战情结。《老爸的笑声》是反讽力最强的反差作品，菲律宾典型的忧郁情感在社会面上成形、分布。《美国在心中》入选多是因为卡洛斯·布洛桑的亚裔社会政治运动影响力，"政治性抑郁"与疫情时代的世界人民生活息息相关。如何从布洛桑对抗政治抑郁的方法中找到可借鉴和发挥的社会变革力量是文外笔者企图启发读者的野心。第三章由华裔作品《女勇士》过渡到亚裔移民的孤独，孤独既有国别历史、经济、文化和政治的成因，也有人类现代性、后现代性的精神"荒芜"的根源。汤亭亭的"孤"鬼叙事新奇、有意思，又暗合了许多中华传统文化的掌故。鬼是一种异域之物，是抵抗西洋理性思考和器物文明的有力武器。而理性世界的边界本不是绝对的，西方的物质文明亦有瑕疵。已知世界在浩瀚宇宙中极为有限，不可知论的终极对错也尚无定论。鬼魂叙事的益处是向世界展现各种各样的无边际性和可能性。《骨》更是阐释了另一种"孤"独他者的饮食文化的多样性，"吃"成为一种别致的文化抵制和保留样态。《骨》中引发的"孝"和《疾病解说者》中应许的"大同"社会最终引入了我们对情动力的思考和儒家情感共同体的畅想。

　　本书在取材、视角和研究方法上均有一定的局限性，以期在后续的研究中得到改进和更正。文中一再强调，因案例有限，本书涉及的文本毕竟只能是个案的意义，结论有一定的试验性和先锋性，并不具备普适性，其推广和范式意义还有待在文学和社会的发展中检验。另外，在分析亚洲美国人运动的时候，认为情感的反作用力可以影响整个美国社会阶层时过于片面，其实中产阶级才是运动的主力军，无产阶级和城市平民的情况需要另案讨论。"亚裔美国人运动的主要力量来自远离传统亚裔社区的中产阶级阶层，其意欲实现的目标在一定程度上对各个阶层的利益兼顾有必然的局限性，其渗透和影响的力度也受到一定的制约"（董娣，2002：82）。再次，考虑到对差异的强调会掩饰多元性和多样化，本文对亚裔的分支的异样态讨论欠充分，造成了亚裔仿佛同质化的假象。需要指出的是，在写作上，本研究尽量保持对亚裔整体基本矛盾和杂糅化的统一性结论处理，也尝试保留了族裔性特色。因为亚裔各分支本身的差异性非常大，单一儒家思想文化统摄显然力度单薄。但本文的力求开拓的是打破种族隔阂，谋求同一性的新亚裔身份认同。

　　籍此，笔者希望本研究的关注和改进能够为当今的美国社会的少数族裔生活提供一丝展望。在交叉和融合的趋势下，亚裔移民或其他少数族裔流散社群衍生出新种族身份特征，其直接或间接目标直指反对本质主义和反"大分裂"现状。特别是新冠疫情肆掠的不稳定和不确定的实情下，美国今日所面临的分裂问题是前所未有的，以前的任何国家和社群治理方式均不能给出现成的答案。我们期待情感地图的模态为"百年未有之大变局"的世界新局面创造生产知识和解答问题的新思路，情感共同体的理想化构思也能早日动态化稳健落地。

　　最后，谈一点小小的遗憾，本文在构思、写作期间曾有将西亚阿拉伯裔纳入研究范围的意图，也尝试收集了大量相关的文献和资料。但是在写作和修改过程中，因儒家思想文化的主题不能统摄伊斯兰文化，东亚和西亚的文化也存在明显的割裂而忍痛将阿拉伯裔三篇取材小说放弃。成文期间，笔者阅读了大量的阿拉伯裔文学，包括小说和诗歌，感受到其独特的文学和艺术魅力，希冀以后可以在此专项研究上继续深耕。聊以自慰的是，我将阿拉伯裔的《头巾》，这部自己珍爱的小说在第四章讨论部分分享出来，简单聊聊后 9·11 时代阿拉伯裔敏感的政治神经。

参考文献

1. Ahmed, Sara. "Affective Economies". *Social Text*, 2004, Vol. 22(2) : 117–139.

2. Ahmed, Sara. *The Cultural Politics of Emotion*. Edinburgh UP, 2004.

3. Alber, Jan."Impossible Storyworlds - and What to Do with Them." *Story Worlds: A Journal of Narrative Studies*, 2009, Vol.1: 79-96.

4. Albert, Fay Bound. *A Biography of Loneliness: The History of an Emotion*. Oxford: Oxford University Press, 2019.

5. Alquizola, Marilyn, and Lane Ryo Hirabayashi. "Carlos Bulosan on Writing: The Role of Letters." *Ateneo*. vol. 0, no.23 (2014), pp. 168-188.

6. Arendt, Hannah. *The Origins of Totalitarianism*. Cleveland, Ohio: Meridan Book, 1962.

7. Asl, Moussa Pourya, Nurul Farhana Low Abdullah, Md. Salleh Yaapar. "Sexual Politics of the Gaze and Objectification of the (Immigrant) Woman in Jhumpa Lahiri's Interpreter of Maladies." *Americans Studies in Scandinavia*, 2018,Vol.50(2): 89-109.

8. Bhattacharya, Sudip, et al. "'Smiling depression' (an emerging threat): Let's Talk." *Indian Journal of Community Health*, 2019, Vol.31(4): 433-436.

9. Berlant, Lauren. *Cruel Optimism*. Durham and London: Duke UP, 2011.

10. Bonilla-Silva, Eduardo. "Feeling Race: Theorizing the Racial Economy of Emotions". *American Sociological Review* 84.1 (2019): 1-25.

11. Boulter, Jonathan. Melancholy and the Archive: Trauma, History and Memory

in the Contemporay Novel. London and New York: Continuum, 2011.

12. Bulosan, Carlos. *America Is in the Heart: A Personal History*. New York: Harcourt, Brace and Company, 1946.

13. Bulosan, Carlos. *The Laughter of My Father*. Literary Licensing, 2012.

14. Burstein, Andrew. "Sensibility and the American Revolution". *Journal of American History*, vol 96, no. 3, 2009, pp. 822-823.

15. Burton, Robert. The Anatomy of Melancholy: what it is, with all the kindes, causes, symptomes, prognosticks, and several cures of it (vol. 1). Forgotten Books, 2018.

16. Burton, Robert. The Anatomy of Melancholy: what it is, with all the kindes, causes, symptomes, prognosticks, and severall cures of it (vol. 2). Forgotten Books, 2018.

17. Butler, Judith. Gender Trouble: Feminism and the Subversion of Identity. Routledge, 1999.

18. Butler, Judith. Precarious Life: The Power of Mourning and Violence. Verso, 2006.

19. Caddell, Jenev. "The Stigma Around Mental Health. " *Body Complete*. Mar. 2008. 10 Nov. 2021, <https://bodycompleterx.com/blogs/lifestyle/the-stigma-around-hea-lth>

20. Campomanes, Oscar V., and Todd S. Gernes. "Carlos Bulosan and the Act of Writing." *Philippine Studies*, vol. 40, no. 1, 1992, pp. 68-82.

21. Campomanes, Oscar V., and Todd S. Gernes. "Two Letters from America: Carlos Bulosan and the Act of Writing." MELUS, vol. 15, no. 3, 1988, pp. 15-46.

22. Chen, Fu-jen. "The National Body: Gender, Race, and Disability in John Okada's No-No Boy". *Ariel*, vol 50, no. 4, 2019, pp. 25-50.

23. Cheng, Anne Anlin. The Melancholy of Race: Psychoanalysis, Assimilation, and Hidden Grief. Oxford UP. 2000.

24. Chin, Frank et al. Preface to "Aiiieeeee! An Anthology of Asian-American Writers. Anchor Books, 1975.

25. Chin, Frank, and Jeffery Paul Chan. "Racist Love" Seeing Through Shuck.

Ballantine Books, 1972.

26. Chiu, Tzuhsiu Beryl. "Cultural Translation of a Subject in Transit: A Transcultural Critique of Xiangyin Lai's "The Translator" and Jhumpa Lahiri's Interpreter of Maladies." *Comparative Literature Studies*. 2015,Vol.52(1): 160-177.

27. Cohen Tom. *Anti-Mimesis from Plato to Hitchcock*. Beijing: Foreign Language Teaching and Research Press, 2018.

28. Collins, Patricia Hill. *Black feminist thought: knowledge, consciousness, and the politics of empowerment*. New York: Routledge, 2009.

29. Collins, Patricia Hill. *Intersectionality as Critical Social Theory*. Durham and London: Duke University Press, 2019.

30. Collins, Patricia Hill. *Fighting Words: Black Women and the Search for Justice*. Minnesota: University of Minnesota Press, 1998.

31. Costache, A."On Solitude and Loneliness In Hermeneutical Philosophy."*Meta*, vol. 5, no.1, 2013, pp. 130-49.

32. Crenshaw, Kimberlé Williams. "Demarginalizing the Intersection of Race and Sex: A Black Feminist Critique of Antidiscrimination Doctrine, Feminist Theory and Antiracist Politics." *University of Legal Forum*, 1989(1): 139-67.

33. Crenshaw, Kimberlé Williams. "Mapping the Margins: Intersectionality, Identity Politics, and Violence against Women and of Color". *Stanford Law Review*, 1991(6): 1241-1299.

33. Crompton, Samuel. *The Scopes Monkey Trial*. New York: Chelsea House, 2010.

34. Duvivier, Sandra C. "My Body is My Piece of Land: Female Sexuality, Family, and Capital in Caribbean Texts." *Callaloo*. Vol. 31, no. 4, Fall 2008, pp. 1104-1121, 1372.

35. Erian, Alicia. *Towelhead*. Simon & Schuster, 2005.

36. Feria, Dolores S., ed. Sound of Falling Light: Letters in Exile. Quezon City: n.p., 1960.

37. Fisher, Philip. *The Vehement Passions*. Princeton University Press, 2003.

38. Foucault, Michel. *The History of Sexuality*. Trans. R. Hurley. New York:

Vintage Books, 1978.

39. Gilroy, Paul. *Postcolonial Melancholia.* New York, Chichester and West Sussex: Columbia UP, 2005.

40. Hall, Stuart. *Cultural Studies 1983: A Theoretical History.* ed. Jennifer D. Slack, et.al. Duke UP, 2016.

41. Hemmings, Clare. Affective solidarity: Feminist reflexivity and political transformation[J].Feminist Theory,2012,Vol.13(2): 147-161.

42. Hochschild, Arlie Russell. *The Managed Heart: Commercialization of Human Feeling. Berkeley*, Los Angeles and London: California UP, 2012.

43. Hogan, Patrick Colm. *Affective Narratology: The Emotional Structure of Stories.* Lincoln and London: U of Nebraska P, 2011.

44. Hong, Terry. "The Dual Lives of Nora Okja Keller An Interview". *The Bloomsbury Review* 22. 5(2002). 6 Sep. 2021, <http://www.bloomsburyreview. com/Archives/2002/Nora%20Keller.pdf>

45. Illouz, Eva. *Cold Intimacies: The Making of Emotional Capitalism.* Cambridge: Polity Press, 2007.

46. Juan, E. San. "Carlos Bulosan, Filipino Writer-Activist: Between a Time of Terror and the Time of Revolution." *The New Centennial Review*, 2008, Vol.8(1): 103-134.

47. Kang, Jay Caspian. The Loneliest Americans. New York: Crown Publishing Group, 2021.

48. Kim,Elaine H. Race, Gender, and Hollywood's Asians, 1984-2004[J]. 미국학논 (*Journal of American Studies*), 2006, Vol.38(1): 103-131

49. Kincaid, Jamaica. "In History." *Callaloo*, vol. 24, no. 2, Spring 2001, pp. 620-26.

50. Kingston, Maxine Hong. *The Woman Warrior: Memoirs of a Girlhood Among Ghosts.* New York: Vintage International, 1989.

51. Knott, Sarah. *Sensibility and the American Revolution.* Omohundro Institute, 2009.

52. Keller, Nora Okja. *Fox Girl.* Penguin Books, 2003.

53. Kymlicka, Will. Multicultural Citizenship: A Liberal Theory of Minority

Rights. Oxford UP, 1996.

54. Lee, Chang-rae. *Native Speaker*. Riverhead, 1995.

55. Lim, Shirley Geok-lin and John Gamber eds. *Transnational Asian American Literature: Site and Transit*. Temple University Press, 2006.

56. Lim, Shirley Geok-lin. "Assaying the gold: or, contesting the ground of Asian American literature." *New Literary History*. 24.1(1993): 147-169.

57. Lim, Shirley Geok-lin. *Feminism Redux: An Anthology of Literary Theory and Criticism.*

58. Lusson, Robert. "Political Depression"[N]. *HuffPost*. Jan.13, 2017.

59. Massumi, Brian. *Politics of Affect*. Cambridge: Polity, 2015.

60. McCann, I. Lisa, and Laurie Anne Pearlman."Vicarious Traumatization: A Framework for Understanding the Psychological Effects of Working with Victims."*Journal of Traumatic Stress*. 3.1 (1990): 131-149.

61. Nery, Leo Angelo. "Writer in Exile/Writer in Revolt: Critical Perspectives on Carlos Bulosan." *Philippine Studies-Historical and Ethnographic Viewpoints.* 2017,Vol.65(4): 519-523.

62. Ngai, M. M. "Tydings-McDuffie Act 1934."Immigration History, 2019, <https://immigrationhistory.org/item/tydings-mcduffie-act/#:~:text=Tydings-McDuffie%20Act%20of%201934%201934%20Completing%20the%20racial,nationals%20from%20a%20colony%20of%20the%20United%20States>

63. Ngai, Sianne. *Ugly Feelings*. Harvard UP, 2005.

64. Nguyen, Viet Thanh. Nothing Ever Dies: Vietnam and the Memory of War, Cambridge. Harvard UP, 2016.

65. Nguyen, Viet Thanh.. The Displaced: *Refugee Writers on Refugee Lives*. Arams Press. 2018.

66. Nguyen, Viet Thanh.. *The Refugees*. Grove Press, 2017.

67. Nguyen, Viet Thanh.. *The Sympathizer*. Grove Press, 2016.

68. Office of the Attorney General. "Criminal Law (Sexual Offences) Act 2017. " ISB, 11 Sep. 2021, <https://www. irishstatutebook. ie/eli/2017/act/2/section/11 /enacted/ en/html#sec11>

69. Okada, John. *No-No Boy*. Washington UP, 1976.

70. Opper, Marc. People's Wars in China, Malaya, and Vietnam, University of Michigan Press, 2020.

71. Ozeki, Ruth L. *My Year of Meats*. New York: Penguin Books, 1998.

72. Petersen, William."Success Story, Japanese American Style", *New York Times*,1996, pp. 21.

73. Pido, Eric J. "Property relations: alien land laws and the racial formation of Filipinos as aliens ineligible to citizenship." *Ethnic and Racial Studies*, 2016,Vol.39: 1205-1222.

74. Rawls, John. *A Theory of Justice*. Cambridge, Massachusetts: The Belknap Press of Harvard University Press, 1999.

75. Richardson, Brain. *Unnatural Narrative, Theory, History and Practice*, Columbus: Ohio State University Press, 2015.

76. Richardson, Brain. *Unnatural Voices: Extreme Narration in Modern and Contemporary Fiction*. Columbus: Ohio State University Press, 2006.

77. Sarkis, Stephanie Moulton. *Recognize Manipulative and Emotionally Abusive People and Break Free*. Da Capo Press, 2018.

78. Scott, Bede. *Affective Disorders: Emotion in Colonial and Post-colonial Literature*. Liverpool UP, 2019.

79. Shi, Pingping. *The Mother-Daughter Relationship and the Politics of Gender and Race: A Study of Chinese American Women's Writings*. Kaifeng: Henan University Press. 2004.

80. Son, Angella.Inadequate Innocence of Korean Comfort Girls-Women: Obliterated Dignity and Shamed Self. *Pastoral Psychology*, 2018,Vol.67(2): 175-194.

81. Siapera, Eugenia and Lambrini Papadopoulou. "Hate as a 'hook': The political and affective economy of 'hate journalism'." *Journalism*, 2021, Vol.22 (5): 1256-1272.

82. Sprengnether, Madelon. *Mourning Freud*. New York: Bloomsbury Academic, 2018.

83. Sweet, Paige L. "The Sociology of Gaslighting." *American Sociological Review*, 2019, Vol.84 (5): 851-875.

84. Tangney, June, and Ronda L. Dearing. Shame and Guilt. Guilford Press, 2002.

85. Tizon, Alex. *Big Little Man: In Search of My Asian Self*. Houghton Mifflin Harcourt, 2014.

86. Tourse, Robbie et al. *Systemic Racism in the United States: Scaffolding as Social Construction*. Springer, 2018.

87. Yu, Charles. *Interior Chinatown*. New York: Pantheon Books, 2020.

88. Girst, Thomas. *Art, Literature, and the Japanese American Internment: On John Okada's "No-No Boy"*. Peter Lang GmbH, 2015.

89. Wani, Alyas Ahmed. "Rooting the Rootless in Jhumpa Lahiri's Interpreter of Maladies." *Online International Interdisciplinary Research Journal*. 2018,Vol.8: 6.

90. Warhol-Down, Robyn, and Herndl, Diane Price. Feminism Redux: An Anthology of Literary Theory and Criticism. Rutgers UP. 2009.

91. Wertheimer, Alan. *Consent to Sexual Relations*.Cambridge UP. 2003.

92. Wilhite, Keith. "Blank Spaces: Outdated Maps and Unsettled Subjects in Jhumpa Lahiri's Interpreter of Maladies." *Melus*. 2016,Vol.41(2): 76-96.

93. Williams, Bernard. *Shame and Necessity*. California UP, 1994.

94. Williams, Raymond. *The Long Revolution*. Beijing: Foreign Language Teaching and Research Press, 2019.

95. Witherell, Margerat. *Affect and Emotion:A New Social Science Understanding*. London: Sage, 2012.

96. Wong, Sau-ling Cynthia. *Reading Asian American Literature: From Necessity to Extravagance*. Princeton UP, 1993.

97. Yang, Jie. *The Political Economy of Affect and Emotion in East Asia*. London and New York: Routledge. 2014.

98. Hussain, Waheed, "The Common Good", The Stanford Encyclopedia of Philosophy (Spring 2018 Edition), Edward N. Zalta (ed.),

99. [Feb 26, 2018]<https://plato.stanford.edu/archives/spr2018/entries/common-good/>.

100. 阿列克斯·提臧: 何以为我 [M], 余莉译, 北京: 北京联合出版公司, 2020。

101. 爱德华·霍尔, 超越文化 [M], 何道宽译, 北京: 北京大学出版社, 2010。

102. 埃米尔·涂尔干, 社会分工论 [M], 渠东译, 北京: 三联书店, 2000。

103. 艾略特, 荒原—艾略特诗选 [M], 赵罗蕤译, 北京: 人民文学出版社, 2016。

104. 巴赫金, 陀思妥耶夫斯基诗学问题 [M], 刘虎, 北京: 中央编译出版社, 2010。

105. 本尼迪克特, 菊与刀 [M], 北京: 中国社会出版社, 2004。

106. 本尼迪克特·安德森, 想象的共同体 [M], 吴叡人译, 上海: 上海人民出版社, 2005。

107. 布莱恩·马苏米, 运动, 情感, 感觉: 虚拟的寓言 [M], 严蓓雯, 开封: 河南大学出版社, 2012。

108. 曹刚, 共同善、共同体与法治 [J], 中国人民大学学报, 2018, 第 32 卷 (3): 79-87。

109. 陈筠淘, 黄奇琦, 试析"交叉性"在美国的实践及其困境 [J], 上海大学学报 (社会科学版), 2021, 第 38 卷 (2): 118-128。

110. 达米安·鲁德, 忧郁地图集 [M], 北京: 新世界出版社, 2019。

111. 德勒兹、加塔利, 资本主义与精神分裂 (卷 2): 千高原 [M], 上海: 上海书店出版社, 2010。

112. 邓纯东, 人类命运共同体思想研究 [M], 北京: 人民日报出版社, 2018。

113. 董娣, 亚裔美国人运动的缘起与影响 [J], 南京大学学报, 2002, (2): 77-83。

114. 方浩范, 儒学思想与东北亚"文化共同体" [M], 北京: 社会科学文献出版社, 2011。

115. 费迪南·滕尼斯, 共同体与社会 [M], 张巍卓译, 北京: 商务印书馆, 2019。

116. 菲利克斯·加塔利, 混沌互渗 [M], 董树宝译, 南京: 南京大学出版社, 2020。

117. 费孝通, 乡土中国 [M], 北京: 三联书店, 2013。

118. 费伊·邦德·艾伯蒂, 孤独传: 一种现代情感的历史 [M], 张畅译, 南京: 译林出版社, 2021。

119. 甘文平, 西方"共同体"理论建构的世纪跨越——兼评杰拉德·德兰提的专著〈共同体〉[J]，当代外国文学，2020，第 2 期：123。

120. 谷雨、阮清越，谷雨访谈，所有战争都会打两次，第一次是在战场上，第二次是在记忆里[OL]，(2017-04)[2020-03-20]，〈https://chuansongme.com/n/1750212452630〉。

121. 顾悦，鲍勃·迪伦、离家出走与 60 年代的"决裂"问题：欧茨《何去何来》中的家庭系统 [J]，外国文学，2017，(5)：60-68。

122. 顾悦，超越精神分析：家庭系统心理学与文学批评 [J]，南京社会科学，2014a，(10)：138-143。

123. 顾悦，尼克松时期美国小说中的家庭系统[J]，英美文学研究论丛，2014b，(1)：395-401。

124. 郭磊，荒原问道：T.S.艾略特诗歌的创伤主题研究 [M]，北京：国家行政学院出版社，2015。

125. 哈特穆特·罗萨，新异化的诞生：社会加速理论批判大纲 [M]，郑作彧译，上海：上海人民出版社，2018。

126. 韩国曾出现"美军慰安妇"渤海早报 [N]，2014 年 12 月 4 日第 8 版。

127. 何磊，忧郁 [J]，外国文学，2017，(1)：81-90。

128. 赫尔曼·施密茨，身体与情感 [M]，庞学铨，冯芳译，杭州：浙江大学出版社，2012。

129. 胡炜权著，菊花王朝 [M]，杭州：浙江人民出版社，2020。

130. 黄新辉，《疾病解说者》中移民的身份建构——以舌尖上的隐喻解读为视角 [J]，广东外语外贸大学学报，2020，第 31 卷 (1)：51-58，158。

131. 黄秀玲，从必需到奢侈：解读亚裔美国文学 [M]，詹乔译，北京：中国社会科学出版社，2007 年。

132. 黄玉顺，生活儒学：面向现代生活的儒学 [M]，济南：济南出版社，2019。

133. 伽达默尔，《赞美理论——伽达默尔选集》，夏镇平译，上海：三联书店，1988 年。

134. 金雯，情动与情感：文学情感研究及其方法论启示 [J]，文化艺术研究，2022，第 15 卷 (1)：44-55，113。

135. 卡洛斯·布洛桑，老爸的笑声 [M]，陈夏民译，重庆：西南师范大学出版社，2019。

136. 克里斯托弗·博姆，道德的起源：美德、利他、羞耻的演化 [M]，贾拥民、傅瑞蓉译，杭州：浙江大学出版社，2015。

137. 理查德·里夫斯，丑闻：二战期间美国日裔拘留营中的惊人故事［M］，魏令查译。北京：商务印书馆，2018。

138. 李寒梅，日本民族主义形态研究［M］，北京：商务印书馆，2012。

139. 李连广，陷入泥淖：美国越南战争政策的演变［M］，武汉：华中科技大学出版社，2018。

140. 李明奇，廖恋，论危害人类罪中的性暴力犯罪［J］，刑法论丛，2013，（2）：349-369。

141. 李亚飞，尚必武，非自然叙事学的缘起、流变与发展态势——西方非自然叙事学研究述评［J］，解放军外国语学院学报，2020，（1）：77-84。

142. 李贞玉，韩国"慰安妇"议题的形成、发展过程与社会意识问题［J］，妇女研究论丛，2019（4）：91-98。

143. 刘人鹏、郑圣勋、宋玉雯编，忧郁的文化政治［M］，台北：蜃楼股份有限公司，2010。

144. 刘文，当代文化研究中的情感转向［J］，广西社会科学，2016，（9）：188-192。

145. 罗伯特·伯顿，忧郁的解剖［M］，冯环译，北京：金城出版社，2012。

146. 罗纳德·德沃金，法律帝国［M］，许杨勇译，北京：生活·读书·新知三联书店，2016。

147. 马克思，资本论，第1卷［M］，北京：人民出版社，2004。

148. 马克思，1844年经济学-哲学手稿［M］，刘丕坤译，北京：人民出版社，1979。

149. 玛莎·努斯鲍姆，诗性正义：文学想象与公共生活［M］，丁晓东译，北京：北京大学出版社，2010。

150. 米尔顿·奥斯本，东南亚简史［M］，武汉：华中科技大学出版社，2020。

151. 米歇尔·福柯，性史（第一、二卷）［M］，张廷琛等译，上海：上海技术文献出版社，1989。

152. 穆艳杰，胡建东，从主体际视角看人类命运共同体的构建——基于马克思交往实践理论的解读［J］，理论探讨，2021，（2）：73-79。

153. 蒲若茜，"美国亚裔感"溯源［J］，外国文学研究，2013年第4期，第97-106页。

154. 钱锁桥，林语堂传：中国文化重生之道［M］，桂林：广西师范大学出版社，2019。

155. 裘帕·拉希莉，疾病解说者［M］，卢肖慧、吴冰青译，上海：上海文艺出版社，2005。

156. 阮清越，同情者［M］，陈恒仕译，上海：上海译文出版社，2018。

157. 尚必武，当代西方后经典叙事研究［M］，北京：人民文学出版社，2013。

158. 尚必武，非自然叙事学［J］，外国文学，2015，（2）：95-111。

159. 申丹，西方文论关键词：隐性进程［J］，外国文学，2019，（1）：81-96。

160. 申丹，叙事动力被忽略的另一面：以《苍蝇》中的"隐性进程"为例［J］，外国文学评论，2012，（2）：119-137。

161. 申丹，叙事学的新探索：关于双重叙事进程理论的国际对话［J］，外国文学，2022a，（1）：82-113。

162. 申丹，"隐性进程"与双重叙事动力［J］，外国文学，2022b，（1）：62-81。

163. 石平萍，陈婷婷，美国流动性神话的祛魅——析《美国在心中》菲律宾农业移民的跨洋流动性［J］，西北工业大学学报（社会科学版），2021，（2）：87-94。

164. 斯宾诺莎，斯宾诺莎文集（第4卷），伦理学［M］，贺麟译，北京：商务印书馆，2013。

165. 苏珊·桑塔格，沉默的美学［M］，黄梅译，海口：南海出版公司，2006。

166. 史华罗，中国历史中的情感文化［M］，林舒俐等译，北京：商务印书馆，2009。

167. 汤婷婷（亭亭），女勇士［M］，王爱燕译，北京：新星出版社，2018。

168. 田聿、艾嘉，"韩政府曾鼓励'卖淫爱国'，"凤凰资讯报［N］，2014年第48期。

169. 薇尔·普鲁姆德，女性主义与对自然的主宰［M］，重庆：重庆出版社，2007。

170. 王逢振，性别政治［M］，天津：天津社会科学院出版社，2001。

171. 王增红，张旭东，从女性角度析《美国在心中》中菲裔美国人的寻梦三部曲［J］，南洋问题研究，2014（04）：78-86。

172. 王祖远，异族通婚：爱恋不分黑白［N］，检察日报，2018.12.28（第06版：纵横）。

173. 汪民安，何谓"情动"？ ［J］，外国文学，2017，（2）：113-121。

174. 瓦尔特·本雅明，写作与救赎：本雅明文选 ［M］，李茂增、苏仲乐译，北京：中国出版集团，2017。

175. 维克多·泰勒，查尔斯·温奎斯特，后现代主义百科全书 ［M］，章燕，李自修等译，2007。

176. 吴景超，唐人街：共生与同化 ［M］，筑生译，天津：天津人民出版社，1991。

177. 吴冰："谈亚裔美国文学教学"，原载《北外英文学刊》，吴一安，孙有中主编，北京：外语教学与研究出版社，2010 年。

178. 伍慧明，骨 ［M］，陆薇译，南京：译林出版社，2014。

179. 西格丽德·努涅斯，我的朋友阿波罗 ［M］，姚君伟译，上海：上海译文出版社，2020。

180. 希利斯·米勒，共同体的焚毁——奥斯维辛前后的小说 ［M］，陈旭译，南京：南京大学出版，2019。

181. 徐德林，乡村与城市关系史书写：以情感结构为方法［J］，外国文学评论，2016，（4）：60-77。

182. 许纪霖，家国天下：现代中国的个人、国家与世界认同 ［M］，上海：上海人民出版社，2017。

183. 薛玉凤，鬼魂言说：《女勇士》中"鬼"的意象之文化解读 ［J］，解放军外国语学院学报，2003 年第 1 期，第86-89页。

184. 耶尔塔·米尔，自由主义的民族主义 ［M］，陶东风译，上海：上海译文出版社，2005。

185. 也斯，后殖民食物与爱情 ［M］，北京：作家出版社，2013。

186. 尹晓煌，美国华裔文学史 ［M］，徐颖果译，天津：南开大学出版社，2006。

187. 于奇智，福柯的生命政治 ［J］，社会科学研究，2021，（1）：29-38。

188. 袁雪生，彭霞，裘帕·拉希莉《疾病解说者》的文学伦理学解读［J］，江西师范大学学报（哲学社会科学版），2015，第48卷（3）：68-72。

189. 张方华：共同善的镜像叙事：公共利益的西方政治哲学考量［M］，南京：南京师范大学出版社，2016。

190. 张锦，"情动"与"新主体"：德勒兹与福柯——一种朝向未来的方法论［J］，东南学术，2020，（5）：206-214。

191. 张龙海，美国亚裔文学研究 [M]，厦门：厦门大学出版社，2018。

192. 张能为，伽达默尔实践哲学中的"友谊"问题沉思——从作为自我异化之标志的"孤独"到"友谊"品德重建 [J]，山东大学学报（哲学社会科学版），2016 年第 5 期，第 111-120 页。

193. 卓南生，日本社会 [M]，北京：世界知识出版社，2006。